青春的活力，文学的希望

——编者序

白　烨

到2010年，文学进入新的世纪已整整十年。以“80后”为主体的青春文学，也意气风发地走过了十年。

新世纪文学在其波澜壮阔的发展与演进中，有很多新生事物和新异现象惹人眼目。就写作群体的长足崛起和后来居上而言，“80后”及其青春文学绝对是一个不可回避的现象。而且，他们的文学进步与人生成长，也与新世纪的十年相随相伴，关系甚大。他们在新世纪的舞台登台亮相，他们在新世纪的时段奋袂而起，把自己的爱与恨、喜与怒、哀与乐、美与刺，都一股脑地倾泻于文字，抛洒于文坛，或引起人们的关注，或激起文坛的热议。从此，“80后”就与新世纪文学不可分割地扭结在了一起，并成为它的一个重要注脚。

摆在读者诸君面前的，便是新世纪十年以来的一套以“80后”的青年作者为主体的中短篇小说选辑，虽冠以“青春文学”的名号，但却与一般的青春文学不尽相同。可以毫不夸张地说，这是最具实力的文学新人的最可一读的青春文学小说选本。

多年来，我一直有个编选和推介“80后”中优秀作者的中短篇小说佳作的心愿。这主要基于这样两个原因：一是，以“80后”为主体的青春文学，虽然一直较为流行，但主要是以长篇作品行销于图书市场，而他们的中短篇作品一般很难看到，这便使得其文学性的追求显得氤氲不明；二是，一些真正坚持文学性写作的作者，因为主流文坛的不大关注和那些偶像作者的相对掩盖，一直处于圈内没有地位、圈外少有影响的尴尬境地。正是在这种情况下，一个有实力又有水准的真实的青春文学写作，在相当的程度上被无情又无形地遮蔽了。

而事实上，“80后”群体在这些年来的磨砺与发展之中，已在写作上发生了显而易见的分野与分化。其中，一些人更加起劲地去走偶像路线，一些人更为明显地走入了市场大潮，而还有一些人则更加坚定了自己的文学理想，表现出与时尚写作保持距离、走近传统文学的基本取向，并且写出了一些带有自我特点又为传统文坛所瞩目的好作品。这些都为这套中短篇小说选本的编选与推出，打下了必要的基础，提供了相当的可能。

让人颇感欣幸的是，北京市新闻出版局与北京十月文艺出版社的相关领导和几位朋友，也有相似的心愿，同样的意图。因此，这个选题的商议与确定，几乎可以说是一拍即合，一呼即应。因而从选到编，不仅紧锣密鼓，而且桴鼓相应，合作起来倍感愉快。

选收这套中短篇小说选本的作者与作品，我们有一个基本的思路，就是选人与选作并重。首先，要在众多的“80后”写手之中，挑选出那些一直坚持严肃的文学性写作的代表性作者；其次，再从这些代表性的作者中去挑选他们的代表性作品。而在选取作品的考量上，既看其作品的文学性成色，又看其作品的个人化特色，力求选出在个体上能体现作者的艺术水准，在整体上又能反映“80后”创作水平的作品来。

编就作品，翻检目录，我觉得以上的种种意图大致上都得到了体现。在作者的构成中，张悦然、周嘉宁、颜歌、笛安、七堇年、李傻傻、蒋峰、马小淘、祁又一等三十位作者，基本上涵盖了“80后”中葆有艺术理想和坚守文学追求的实力派作者的大多数；在作品的选取上，《吉诺的跳马》（张悦然）、《请带我到平乐去》（颜歌）、《圆寂》（笛安）、《蓝颜》（七堇年）、《一个拍巴掌的男孩》（李傻傻）、《失踪女》（祁又一）、《你让我难过》（马小淘）、《胆小人日记》（董夏青青）、《黑暗中的舞者》（王莹）等，大致上也代表了青春文学中短篇小说创作当下应有的水准。我以为，这样的一个基本样貌，既可能对青春文学自身写作的品位提升有一定的助益，也对文坛内外的人们了解和认识“80后”们的写作努力与文学进取，起到积极的作用。

我曾在另篇文章中谈到阅读“80后”作者的作品，应该有两个基本的坐标，“一是，从以‘80后’的代表作者和主流倾向构成的基本态势上，来看这些作者有无新的进取和大的突破，并初步显现出自己的一些特点来；二是，从传统的或主流的文学创作现状的角度，来看这些新人从看取生活到表达感受诸方面，是否给人们带来新鲜的气息与新异的风格”。以这样的双重视角来观察这三十位作者的三十篇作品，我觉得他们在走出“80后”的写作定势与含带清新的文学气韵方面，都还有一些属于自己的东西，很值得人们予以关注。

我一向认为，好的小说须有好的故事、好的语言，因为小说作为叙事艺术，就是用话说事。而一个作者的才气与潜质，由此也能看出个大概。这里选收的作者与作品，正是在这些要素上显出了自己的特点，也是在这些方面又显现了某些不足。当然，这套中短篇作品集里的诸位“80后”作者，无论是他们的人生，抑或他们的写作，都还处于成长之中，而他们经过不断的跋涉与进取，必将会日渐成熟起来，并以他们的方式成为当代文学的后起之秀。在这个意义上，今天属于青春文学的他们，委实是我们这个时代文学的希望。

这个选本也存在着一些不大不小的遗憾，因为版权问题的限定，郭敬明、落落等人的作品未能获许入选，还有因为联系不上有些作者，一些应该入选的作者如小饭、吕晶、王小天、许多余、张佳玮等，这次没有作品能够入选。这种难以避免的缺遗，也为今后再编续集，又留下了一定的空间。

是为编者序。

2010年12月于北京朝内

Contents · 目录

张悦然◎吉诺的跳马

Résumé

张悦然，女，1982 年出生于山东济南，2001 年毕业于山东省实验中学，考入山东大学英语、法律双学位班，后赴新加坡国立大学攻读理科。鲁迅文学院第七届全国中青年作家高级研讨班毕业，中国作家协会会员，北京作协签约作家。

代表作有《樱桃之远》、《葵花走失在 1890》、《是你来检阅我的忧伤了吗》、《红鞋》、《十爱》、《水仙已乘鲤鱼去》等。

1）他再次回到B城是因为她的脸。他再次想起了她的脸，在他无法翻越的梦境里，她的脸就像一片波光潋滟的湖面，由远及近地荡了过来。他就站在那里，看着她的脸宛如一块没有皱痕的锦缎手帕一般，闪烁着金丝银丝一样明绰绰的辉光。这像是一条通去无可知的遥远的大路，在他的面前再度展开。他伸出手。

他熟悉那脸上的表情，尽管他一再想忽略或者视而不见。那是向他求助的表情，继而变成一片声声断断的倾诉。梦里开始幽幽地飘下梧桐树开出的紫色花，宛然还是四月的校园，他甚至看到了瘦雏的鸟，像是她曾叠过的纸鹤一样在那张脸的前面一飞而过。

他越发地明白，这张脸已经衍变成一面背景，一面适用于所有梦境的背景。在它的前面，可以是校园、梧桐树、鸟或者其他一切有着那段时光标记的事物。这些都像一出一出的戏，在那张脸的背景下上演，所以注定它们都被打上了哀伤和求救的符号，像总是要横亘到他面前的眼睛，和他四目绝望地对视。

她还是17岁时粉生生的面容，桃花颜色，眼瞳里装着深静的琥珀。她因为太久和他疏离而变得有点生硬，淡淡地说，你是不是应当来看看我了？

她又哀怨地命令道，你要回来，来看看我。

他僵直地站立在那里，好像再次是从前那个因着爱情到来欢喜激动的少年。他因为那一生只来过一次的爱情，流出了眼泪。

2）女孩吉诺是在体育课上发现陌生的男人正在隔着学校操场的霉绿色铁网盯着她看的。她侧了侧眼睛，然后继续广播操动作，告诉自己要保持平静。

周二上午第三节是体育课，她的班级被分成四排在篮球场上练习广播体操。这是每学期运动会开始前一周的必然会做的准备，在每个春天秋天里周而复始地重复着，令吉诺感到非常厌倦。虽然才是秋天，风却开始有小刺儿一样地扎得人十分难受。吉诺晃了晃头，把落在头上的半截梧桐树上落下来的小枝甩了下来。

她因为个子矮小而站在第一排，因为直接面向体育老师站着，她不能太偷懒，不然惩罚会是一个下午都留在操场上做操。所以尽管她十分厌恶，却仍是尽力把手抬高，把动作做得充分。在做第七节转体运动的时候，她蓦地发现有个男人冷飕飕的目光穿过操场的铁网直射过来。那像箭一样飞过来的目光里，她好像听到了羽毛和空气摩擦出的刷刷的声音。她迟疑了一下，正要上举的手臂悬在空中停顿了几秒。她忽然意识到自己抬起手臂的时候会露出一小段腰肢，这让她有些不好意思。然而她转念又想，怎么能知道他在看的就是她呢，那么多的同学。

但是她很快发现，当练习结束、队伍解散之后，那双眼睛却一直没有离开她。她和四个女孩开始玩排球，她装作不经意地侧了一下脸，她看到男人还站在刚才的位置，目光穿行而至，之间没有任何的障碍物，然后它像是太阳下的一块阴翳的光斑一样贴在她的身上。

排球再飞过来的时候她没有很卖力气地跳起来，因为那样会再次露出一大段的腰肢。

她变得有点六神无主，几次飞过来的排球都没有接。她在几个女孩开始怀疑和抱怨之前开口说，她感到有点头晕，想去一旁休息一下。说着她指了指小腹，那几个女孩知道她的意思是例假来了，于是都同情地点点头。吉诺退到了几个女孩子围成的圈子之外。她站在那里，眼睛立刻向着陌生男人的方向看过去。他们之间的距离很远，而男人的表情根本无法看清，他动作的幅度也微乎其微。可是那个时候吉诺却十分肯定，那个男人抬起一只手，放在胸口高的位置，向身体内的方向钩了一下，像是在示意她让走过去。她心里还在犹豫，一只脚却已经向着他的方向抬了起来。

吉诺迎着男人的目光，心怦怦地跳得厉害，迈着比平日里慢下很多的步子，走到篮球场的铁栏杆前。她是面对着他走过去的，却不怎么敢抬起头看他。她在离他还有三五米的地方停了下来，站定了，微微地抬起头来，有点迷惑地看着男人，像是问他：你是在叫我过来吗?

女孩吉诺穿着一件圆形娃娃领的玫红色开身毛衫和一条相当普通的深蓝色牛仔裤。她偏爱玫红色是因为这会衬得她原本雪白的肤色更加光洁，当然，她也没有更多的选择，除却校服之外她一共有三件秋天穿的衣服，出于对玫红色的偏爱使她几乎在整个秋天里都穿着这件玫红色的毛衫，天气太冷了也只是在里面多套件衣服。因为身材矮小，她脚上的淡雪青色和白色相间的运动鞋有点像童鞋，十分可爱。她梳着两条刚刚蹭到肩膀的小辫子，绑头发的皮筋也是艳艳的玫瑰红色。她的头有点超出比例地大，而身体平而单薄，尚没有开始发育的样子，说她已经是读高中的女孩肯定没有人会相信。

男人端详着她的脸，仿佛想要从她的脸上找到一些熟悉的东西。她有一张尖尖下巴的小脸，额头有点高，眼窝很深。这使她的脸有十分分明的骨骼层次，几乎没什么肉，苍白得好像深冬的天气里整夜都冻在外面的蔬菜。鼻子有点塌，上面起了一层淡褐色的小雀斑。如果她皱起鼻子，小雀斑会像一片四面涌来的鸟儿一样栖落在一起。他觉得她的面相并不熟悉，倒是神色很像他的一个故人。

男人没有搭话，虽然他明白她走近的意思，她应该对他充满宽容的好奇，她想给他一个机会，让他先开口对她说话。这是一件有些趣味的事情，尤其对于她这个年龄的女孩来说，当发现有个陌生的男子在不远处饶有兴趣地注视着她的一举一动的时候，她感到了一种凛冽如酒精般的冰凉液体注入身体里，她有种嚓的一下被火柴点燃的兴奋。

这是北方的秋天。校园里种的是平淡无奇的梧桐树，空有高大的身量，却毫无风情可言，照旧只是在秋天到来的时候例行公事地戴上藏红色的头发。而这一花招，就像是已经无法再换得小孩子信任和欢乐的把戏，在这一季已经可以完全被忽略了。吉诺在这一刻之前其实并没有深深地研究过她过的生活。她觉得那就像是个一碰就会迸出水来的阀门，她一直能做的也只有不动声色地看着它，即便觉得它生得像是一颗毒瘤一般令人厌恶，也不敢轻易动它。相对的平静有时候是十分可贵的。她这样想。但是这一切在她发现这个男人，并且走向他的时候，都有所改变。也就是说，她这一刻站在这里面向一个陌生男人，身后是热闹的排球场和玩耍的女伴，忽然之间感到了一种哀怨。这种哀怨就像忽然被什么东西打了一下脸，却并不急着去护痛处，只是木木地站着，思味着自己所有的苦痛，然后就感到那苦痛越来越多地飞过来，涌过来，像是一时间密密麻麻回巢的蜜蜂。于是就生生地心疼自己，几乎要掉下眼泪来。她为什么会如此她自己也不清楚。也许只是在太多的日子里她都显得过于平凡，日子过于平淡，像是总忘记化点淡妆再出门的潦草女子，蓬头垢面地虚度每日。多可耻。她一遍一遍提醒自己，她在一个最好的年龄里，她一定要让它有点不同。

“连一个美好的梦也没有。”她常常自嘲地对自己说，那种绝望像是酷寒天气里的漫天纷飞的雪花钻进脖子里一样，一丝一丝地刺得她生生地疼。

她现在站在他的面前，隔着三五米，看见男人是络腮胡子，双眼皮的眼睛很深很大，他肤色黝黑，虽然开始谢顶，脸上却没有几条皱纹。这个男人超过了三十岁，她只能这样粗略地估测，因为男人的年龄一旦超过三十岁就仿佛逾越了她可以猜度的界限，她根本不能做出正确的评估了。男人穿着一件领子上三颗扣子都没了的墨绿色毛衣，身下是洗花了的条绒灰裤。他的皮鞋上有泥水，因为没有下雨附近也只有柏油马路，她脑中一闪而过的念头是，他或者是个花匠也说不定，——其实她是个骨子里溢满了浪漫气息的姑娘，爱情小说里在花园里种下海潮般声势浩大的玫瑰花的花匠一直在她的小脑袋里翻波腾涌，而不经意出现的陌生人或者忽然之间就会领着一匹上好毛色的白马笑盈盈地冲着她走过来。

而此刻她却十分担心这只是个误会，——他并不是在看她或者他没有任何话要对她说。她猜想她的身后，那些女伴们已经发现她走了过来，她们一定在注视着她，那种一大片一大片漫过来的目光已经像是巨大而有力的手掌似的推着她，所以她是不能退的。她如果就这么转身回去该是多么尴尬。她等待着，甚至开始用目光鼓励他，让他开口对她说话。

他终于开口说：你们不跳马吗？吉诺愣了一下。她怎么也没有想到，他会问出这样一句话。他这样一直看着她，一直像是要对她说话，用手势示意她走过来，难道就只是想问问，你们不跳马吗?

吉诺的心陡然凉去了大半。她咬了一下嘴唇，心里问自己说，那么你想要他说的是什么?吉诺在很多时候都喜欢自己质问自己，——这是十分寂寞和胆怯的人的通病，他们热衷于自己和自己说话，在自己和自己的舌战中找到那种现实中永远也得不到的占据上风的快感。诘责，质问，然后在压迫下无话可说，于是可以令自己变得安稳变得甘心于现状。

她带着失望，不过仍旧十分认真地回答了他：不，我们体育课不跳马，我们现在练习广播体操和打排球。她说。他像是获得了十分宝贵的信息一般，若有所思地点点头。他们都没再接着说话。他那站在学校铁网外的身体是歪歪斜斜的，大缕的风钻进了他那没有扣子的毛衫里，他头顶那稀稀拉拉的根本遮掩不住头皮的头发像是一圈一圈的盘丝，风一吹过来，就好像棉絮一样一缕一缕地飞舞起来。她看着他，失望到了极点。她心想这只是一个十分乏味的男子，甚或只是一个无家可归的流浪汉。他不过是因为好奇或者无聊，趴在学校操场的铁网上看她们上体育课。他看那么久只是因为他心存疑惑。好事的男人，大约回想起他中学时代，还有跳马项目的中学时代，如此而已，所谓对她的长久的注视，也纯属事出偶然的吧。她于是想到，其实这个早晨并无异常，一切都会照旧。那么，她会在体育课之后去上数学课，最后一节英语课也许会是一个随堂测验，然后中午她到学校的传达室找她爸爸一起吃饭。

他们去旁边的小快餐店，那里的菜总是十分油腻，不知道反复炸过多少次的鸡翅是棕黑色，很脆，一碰就会掉下一块一块的油渣。漂浮着极少量浅黄色蛋屑的蛋花汤好像是前天剩下的。可是她不做声，甚至根本不需要看清这些食物。只是看也不看地咽下去。她的爸爸坐在她的对面，咀嚼的声音非常大，她一度怀疑父亲的前世是个类似马之类的牲畜，所以咀嚼时才会有格外响亮的声音，尤其是蔬菜。并且他可以站着入睡，发出深度睡眠的鼾声。每次当父亲发出巨大的咀嚼声时，她都会感到十分难堪。她会悄悄地低下头，环视四周的人，她总是感到那些人的目光都朝她爸爸涌过来，不友好的，戏谑的，充满讽刺和鄙夷的。她觉得很可耻，想要倏的一下站起来，然后冲出快餐店去。可是她一直没有这么做一方面是因为她没有这样的勇气，她爸爸是个十分凶恶的人，对她也不会例外，他如果发现连他的女儿都嫌弃他，他一定会揪起她的辫子，狠狠地朝她的后颈打过去。另一方面，她有时候又会反过来可怜她爸爸，她是唯一留在他身边的人了，如果连她都厌弃他，那么他还能保有什么呢？所以吉诺只有忍耐。而忍耐使吉诺的中午时光变得十分难挨，午饭像是一个世纪那样漫长。其实又何止是中午时光呢，她分明是觉得这样的每天每日都十分艰难。

每个下午，她按部就班地上课，直到放学。放学后她要先绕到学校后墙外的菜市场买菜，然后回家做饭，而她和爸爸的所谓的家，也不过是在学校后面的一间平房——她是一个连家都安在这所学校里的人。爸爸是不可能回来的，他要守在学校的传达室里。所以她要去给她爸爸送饭，她一般会做三两个菜，至少得有一个荤菜，——她爸爸对于肉的偏爱她很清楚。做好的饭装在磨得锃亮的铝质饭盒里，然后她再拿出放在窗台上的半瓶酒，握在手里，从学校后面的平房，穿过已经没有人的寂寂无声的操场，一直走到传达室。她把饭给她爸爸放下，说一声，我回去做功课了。父亲应一声之后，她就可以离开了。她转身带上门的时候，已经听见她爸爸那十分响亮的咀嚼声。

晚上如果她爸爸值夜班，那么就一夜不回，她自己温习好功课，如果时间还早，她就会看一会儿电视。家里有台小电视，能收八个电视台，她最喜欢看探险节目，一大队装备齐全的人，精神抖擞地出发了。攀登山峰或者去幽深的海洋底下潜水。她是多么羡慕他们，她想她是想要离开这里想得发疯了。如果她爸爸不值夜班，那么不会超过10点半他就会回来。吉诺得把电视让给他看，他尤其喜欢体育节目，越激烈他就会越兴奋，喝过的那点白酒也会忽然从胃里冒了上来，于是变得话特别多，甚至大声地唱歌。所以吉诺通常是伴着足球赛、拳击赛还有爸爸的歌声入睡。

这是吉诺的一天。吉诺闭着眼睛不用思索就可以把它回想一遍。毫无悬念和任何跌宕起伏。今天她才知道她对于这样一种日子已经忍耐到了极点。所以即使在陌生的毫无亲切感和温暖可言的男人看着她时，她也无法压抑自己的渴望了。她太期望这一切有所不同，在今天，哪怕并没有什么善意的事情发生。

她颓然地叹了一口气，转身要走的时候，陌生男人忽然又问：为什么你们现在体育课不跳马了呢？她心下十分委屈，不想再理会这无聊的男子。她用几乎快要哭了的声音说：我不知道。而男人却忽然又说：你能出来吗？

吉诺这个时候已经迈出步子要离他而去。她忽然怔住了。她转过头去问他，出去？现在？是啊，男人点点头，肯定地说。你让我出去做什么？她的声音有些迫切和充满鼓励，仿佛她一直是一只被囚禁在动物园铁笼里的兽，不愿意放过任何一丝可以逃脱这铁牢的希望。他想了想，说，我请你吃冰淇淋吧。

两分钟后女孩吉诺像是一只衔了新鲜花朵的鸟儿一样快乐地跑过篮球场，跑过她那些吃惊地看着她的女伴。她们肯定发现，在吉诺和一个陌生男子攀谈一番后，她竟然不顾仍旧在上课，冲出了操场。跑向学校大门口的时候，吉诺自己也觉得这太疯狂了。然而她是多么开心，她不能控制，对于将要发生的事一点也不期许一点也不猜疑。她只是知道自己在这一刻是如此的开心，甚至还有些骄傲和扬眉吐气。就像一个一直被压着肩膀走路的人，终于舒展了身体。她也说不清她在表演给谁看，可是确定的是，她觉得一切好比一场万人观看的精彩大戏，而她是备受瞩目的女主角。

她只有在飞快地跑到学校大门口的时候才忽然停了下来。她把身体压低，几乎蹲在了地上，然后一步步向前挪动，还好她是个小个儿，这样一来头顶低过了传达室的窗台。于是她顺利地从她爸爸的眼皮底下逃出了学校的大门。

陌生的男子果然已经站在大门口等她。他远看去过分地瘦削，像是一直吸了大麻或者一直重病缠身。可是不知道怎么的，吉诺却觉得他是那么坚如磐石的一块力量。

3）你看我半天，把我叫过来，只是为了问我，我们跳马不跳？吉诺坐在咖啡店那翡翠色新鲜可人的水果椅上享用一大碟红豆雪沙冰时，忍不住要问坐在她对面的男人。这间咖啡店就开在学校对面的小街里，门口有一丛一丛柠檬浅绿的蒿草，木头栅栏上扎满了葡萄香槟色的团花，像个幽秘的小庄园一样令人对里面的世界产生无限遐想。她还从来没有试过这样轻松惬意地坐在一家冷饮店和人说话，于是刻意地把说话速度放慢了一些。店里飘着一个外国女人的歌声，女人细碎的声音也像这甜品上的冰屑一样清清凉凉的，好像一碰到热乎乎的耳朵就融化了。

男人要了一杯热牛奶，此刻他正把桌上插在小盒子里的糖包撕开，淅淅沥沥地把绵绵的白糖倒进去。吉诺很少见到男人在喝牛奶的时候加白糖，当然吉诺也很少见到除父亲以外的男人。所以她感到很新鲜，全神贯注地看着他大口大口咽着甜腻的牛奶。男人摇摇头，用手拂去粘在嘴唇边的一层薄薄的白色奶皮，说：也不是，我也可以问别的。叫你过来的时候其实我还没想好。

吉诺通情达理地点点头。他们又都不说话了。吉诺这是第一次被男人约出来，她没有过男朋友，甚至很少有男性朋友。因为她看起来是个相当沉闷的姑娘，小个儿，眼神有点虚渺，不够坚定也没什么力量。不过这都不是重要的原因，重要的是她的爸爸。吉诺的爸爸是个看大门的粗汉，这个全班的同学都知道。她隐约地知道，惹是生非的父亲也曾在这所学校当过老师，但因为犯了错被处分。不管怎么说，自吉诺懂事以来，爸爸就像是一个恶狠狠的罗汉一样把守在学校大门外。他的脾气很坏，曾经因为同学进大门不下车或者高声说话而和他们发生过争执，他甚至还动手打人。他是个粗短结实的胖子，力气大得吓人，有次他竟然在打斗中折断了一个男生的手臂。学校险些辞退了她爸爸，然而终是因为他已经为学校服务了大半辈子而网开一面。不过自此大家都知道，那个凶神恶煞的看门人就是吉诺的爸爸。所以谁还敢跟吉诺走到一起呢？那是一件多么犯险的事啊。

有时候吉诺觉得她爸爸是四面阴森森的大墙，把她严严实实地圈在了里面，她是完全孤立的，甚至无法要求救援，所以她渐渐失去了言语，变成一个在男孩儿眼里有点乏味的姑娘。

“反正我也不指望谁会来爱我，救我。”她自己这样告诉自己。她总是能用一种桀骜的口气把自己说得哑口无言，让即便再无趣的生活都能吱嘎吱嘎地像个笨拙的旧纺车一样继续转动起来。不过这一天她才知道，她其实是多么盼望有个男子能出现，哪怕只是像现在这样请她吃一客冰淇淋，象征性地把她带离那座她几乎走不出的学校。

“可你出现在这里肯定是有目的的。”吉诺忽然十分肯定地说。她吃得很慢，她对于甜食的偏爱很少能够真正得到满足，所以在这样的时候她觉得应该放慢速度，好好地宠溺自己。她其实一点也不关心为什么男子会出现，她只是希望有个话题像是空气中飞来飞去的尘屑一样让周围气氛都活跃和生动起来。

“嗯，真的没有什么确切的事儿，我从前也在这所学校读书。”男人被她这么一说，忽然有点不安了，十分认真地解释道。吉诺抬起头，看看男人的脸，他如果超过了三十岁，那么在这里读书至少是十几年前的事。

“你很久没回来看了？”

“嗯，大概有十五年。”他说。

“天，十五年那么久，你搬去了离这里很远的城市？”吉诺惊讶地问。

“嗯。”他回答。

“现在回来看到，很动情吧？”吉诺依着他的神情，猜测道，不过她却是无法体会的，对于这所学校的一种眷恋，她只是想着赶快离开，仿佛这是在梦里都拖累她逃跑的沉重尾巴。

“变化并不是很大。”男人想了想，十分客观地评价。

“嗯，十五年前，”吉诺想了一下，“那个时候我爸爸也在学校里的，你见过他吗？”她问。

“他是做什么的？”这个时候已经是上午太阳最好的时候，整个冷饮店里洒满了金沙子般的太阳光。男人把身体慵懒地靠在椅子背上，和蔼地看着她，悠悠地问。

“他——好像也做过老师吧。”她却忽然感到说起父亲根本不是一件多么光彩的事。男人点点头，没有继续问，隔了一小会儿，又喃喃地说：

“我们那个时候体育课是跳马的。”他再次提到跳马。

“是吗？但我好像从来没在这学校里见过那东西。”吉诺说，她感到了这个男人对于跳马有着非同寻常的留恋。

男人点点头，趣味盎然地继续说：“我们那个时候是男生一大组，女生一大组，围成个半圆的圈子。轮到谁跳谁就走到助跑线前面，助跑，然后一跳。”

吉诺点点头。

“女孩儿们都不大敢跳，老师都得在旁边扶着，跳过来的时候抓她们一把。”男人继续说，显得有些兴奋。

吉诺又点点头。她实在不懂这项体育运动究竟有趣在哪里，值得他一遍又一遍这样地回味。但是她也觉得这个男人在沉湎于对这项体育运动的回忆中时，格外地动情。因为动情而流露出和他年龄不相称的稚拙。

“就是这样，先助跑，跑，跑，然后到了大约还有一米远的地方开始起跳，双手一撑，嗖的一下就飞过去了。”男人像个体育老师在给学生讲解动作一般地，认真地说着每个分解动作。他说的时候两只手还在比画，流畅地在空中画过一个大半圆的圆弧。吉诺看着他在看自己，就又点点头，表示听懂了，学会了。

这个时候，吉诺听到男人手腕上的电子表啪嗒一下弹起了盖子，然后吱吱地叫起来。她才注意到男人戴着一块已经过时的，大约是在十几年前孩子中流行的卡通电子表。电子表有个做成卡通动物图案的表盖，表盖上的塑料漆基本已经磨光了，现在根本无法分辨是个什么动物。黑色的塑料表壳就像个开了口的蚌，被一层一层地用浑浊颜色的透明胶带五花大绑起来，以免立刻散了架。表带也断裂开了，像一条身上被割满纹裂的待煮的鱼，软沓沓地搭在他的手腕上。男人听到手表响起来，十分平静地按了一下电子表侧面凸出来的按钮，扣上表盖，然后微笑着对吉诺说：

“9点50分，体育课下了。”

吉诺有些吃惊他对于体育课下课时间的敏感。但是她更惊讶于他的微笑。他自出现到现在一直是十分严肃的，甚至是略带哀伤的。而他的微笑来得十分突兀，却竟如蒙昧少年般纯澈。

尽管吉诺已经有意放慢了速度，可是红豆雪沙冰还是吃完了。吉诺很担心男人提出来要走。她一点也不想回去。虽然她并没有觉得男人有什么特殊的魅力或者格外生动有趣，可是在她看来，他却十分可爱，哪怕是有点啰唆地一遍又一遍重复着体育课和跳马动作，哪怕佩戴着有些滑稽可笑的儿童电子表。何况她还感到了一种从未有过的歇息下来的闲适。就是这样，像个成年的受到欢迎和照顾的姑娘那样，在日光和煦的正午，坐在玻璃亮堂堂的咖啡店里，微笑着，和缓地说着软绵绵的话儿。

她于是做出格外兴致盎然的模样，问：

“说说你从前的故事吧，我猜你是个有很多故事的人。”事实上吉诺并不确定男人从前是否有着丰富的故事，她只是看过这样的电影，一脸沧桑和落寞感的男人坐在年轻女人的对面，眼白浑浊而布满再多的睡眠也驱赶不尽的血丝。女人要听男人的故事，因为男人看起来幽深得像回声婉转的峡谷一样引人入胜。她对男人说，告诉我你从前的故事吧。于是男人开始诉说，故事很长，也很忧伤，像个怎么也织不完的锦帕，渐渐地把女人织了进去，女人最后变成了锦帕上的一朵小花，镶进了男人壮丽的一生。吉诺的内心隐隐地触碰到了这样美好的一幕，于是她学着电影里女人的口气，让对面的男人也讲讲他的故事。

“我的故事？那很单调，会令你失望。”男人说，但是他的语气有些犹豫，一场诉说在即。

“没关系，就是随便说说，比如，你来这里之前在哪儿，做着什么。”

男人想了想，点点头，同意说一说他的事。吉诺叫过咖啡店的女侍，她又叫了一杯拿铁咖啡，她听着吧台的咖啡机嗡嗡地转起来，而男人富有哀伤的磁性的声音漫散开来的时候，忽然觉得，生活是这样的美好，从来也没有，这么美好过。

“你常做梦吗？”男人这样开始诉说。

“不，几乎不做。”吉诺回答，这的确是个令她十分灰心并且感到羞耻的事情。她几乎没有一个梦，连对美好生活的臆想都是不曾有的，这是多么可悲的事。

“嗯，”男人点点头，“我从前也不做梦，我是说，大概十五年里，我什么梦也没有做过。日子就像死去的人的心电图一般，是一条没有波纹的直线。”

“嗯，嗯，是这样的。日子对于我也是如此，没有任何玄机，乏味得真想永远闭上眼睛打着瞌睡。”吉诺显得有点兴奋，她连连点头，她觉得男人的比喻太正确了，这正是她的感觉，日子就像死人的心电图。正是如此，然而却从来没有人因此和她做过交流，她也没有对此细细想过，每个日子都仿佛一个囫囵的枣，被她一点汁水也不渗透出来地吞食着。这忽然间被男人说破，她有些百感交集。

“不过，”男人听完吉诺的附和，又说，“我最近开始做很多梦。忽然之间，做很多的梦。并且梦的内容大致相同，都是回到从前的同一时间，同一地点。每天晚上一躺下，就好像套上了缰绳的马，身不由己地非得要到空旷的场子上跑上一遭，真让人着恼，最后终于决定回来看看。”

“你是梦到这学校？”吉诺明白过来他梦的是学校。

“嗯，是啊。”男人说。

“那你梦到这里发生了什么？”吉诺又问。

“什么也没有，只有她的脸。”他轻轻地说。声音像是发生在清晨的易被忽视的薄雾，却幽幽地漫过来，蒙住了吉诺的视线。

“谁的脸？”吉诺疑惑地看着他，而他已经像是进入了一个深暗的山洞一样地，隔着薄雾，她看到他的脸色蒙上了一层从冰冷的大岩石上揩下来的尘灰。

“她的。”他说。

4）他十分清楚，有关她的脸的梦陡然变得清晰是在母亲死后。上一周他的母亲死于肺癌。她在临死去之前的一段，忽然变得十分不安稳。她不停地在床上翻动，不断地穿过厚重浑浊的梦，清醒过来，用清楚得惊人的声音唤他，用力抓起他的手。他知道她要对他说什么，她是要他老老实实地呆在这座城市，不要再回到 B 城，不要去做不应该的事。她十几年如一日地重复着这样的话，已经令他十分厌倦。他一直忍耐着，他也知道，在她最后弥留的时刻他理应继续忍耐，然而却不知是怎么了，他忽然变得十分不耐烦，纵然是她即将死去，他也无法被打动。他站得离她的病床有相当的一段距离，漠漠地看着她。他感到炎热，其实已经是秋天，他穿得也很少，可是他感到十分燥热和口渴。很多个小时里，他坐在医院外面的长椅上，精神亢奋，无法进入片刻的睡眠。在这些时候，他感到母亲好像是一块阻挡在他和睡眠之间的巨石。他现在被困住了，坐立不安，到处乱撞。他想也许只有等到她死去，他才能解脱，才能好好地睡下去。

最后的时刻，母亲还在唤他，一遍一遍，她伸直的枯瘦的手臂，宛如藤蔓般缠绕住他的手臂，他被拉到她的脸前："不要回去。"她的声音因为过分用力而显得有些恶狠狠。然后她收敛了呼吸。那藤蔓就像松弛的橡皮筋一样无声地垂落下去。

他忽然感到了如释重负。

他回到家整理母亲的遗物。他把属于母亲的东西都敛在一起准备烧掉。房子骤然变得空了，也陌生起来。他环视这套空洞的房子，怀疑这是否就是他和母亲一起生活了十五年的地方。他曾是多么痛恨这房子，这里是暗仄的囚笼，潮湿得令记忆不断地生出森森入目的绿色苔藓。

他一直记得在最初搬来的那些日子。来的时候，他带着一只被洗得空空的胃，几乎是在昏迷中，被母亲带到这里。他紧紧地把眼睛闭上，希望再也不用睁开。母亲叫人打好铁门，安装了三道门锁，阳台也严严实实地封好，两道相隔的铁栏杆近得只能伸出一只手，并且用厚厚的纱窗隔绝了外面的玻璃。家里没有刀具和任何利器，连剃须刀也不给他留下。他被关在一间用软布包了墙壁的小房间里。只有床和吃饭的小圆桌。他躺在床上，藏在被子里希望不要被劲猛的阳光照到。

母亲一直陪着他。她总是搬一把椅子坐在他的床边，直直地看着他，脸上没有任何好恶、喜怒的表情。那时他已经不再流泪。他也终不能逃避地睁开了眼睛。他也直直地看着她。他们什么也不做，只是这样对坐着，有时候听到隔壁的劣质音箱放着沙哑嗓子的男人唱出的情歌，有时候听到遥远的楼下街道开过一辆哀声大作的救护车。还有他的卡通电子表，作为珍惜的宝贝，他一直戴着，他们听到它滴答滴答地响，像个穿破了尘世的木鱼，让他觉醒，让他在这里永远地沉寂下来。直到中午母亲走出去，他能听见上锁的声音——他被反锁在房间里。然后母亲下楼买菜，之后他能听到厨房里烹烹炒炒的声音，直到房门再次打开，母亲端进来几个盘子，里面是熟烂的蔬菜或者肉泥之类的东西，绝对不会出现整条带刺的鱼，因为他曾企图利用锋利鱼骨卡在嗓子口的办法弄死自己。

甚至连餐具也都是塑料的，因为他也曾尝试过用瓷碟子的碎片割腕自杀。在他一次又一次为了争取死亡和母亲做的斗争中，他都以失败告终。而一次又一次，母亲改换着这个家里的一什一物，像是一个通过修筑自己的城池不断强大起来的首领。没有瓷器没有刀具，没有尼龙绳子没有沉重的铁器。她还给他吃药，让他没有力气挣扎、反抗或者逃跑。他越来越难以得逞。

他就在这狭促的房间里吃饭睡觉，用痰盂大小便，剩下的时间就是坐着，和母亲面对着面。他们一言不发，房间因为太静，能够听到彼此的呼吸。他的呼吸总是很急促，由此可知他仍旧活在对一些往事的沉湎和深陷中。可是母亲只是冷静肃穆地坐在他的对面，宛然是一尊值得景仰和膜拜的菩萨塑像。然而她又是如此寻常，只等着下一顿饭时间的到来，起身出去做饭。

他若无其事地吃喝发呆，然后伺机自杀，他试过割腕、吃药、撞墙壁，企图跳楼吞咽鱼骨……可是母亲的力量是这样的巨大，她一次又一次挽救了他的生命，她被他手中的刀划伤过，她被他的挣扎踢得伤了踝骨，可是她还是坚强地挽留他。并且她不对他大发脾气，她甚至很少言语。她只是默默地任他折腾，照常地收拾着残局。

日复一日。直到很久之后一个大雨初晴的午后，暖和温好的阳光射进来，那一刻的炫目是他始料不及的。他像是被棒子打醒了。他借晖光端详着母亲的脸。他发现她已经老去了那么多，她曾是优雅而一丝不苟的女子，脑后的髻总是整整齐齐地高高挽着，在固定的位置插上一根绛红色镶满水晶颗粒的簪子。可是现在她的头发很乱，白色的也不算少，搭在她很久没有修过的眉毛上，像是好几季没有人过问的野草。她虽然这么端好静穆地坐着，可是他发现她毫无气力，纵使她努力地挺直身体，亦带着无法扳直的弯度向前倾斜。他觉得她像是个漏洞百出的木偶，牵强地站在台幕前，艰难地应付着，只等着落幕的一刻。她是这样的不堪一击。

因着他和母亲上一次激烈的争执，母亲的脚踝受了伤，现在仍旧肿着，曾纤细的小腿上好像忽然结了一个硕大的瘤。应该会是多么疼，可是她从未说过。她宛如一面默无声息的墙壁，一次一次无声地把他狠狠发过来的球挡回去。

倘这不是因为她那么地疼爱着他又是因为什么。倘这世上除却如此姑息放纵他的她，他还剩下什么。

他张了张嘴。母亲看到了，她立刻站起来，问：是要解手吗？他摇了摇头，终于张开嘴。因为太久没有说话，他用力了好几次，嗓子口才有了振动。他说，你以后不用再守着我了，我想通了，不会再寻死了。

母亲的嘴角僵硬地被牵动了一下，她的表情如一个小女孩儿一样地委屈，哀怨地问：是真的吗？是，他说。他注意到他那已经迅速衰老的母亲的整个身体都在颤动。他甚至有些担心她因为过于激动而昏过去。

母亲又说：能不能答应妈妈，永远也别离开妈妈，更别再回B城去？

他想了想，说好。

然后就是十五年。有时候忽然想起，他会对这个数字十分怀疑。十五年应当是多么长的一段时光，可是竟然那么轻易地让他过成了短短的一束，像是嗖的一下，就从他的眼前飞掠过了。而这是确切的，十五年里，他和母亲两个人相依为命地生活在这套房子里，他们之间的话越来越少，最终把日子过成一种简单而机械的重复。母亲找到一份纺织厂女工的工作，每日清早上班，天黑回家，很是辛苦。起先他每日呆在家里，看看电视，买菜，烧他和母亲的饭菜。他想要出去工作来帮母亲，然而那一年他才只有十七岁，母亲始终不同意。直到他过了二十岁的生日，母亲才勉强同意他到街口的小型超市打零工。他做过收银员，仓库保管员。但是他的脑子却因着从前的事明显受到损伤，不能记得一些确切的数字，总是出错。他一次次被辞退。最后他在这座小城的游乐园里找到一份轻闲的工作。游乐园里早年建了一个观景塔，现在因为陈旧而很少有游人登上去游玩。后来游乐园买了一架十分高级的望远镜放在上面，一元钱可以看一次。望远镜的功能强大，一直能看到毗邻的城市。甚至某个居民楼上正在拌嘴的夫妇。于是开始有了游人。他找到的工作就是看管这架昂贵的望远镜，并且对游人收费。他对于这个工作十分满意，因为他在没有游人的时候，自己站在镜前观看，一直可以看到B城去。他坚信，远处那蒙蒙的一片显现着微略的暗红色的，就是B城。

像额头上的一块血斑。他想。

他就这样，白日里坐在观景台，懒洋洋地倚着墙壁，眯着眼睛望着那架望远镜。他也会格外好心地让没有钱的小孩子凑上去观看。他现在在一个很高很危险的地方，他望下去看到行人像是仓皇的蚂蚁，然而他却一点跳下去的欲望也没有。他只是知道，他妈妈在等他回家吃饭。

他和母亲，除却母亲上班的时间，都会呆在家里。尝试各种新式的菜肴，收看乏味的电视长剧。生活中始终是他们两个人，除却工作中必须打交道的他的或者母亲的同事，他们没有朋友。他也没有过任何女人，从来不会和女人搭腔。母亲亦没有再嫁，尽管他们刚来到这座城市的时候，母亲还是个不到四十岁的风韵犹在的女人。

晃晃十五年。

转眼他已经三十三岁。有时候就在他倚在观景台的矮墙边上时，这十五年过得如此之快，也许和他连一个梦也没有做过有关。他不知道世界上有没有像他一样活着的人，仿佛生活在一个十分细薄的平面玻璃板上，连一个凹凸显现的梦都没有过。可是他毫无抱怨，只是在母亲死去的时候，他才流露出一种厌倦和疲累之后终于解脱的轻松。然而他旋即又因此深深地感到愧疚。他觉得母亲的恩慈值得他永远不息地去凭吊和怀念。

不过，随后，梦来了。

那个夜晚他第一次一个人在这套房子里睡觉。他感到害怕，却也不敢开着灯，生怕再看到那些堆在房间里的母亲的旧物。直到半夜才渐渐入睡。居然开始做梦。梦就像是厚实的帘子，因为太久没有练习的原因，他感到自己就像笨拙的兽，粗钝地大口喘息着，终于费力地钻进了梦。

那是她的脸。像是水面搅碎的月光一样幽怨地荡漾。渐渐平静之后终于盈满成完整的一个。他不知道是应该害怕还是欢喜这样的梦，可是越来越多的光聚过来，女人的脸已经格外清楚，却仍旧那么地潮湿。他知道，他应当打捞起她，掬捧起她，像是他过去疯狂地爱着她时那样。她开了口，声音却仍是旧样子，小女孩儿那样的清脆。她说，他母亲离开了，她才敢来，进到他的梦里。他不知道她为什么这么说，可是他听到她说话的幽怨，他的心就很疼。疼得像是刚失去爱情时那样。他开始觉得，其实这十五年根本没有长度和质地，他现在仍旧在他的十八岁里，面对着他蓬勃的爱情和那张蓦地跌落的她的脸。

所以，他决定回去，这是十五年前他应当做出的决定。在他料理好母亲的后事之后不久，他回到了 B 城。

5）他把故事说到这里。中午已到，窗外的街道开始忙碌，吉诺看到她的同学骑着自行车回家，他们都没有看到她，他们不会知道她在这里面度过了一个相当奇妙的上午。

她知道她爸爸等不到她去吃午饭，肯定发怒了，也许在到处找她。管他呢。她对自己说。她第一次对自己说那么洒脱的一句话，像是成功地发射了第一颗人造卫星一样欢欣鼓舞。她喜欢他的故事，尽管这个故事只是一段，她也好奇故事的全部，却并不焦急，她开始把自己完全放开，让自己沉溺于他的悠长和缓的诉说。她停了一会儿才有些惋惜地说：

“你妈妈是个了不起的母亲。”

“是的。”他表示同意。

“嗯，不过，你到底为了什么事情非得自杀呢？梦里出现的那个，又是谁呢？”吉诺已经猜测到后来进入他的梦的当然是他的爱人，并且她显然已经离他而去。原来这其中还是个哀婉的爱情故事，她想。

他不回答，只问她：“中午到了，你需要回家去了吗？”

“不，不，没有人管我的。我想听你说故事呢。”吉诺一听到他说到走，脸色都变了。她其实也不知道自己打算怎么办，她爸爸在找她，她得上课，而这些都不再重要。她成功地逃离了每日每天里机械重复的生活。她现在只是坐在这里，听刚刚认识不超过三个小时的陌生男子说着虚无飘渺的故事，然而她却那么笃定地使自己相信，她从此将过上一种非同寻常的生活。

他微微一笑：“你爸爸会担心你的。”

“没事的，你继续说呀，好不好？”她连忙催促，口气竟然有一点像是在撒娇。她内心微微怔了一下。因着这么多年来，她从来没有对谁撒过娇。她的生活中只有父亲一个男子，而他却像是冰山那么坚固冰冷，让她不可靠近。可是现在她竟然可以撒娇，像是所有这么大的女孩一样享受着她们特有的权利。

他显然喜欢她这样，她刚才说话的时候声音略略地发哆，淡淡粉红色的小腮帮一鼓一鼓的，像是正在迎风盛放的杜鹃花。于是他点点头说：

“我们边吃边说吧。”

这个中午，吉诺吃到了生平第一块牛排。牛排放在铁板上，嗞嗞作响，脆白的洋葱红艳艳的番茄，还有葡萄酒做的酱汁。她笨拙地刀叉并用，嘴角沾满油渍，一片忙乱。黄澄澄的通心粉，拌着红艳的番茄酱十分诱人。她自己就吃下了那分量十足的一大份。她虽不是一个对食物十分贪恋的人，却也在这个中午显现出一种超乎寻常的激动。她终于不用再和父亲坐在乱哄哄的小快餐店里吃那些难以下咽的食物，她也不用因为对面坐着的那个粗俗男人发出的响亮的咀嚼声感到难为情。她对这一切充满感恩。她的恩人还带着哀婉动人的故事，他又开始了诉说。

6）跳马。他还是要提起跳马。不，不，他其实不是要先说起跳马，他是要说她。可是他一想起她，就会想起跳马。他的梦里，她就一直在奔跑，然后一跃，跳过去。这一幕就像是一卷发了狂的录像带，反反复复地播放着这一段，而她在里面像是一只上了发条的豹子，敏捷地飞跑，然后十分轻盈地一跃而起。他在梦里大声喊她的名字，他请求她停下来。他的脑子里映着她的脸，他亦能看到她愁怨的表情，然而她的腿脚却不止不休。她越跑越快，轻得宛如飘拂的叶片一样无声无息。每一次在腾空的一刹那，他觉得她的身体会骤然哗啦一下，散了架。他甚至怯懦地蒙住了自己的眼睛，只是仍旧大叫她的名字。

他惊醒，知道她从未离开那架跳马。他疑心灵魂并非人们所说的那样，能够顺利地脱离肉身并且飘上天空，顷刻间重获自由。他却觉得这灵魂就像一条软绳一般地，被死死地缠绕在世间的一处，无论如何都无法得以解脱。

他于是决定回来找到那跳马。他觉得他必须，把她的灵魂从上面解下来。

他回到B城。他还没有回到学校，只是在火车刚刚在这个久违的城市停靠的时候，他就感到了扑面而来的她的气息。事实上，她的气息密布了这整座城市的天空。哪里都是她的影子，他们的影子。他想起他们曾一起来过火车站。他们计划着私奔，他和她牵着手，也是秋天，不过时节比现在还要晚些，她穿了厚厚的毛衫仍旧瑟瑟发抖。他们在月台边站着，火车隆隆地叫起来，然后像条打着哈欠的响尾蛇一样上路了。他们只是看着，累了就坐下来，她从她的橙色背包里拎出一罐可乐递给他。她还喜欢在包里放些花花绿绿的小零食，所以如果他们在这里坐得久了，他就会看到她从包里陆续拿出话梅或者草莓软糖这样的零食。他们之间的对话反反复复就是那样的几句。她问他："我们走吧，就现在。""嗯。"他十分坚定地点头。

"我们去一个他们都找不到的地方，自由得像是大森林里的小浣熊！"她说，她每次说的时候所用的比喻都有所不同，可却都是一样的激动，眼睛一直盯着从身前离开的火车，一只手紧紧地抓着他的手。"好。"他十分诚恳地表示同意。

这是每个黄昏里他们放学后的一段时间。他们喜欢来这里，像对将要私奔的小情人，内心澎湃地站在这里等待着出发。然而又在每一个夜幕降临的时刻，他们照旧骑上单车，他送她回家，然后亲吻她的脸颊，恋恋不舍地说再见。而这在火车站深情的对话仿佛只是他们每天延续着的家家酒游戏。当然这种不能每时每刻厮守的爱情煎熬令他们都十分痛苦。可是他请她谅解。现在的他，仅仅是个高中生，他没有能力给她什么——他深知这是一个多么需要保护和关爱的女孩。她的父母双双死于车祸，她在舅舅家长大，是个懂事很早，极少给人添麻烦的安静女孩。她的柔弱和身世凄苦令他心疼，并且更加想要好好地照顾她。

所以他很少对她说起他家里的事。他的父亲在他两岁的时候爱上了别的女子，最后决绝地带着那个女子远走高飞了。他和母亲一直是相依为命的，他就是母亲的全部天空。他常常想，倘他真的就这样悄无声息地一走了之，母亲的生活是否还能继续。在遇到她之前，他从未违背过母亲，竭尽全力地读书，一心想着以后能给母亲好一些的生活，让她不再那么辛劳。

可是他无法抗拒她。她盛大而美好，像是他童年时闯进神秘肃穆的天主教堂时猛然间抬头看到的炫目的玻璃花窗。是的，他不仅觉得她美，还觉得她带着一丝一丝神圣耀眼的光芒。自她在高二开始时，忐忑羞赧地被老师带进班级，安排在他斜前方的位子上，他就被她耀眼的光芒蒙住了。从他的座位的角度看过去，能够看到她的侧脸，上午的阳光从窗外照进来，打在她的脸上，像花儿一样一片一片花瓣地打开，然后蕊的香气就迎着他漫过来。他怎么能抗拒呢。

像大多数情窦初开的少年一样，他急于向心爱的人表达自己的情感。他来到她的面前，终于有一天。他穿着干净的校服，瘦高和十分白皙的皮肤使他看上去有点诗人或者贵族的气质。他很直接地对她表达了爱意。令他欣喜万分的是，女孩接受了他。他们开始偷偷地相爱，甜蜜而心惊胆战。

那绝对是一份炽热得不能更加烫手的爱情。烧坏了他们的头脑，他们都变得软绵绵的，丧失了斗智，只是想一分钟也不分开地厮守在一起。这份爱情的热烈，使他们没有觉得有什么禁区是不能逾越的，或者说，他们觉得理应毫无保留地彼此拥有。于是他们开始做爱。他们是这样的欢喜彼此的身体，深溺其中无法自拔。他们开始不再去月台眺望远走的火车，不再排演着私奔的二人话剧。他们开始在放学后急匆匆地跑去学校旁边的一间小旅店。那里暗仄潮湿，只有一张床单洗得花花搭搭的双人床。可是这里成了他们最神圣最奇妙的游乐场。

她怀孕了。他才意识到事态的严重性。他想带她去动手术她却是不肯的。她十分坚定地告诉他，她的妈妈在天之灵看到她要拿掉这个孩子一定会很伤心。她想要生下这个孩子。她觉得学业那些于她都不那么重要，而她一心想要保有这个用他们之间炽烈的爱打造的小孩。她的想法令他十分吃惊，然而他却也无法不感动。他知道她从不懦弱，自怨自艾。相反的，她勇敢而义无反顾，从不知悔改。

他觉得他必须和她一起承担，既然她已经这样决定了。他带着她去见他的母亲。他和她坐在一边，母亲独个儿坐在对面，下午的咖啡馆，黑洞洞，生生的冷。他字字恳切内心忐忑地对母亲讲述了他们之间的一切。她坐在他的旁边，把手放在他的双手间，低着头，只是听着他的诉说，一言不发。他的母亲的脸像是一块已经板结的石膏那样冰冷坚硬。她也一言不发，却死死地盯着坐在儿子身边的女孩。她看起来是那么单薄瘦弱，可是她却有着这样大的力量，她现在要把她的儿子带走。生生地从她的身边，把他拽走。

他说完所有的事，最后请求母亲让他们一起离开。他说他会等她生下孩子之后，寻找新的机会继续念书，他也会在找到工作赚到钱之后回来看望母亲……母亲仍是紧闭双唇死死地盯着那女孩，半天她才对女孩说：请你离开一下，我想单独和我的儿子说话。

女孩有些受惊，站起来惶惶地走出了咖啡馆。

母亲看着他，一字一句地对他说，你不许离开我。你不许像你的父亲一样背叛我。所以没有任何可能你带着她走，除非我死掉。让她打掉孩子，从此你们不再来往。

他虽知道母亲一定会十分伤心气恼，可是他却仍旧没想到母亲会是这样的决绝。没有丝毫商量的余地。

战争开始了。他不断地请求母亲，他甚至给她下跪，求她的宽恕。可是却没有丝毫转机，母亲表现出异乎寻常的冷酷，他根本无法动摇她半分。

然而女孩的反应却越来越剧烈，上课的时候呕吐，冲出教室去。他必须带走她，不然迟早会被发现，使她成为全班的笑柄。

他们开始密谋悄悄逃走。但是这的确需要一段时间。他到处凑钱，他先后卖掉了他的网球拍、运动球衣和球鞋。他还借了很多朋友的钱。这时候他已经对母亲很冷漠，早出晚归。他对于母亲的不谅解失望透顶，不再向她恳求什么。

7）“你们顺利逃走了吗？”他突然停了下来，吉诺连忙问。故事已经变得十分激烈，她不能不被后面故事的发展所牵动。她已经十分喜欢眼前的这个男人，他叙述故事绵长哀伤，那份对他的爱人的感情分明地渗透出来，令他变得犹如古希腊神话中将要殉情的王子一般的迷人。

可是他没有立刻把故事说下去。他停顿了一会儿，然后看看窗外，他说：“下午的课已经开始了。”

“嗯。”吉诺附和道。

“你能带我去学校里面看看吗？”他用了一种她根本无法拒绝的企求的口吻。

“你想看什么呢？”吉诺问。

“我想找到我们那个时候用过的跳马。”他说。

又是跳马。吉诺微微蹙了一下眉，她至今十分困惑跳马到底和他的故事有什么相干。她忍不住问：“到底跳马怎么了？你为什么总是对那东西念念不忘的?”

“我会告诉你，现在陪我去找找它，好吗?”他仍旧恳求，迫切得已经从座位上站了起来。

他们离开了咖啡店就向学校走去。吉诺内心有些恐慌，她想如果她爸爸此刻就端坐在传达室里，看到她和一个陌生的男人从外面走进学校，会怎么样。她整个中午都失踪了，却和一个男人在一起，她爸爸看到肯定会要了她的命。

于是在快到学校大门口的时候，她忽然停下来，并对男人说：“你在这里等等，我去看一下。”男人点点头，他从不多问，这令吉诺感到舒服。于是吉诺悄悄地走到传达室的旁边，身体贴着一面墙，慢慢挪到窗户跟前。她把头探上去一点，刚刚能透过玻璃看到里面——没有人。她按捺不住内心的欢喜，冲着他喊：“喂，过来啊。”他于是慢慢向她走来。忽然，吉诺有一种奇怪的感觉，她好像忽然体会到了男人和他的女孩一起跑去火车站想要私奔时候的心情。她一时有些茫然，不知道自己是谁了。她觉得自己是他的那个小情人，那个义无反顾地怀了他的孩子也不后悔的姑娘。他现在向她走过来，他们好似要去做一件十分伟大的事情，他要领着她走，逃开这围困她的鬼地方。啊，多么好。吉诺兴奋的脸上淌下汗水来，她感到自己就像一只放进温暖烤箱的面包，身上都流淌着甜腻的糖蜜。他走过来的时候，她犹豫都没有犹豫，她抓住了他的手。而他好像并没有十分意外，也没有抗拒。

她牵着他的手穿过学校的几座教学楼、操场，然后到了学校的后墙根下。这里依着学校的后墙有一排的平房。敞开的窗户上镶嵌着半块半块参差不齐的玻璃，青色水泥墙上隐约留着小孩子用粉笔画上去的凌乱的涂鸦。四周生满了荒草，秋天里的枯色一片。显然，这里已经荒废很久。这里因为离她家住的那间小屋不远，所以她比较熟悉。她对他说：“这里有好几个废弃的教室，也许放着从前的体育器材也说不定。我们一个一个进去找找吧。”男人点点头。

他们推开一个又一个教室的门，扑面而来的是浓浓的尘灰味道。蜘蛛网密布，地上有仓皇躲闪的老鼠，而受了惊吓的蝙蝠也嗖地撑起翅膀，迎着他们的脸就飞了出去。吉诺有点害怕地躲到他的身后。他仍旧牵着她的手，向前走几步，探着身子把房间里的器材看清楚——他们找到了废旧的乒乓球台，羽毛球拍，瘪了的篮球，半截半截的接力棒。

在他们进到倒数第二个教室的时候，他还没有向里面走去，就忽然停住了。他用沙哑低沉的声音，像是在对吉诺说，又像只是对自己说："它在那里。"这间教室十分空旷，吉诺穿过黑洞洞的房间里浓重的烟尘，看到了那架斜斜地站在教室一角的跳马。她陪着他走过去，拂开一圈一圈缠着它的蜘蛛网。她才看清它的四条铁腿还在，而上面那块皮子包裹的"马背"已经缺失了一半儿，皮子破损，磨光了，露出里面白花花的棉垫和线头。他眼睛一眨不眨地看着它。然后他缓缓地松开握着的吉诺的手，把自己的手伸过去，很认真地拂去上面的厚厚的土。他又搬起它，两只手像是托着宝贵的贡品一般地把它举到教室的中央。她跟着他走过去。一只手放在它的背上，碰了碰它。他看看她，像是对她带他来这里找到它表示感激。

他不顾地上厚厚的尘土，席地而坐，把背靠在跳马上，开始继续说故事，而她也慢慢地坐在他的身旁，她犹豫了一下，也慢慢地把身体靠在了他的身上。

8）他们一天天地准备，却迟迟没有离开。这中间当然有他没有凑足钱，没有策划好逃跑路线等等客观原因，然而最重要的是，他总是下不了决心。因为他知道他要放弃的是他十几年的努力，他将没有办法进入大学，没有办法实现他所有的梦想。就这样，一直拖到了学期末。

然后终于要提到跳马了。那个学期他们体育测试的项目是跳马。此时她的肚子已经很大，只是因为穿着肥大的衣服，又是冬天，所以不被人察觉。可是她清楚自己是不能跳马的。万一摔倒，后果不堪设想。于是她去请假。她捏造了一个身体不适的请假条，去向体育老师请假。体育老师是个一脸凶相的男人，刚死了女人，脾气暴躁不可捉摸。他没有批准她的请假，他十分严厉地告诉她，必须跳！女孩说，我不要体育成绩了总可以吧。然后她转身离去。

跳马的体育测试就这样过去了。可是忽然在一个下午的自习课上，体育老师来到他们班，点名要女孩出去补考。女孩只好在全班同学的目光下跟着体育老师走出了教室。他坐在位子上，眼睁睁地看着那个恶狠狠的体育老师带走了女孩。他看到女孩在走出教室之前最后一刻抛给他的绝望而恐慌的表情。她会不会跳，跳的话会不会有危险，他的脑子里一遍一遍地翻滚着这些问题。他感到身体里的血液都沸腾了，心疼得好像就要裂开了。

他等在位子上，如坐针毡。他觉得自己就要爆炸了，可能会忽然冲破房顶飞出去。他后悔为什么没有早一点带走她，要让她留下面对这样的事，受这样的苦。

他等着等着，终于等不及了。他倏地从位子上站起来，不顾还在上课，也不顾周围同学诧异的眼光，他冲出了教室。

外面已经是严冬，寒风凛冽。他跑下楼去，直冲操场。他在心里喊着她的名字，从未有过这样的一个时刻，他感到要立刻带走她，如此的迫在眉睫。再慢一点就要来不及了，他脑中一闪而过这样的感觉。

他在操场的外面，隔着铁网已经能够看到她，她站在那里，面前几十米以外是跳马。跳马的旁边是体育老师。通常老师会站在左右扶一下。也就是说，她马上就要跳了。他必须绕到入口的地方才能进入操场。他现在只能眼睁睁地一边跑一边看着她，而她就要跳了。

他大声喊她的名字，叫她不要跳。不知道怎么的，他感到了一种杀气腾腾的危险。可是她好像根本听不见。她已经开始助跑，她向着那跳马跑了起来。他也跑，隔着操场的铁网，他向着那个入口奋力地跑去，并且还在一遍一遍大叫她的名字，叫她不要跳。

有时候事情就是差这么至关重要的一小段时间。当他跑到入口处的时候，她恰好已经跳了。他能够清楚地看到她腾身动作。他也清楚地看到，当她跨过那马背的时候，她侧面的体育老师并不是扶了她一下，而是好像推了她一下，或者是举起了瘦小的她，又把她摔下了。总之，那个站在跳马侧面面露狰狞的体育老师给她了一个可怕的力，她的身体在天空划过一条弧线，重重地摔在了地上。冬天的操场，土地都冻得结实了，甚至没有飞溅起来的尘土。坠落无声。

他看见的这一幕，就像是电锯切割时那一束一束剧烈的火花都飞溅到了他的眼睛里。他“啊”地大叫一声，像是一个盲了的人一样地摔倒在地，瞬间里被巨大的悲伤吞噬去了知觉，他昏了过去。

他记得那一次他也做了好长好长的梦。那时候的梦就像他十五年后又梦到的一样。她在他的梦里跳马，像是在一个绕着圈的传送带上似的，一遍又一遍地跳马。助跑，腾跳。他的心随着她的动作剧烈地跳着，他喊她的名字而她听不见，直至他觉得最后他已经失声了。

这是多么惨烈的梦。而事实也和梦一般无异。她死去了。因为她腹中的孩子已经很大，孩子像是隐藏在她身体里不动声色的瘤，在这关键的一刻，要了她的命。但是所有的人，都以为那是个意外，不知情的体育老师让女学生补考，结果女学生摔了下来，死于流产。更多的人把目光放到了她腹中的孩子上，一个女学生竟然悄无声息地怀了六个月的身孕。多可怕。同学们也立刻知道这孩子应该是他的，一时间他和她的事传得满城风雨。没有人会注意到那场跳马有什么不寻常——意外总是很容易发生的，不同的只是这是个怀孕的女生。

可是他却是知道的，他永远也不能忘记那一刻，体育老师伸出手指粗短的双手，他给了她一个什么样的力？在她坠落在地的时候，他那狰狞的脸上划过得逞的微笑。是他故意要害死她！

他大叫，从长时间的昏迷中清醒过来。只有母亲守着他，他问，她还好吗她还好吗？那不是意外，是那个体育老师要害死她！他冲着母亲大吼。母亲的表情十分平静，抓住他颤抖的双臂，缓缓地，一字一句地告诉他："她死了，还有那孩子。"

他骤然松弛了下来。他觉得自己本应该有力气站起来，去找那个可怕的凶手算账，他以为他可以指正他。可是他忽然什么也做不了了，或者说，他觉得这些都不再重要了。不再有任何意思。她已经死了。他没有来得及带走她，而她现在死了。他只是觉得他应该跟随她，既然一直都没能带她离开，那么至少在她死去之后可以追随她去，一直伴着她。

他在那一刻之后，就只是忙着寻死了。

9）至此故事已经完整。

吉诺还依在他的身边。她一时不知道该说些什么，所以仍旧是一片静悄悄的。教室的门却忽然被推开了，刺目的日光射进来，吉诺看见像龙卷风一样一片梭形的尘埃在日光下飞舞，随后它们就都钻进了那个走进来的身体里，再也看不见了。吉诺看到走进来的是她的父亲。

父亲站在门口的地方，面色上的表情愤怒而肃穆。她忽然觉得父亲很高大，完全遮住了射进来的阳光。她从男人的身上离开，坐直身体，错愕地看着父亲。

“你找我算账好了，放掉我女儿!”吉诺看到爸爸像只子女被擒的豹子一样咆哮着。

吉诺看到她身边的男人的目光早已经像磁石见到铁一样，紧紧地吸附在父亲那张紧绷着的脸上。他缓缓地站起来。

父亲双手握着一根很粗的铁棒，摆出一副随时对抗他的出击的姿势，喉咙里发出一起一伏海潮似的声音。他已经面对父亲站好，忽然间从身后的腰间抽出一把弹簧刀。腾的一下，他打开了刀。刀子亮着铮铮的白光，宛如一个预示灾难的闪电从黑寂寂的天空划过。男人是背对吉诺站着的，吉诺看不到他的脸，但是他开口说话的时候声音颤抖得厉害，几乎是一种低声的抽泣：

“你为什么要推下她？你说！为什么?”他低吼着，双腿在剧烈地颤抖，吉诺觉得身下的地面都震动起来。

吉诺看着男人的背影。她脑子里有大片的空白，她可以抱住男人的腿来解救父亲，她问自己是否要这么做，眼前的这个男子早已失去了彼时的温和，他现在像个点着了的炸弹，吐着滋滋的火芯子。他亮着他的刀，他是要杀死她的父亲。这是否是一场幻觉，这愉快的一天是不是一个骗局？如果男人带她走，是一场私奔还是一场绑架?

她却感到她身体里的力量在阻止她抱住他的腿来解救父亲。她不知道该如何是好，无助地把身体靠在跳马上。这时她的父亲已经开口说话：“其实你要算账也不该先找上我。”

“什么意思?”男人已经变得十分激动，他晃了晃手上的刀，颤声问。“有人指使我那么干的。”她父亲说。男人和吉诺都是一惊。“谁?”男人大吼道。“是你的母亲。”父亲说，脸上掠过一丝狡黠的微笑。“闭嘴！你在说什么?”男人像是被击中一样，上前走了一步，挥着刀子摇头，他不肯相信。“你母亲要拿掉她肚子里的孩子，来求我这么做的。我起先不肯，不过她愿意跟我上床作为交换条件，嗯，我那个时候刚死了老婆，正是寂寞，嘿嘿，所以我最后经不住她的诱惑，就答应了。不信，你可以问你的母亲是不是这样……”

父亲说得一脸坦然，仿佛没有丝毫错误是他的，他是彻头彻尾无辜的。

“不!”男人仰天大吼一声，已经彻底崩溃一般拿着刀子冲着她的父亲就捅过去。她的父亲连忙举起铁棒来抵挡。他们搏斗起来。

吉诺还靠着跳马坐在地上。她忽然变得格外镇静。她已经不再看两个男人的搏斗，只是伸出一只手，哐啷哐啷地敲打着跳马的铁腿，然后她侧着头，把耳朵凑过去，好像里面发出了什么奇妙的声音，如此地引她入胜。两个男人的搏斗好像发生在与她毫不相关的另一个世界。她觉得她在敲打跳马的时候，好像听到了那个死在跳马上的女孩的灵魂在说话。她的灵魂好像一直缠在上面，无法挣脱离开。

那一边的搏斗仍在继续。男人已经占了上风，他的刀疯狂地挥舞着，险些砍伤了吉诺父亲的手臂。她的父亲仓皇地冲出了教室。男人随后举着刀跟了出去。

二十分钟后，男人沿着这排平房的边向着这间教室走回来。他身上的衣服被撕破了，胸前的皮肤有重重的抓伤痕迹。他的刀上还有鲜红的血流淌下来。而此时屋子里的吉诺正把眼睛微微地闭起来，头侧着，耳朵贴在跳马的一根腿上，认真地倾听。

吉诺听到那女孩跟她说，其实在跳马助跑的时候，能听到呼啸的风声，很大很大，涨满了整个耳朵，让你再也听不到别的声音，于是不会有那些总也放不下的烦忧。你只是跑，像是穿过风去了别的世界一样地疾跑着，然后在腾空的一刻，你就会以为你飞起来了，就好比一只翅膀结结实实的鸟儿那样，离开了地面。你就会感慨，终于离开了，终于自由了，那一瞬间的感觉，是一种完完全全的解脱，很轻很轻，像是一根洁白的羽毛。美妙极了。

真的吗?比什么都美吗?比跟最爱的人在一块儿还美吗?吉诺闪着亮晶晶的眼睛问。

真的，比跟最心爱的人在一块儿还要美。飞起来的那一刻，忘记了所有的事，所有的人，就只是想着飞起来了。女孩说。然后女孩笑眯眯地望着吉诺，伸出手摸了摸她的小脸，把小嘴巴附在吉诺的耳朵边，轻声对她说：现在这架跳马归你了，你也试一试吧？

男人再次走到这间教室门口，他身体摇摇晃晃，周围一片寂静，只有他粗重的喘息声。他一脚踩进来时就看到，吉诺正在距离那跳马七八米的地方，她忽然向着那架跳马跑过去，然后在跳马的前面稍稍停顿，腾空一跃。

男人在门边的位置，只能看到吉诺的背面，可是确实有什么理由让他相信着，那冲上天空的一瞬，她是微笑的。

周嘉宁◎杜撰记（节选）

Résumé

周嘉宁，女，出生于上海，水瓶座，复旦大学中文系中国现当代文学专业硕士，上海市作家协会会员，中国作家协会会员。

曾出版长篇小说《陶城里的武士四四》、《女妖的眼睛》、《夏天在倒塌》、《往南方岁月去》、《天空晴朗晴朗》，短篇小说集《杜撰记》、《流浪歌手的情人》等。

杜撰记（节选）

之　超级玛里奥在哭泣（完结）

右键是跳，左键是扔炸弹，玛里奥过五关斩六将，吃了蘑菇就长出了尾巴。

——《杜撰记》

我已经弄不清我头顶的城是什么样的了。

听说通地铁了，我常常在地下听到它隆隆而过的声音，夜晚的时候这种声音尤其地清晰；听说在我老家的石榴树都拔掉了，兔子也都死了，那里变成了工厂；听说我小时曾经坐过的摩天轮终于在一个台风的夜晚倒了，一对在最高处做爱的情侣掉了下来，听说瘟疫开始在城里流行，我不知道我心爱的小姑娘有没有因此而死去，她是那么地害怕死亡。而我当管道修理工至今，已经在地下生活了太久了，我离开这些都太远了。

有时我在工作的间隙爬上来打开某个窨井盖，把脸贴着马路，抽根烟，看看这马路上的风光，时而白天时而夜晚，车辆紧贴着我的脸疾驰而过，司机咒骂我："该死的修理工。"这城的上半部变化得太快，我早已追赶不上它的步伐，我气喘了，蹒跚了，有了高血压和越来越重的白内障，我想终有一天，当我打开头顶的某个窨井盖时迎接我的将是一辆疾驶而过的卡车，或是我白发苍苍的小姑娘，她俯就身体对我说："玛里奥，你下班了吗？"

小雅坐在公交车的长条凳子上，塞满作业的书包搁在膝盖上，专注地打手掌机里面的超级玛里奥。小雅每天就依靠这个游戏里能够钻进地下管道里吃金币的小人儿，打发漫长的往返学校的拥挤时光。她很疲惫，成天考试，现在她机械地用手指操控着玛里奥小人儿跳起来吃金币，扔石头打乌龟，她从来没有冲到过最后一关，因为车子总是突然到站，小人儿就被乌龟吃掉了或掉下管道的间隙。它那么小而脆弱。

游戏已经很古老了，是城里流传得最久的游戏，那本是个浪漫的爱情故事，流传在五十年前的城里，关于玛里奥和他心爱的小姑娘的事情言之凿凿，然而如今已经没有人再去在意这些事情了。城里工厂林立，瘟疫流行，爱情终究变成了一个四季的谎言。

小雅，你走得慢一点，你不要急着赶回家做功课，你为什么不先去那个白天课堂上偷偷塞给你小纸片的男孩子家门口拐一圈，小雅，你想听这个故事吗，不会耽误你做作业的。

故事里的玛里奥是城里最年轻的地下管道修理工，他的师傅终于在一个冬天的晚上瞎了双眼，把工具箱郑重地交到玛里奥的手里面，长满茧子的手擦过玛里奥的手心，师傅说："这活儿一做就是一辈子的事情，小伙子你想好了吗？"

"嗯，师傅，您放心地走吧，我不会让你家的水管子堵住的。"玛里奥接过工具箱，打开了一个窨井盖头钻进管道，这里并不是想象中的漆黑一片，所有的管子都沿着马路井井有条地排列着，地下也有路，用砖头砌好的路，边上甚至有昏暗的路灯。第一次下管道的玛里奥在地底下沿着管道静悄悄地走，水管子的水哗啦啦地流动着。一会儿是浴室里流出的洗发香波的味道，一会儿是杂烩面条的酱汁气味和小孩子的便秘，玛里奥感到新鲜极了。

他自此在城里的地下管道开始了一辈子的工作，谁家的管道坏了只需拨他的寻呼机，他就会拎着工具箱出现在那里，管道上也标着门牌号码，他不再需要爬出地面。偌大一个城只有他一个修理工，所以他没有休息日，没有固定的睡眠时间，玛里奥最最舒服的时间就是在修理完一个堵塞或者破损的管道以后，打开头顶的一个窨井盖头，看看地面上的城已经是什么样的了，听听车子疾驰而过的声音，抽根烟。

那日，玛里奥刚修理完一个水管上裂开的口子，他累了，沿着扶梯打开一个窨井盖。

“咦，你是从地底下长出来的吗?”玛里奥第一次见着小姑娘就是在那个冬天，小姑娘俯就身体对着从窨井里探出一个脸的玛里奥说，“你叫什么呢，你是土地神仙吗?”

已在地底下生活了一年的玛里奥浑然不觉地面上已是又一个冬天，他在冰冷的空气里打了个寒战，对小姑娘说：“我是这城里的管道修理工，你家的管道堵塞过吗，都是我修的。我叫玛里奥，已经有很久没有人叫过我的名字了。”

“玛里奥，玛里奥，你总是在地底下吗，那里是什么样子的，我能够下去看看吗?”小姑娘把脑袋凑近玛里奥，他就闻到一股头发里面的清香，那味道肯定是在地底下闻到过的，夏天的时候整个地道里面都弥漫着这股味道，玛里奥闻了就想吹口哨。

“地下面，冬暖夏凉哩。静悄悄的，只是听不见人叫我的名字，有时候很孤独。”这时候玛里奥的寻呼机突然响起来了，他急匆匆地对小姑娘说，“我得走了。又有水管子堵住了。”

“玛里奥玛里奥玛里奥，我敲敲水管子你就会过来吗，你过来陪我聊天好吗?”玛里奥在关上窨井盖头的时候看到小姑娘穿着花棉袄，绒线帽子紧紧地盖住耳朵，大眼睛短头发。玛里奥拎着工具箱沿着安静的管道向工作地点跑去，脚步声那么寂寞，他突然想头顶，头顶是什么，是公交车站是公寓是花园还是过马路的人群。

玛里奥和小姑娘就是这样。

小姑娘敲敲水管子，等待玛里奥从窨井盖头底下探出脑袋。事实上从冬天到夏天，她从来没有等到过玛里奥。她每天都会跑到窨井盖头这里敲一下，然后耐心地蹲在马路边上，就这样，夏天再到冬天，她还是没有等到过玛里奥。她跟妈妈说："妈妈，地底下有个小人儿，他叫玛里奥，我见过他。"

"你这孩子又瞎想了，你不该再看那些乱七八糟的书了，我们也就快搬家了。"

"可是，妈妈，他真的从窨井盖头里钻出来跟我说话了。"

"忘掉这些吧，全都是梦。"妈妈说，"把你的娃娃都收起来，我们要搬家了。"

其实玛里奥每天都在等待着小姑娘敲水管子的声音，他竖着耳朵丝毫不敢有所松懈，有时候他听到遥远的地方传来水管子的敲击声他就拼命地跑，整个城的地下都是他的脚步声，可是那敲击声是稍纵即逝的，有时他喘着气跑到小姑娘家门口的窨井盖头，充满希望地打开，小姑娘已经不在了，或者他跑了一半寻呼机就响了，哪个地方的管道又漏了他必须马上去抢修。他太累了，累得走路的时候都能够做梦了。

那天他趴在一根管子上午睡，耳朵里突然传来了敲击声，他条件反射地站起来奔跑，这次一定要赶上。玛里奥抄近路，溅起地上积着的无数小水花，最后他终于跑到了，打开窨井盖头，外面正在下雪，一辆卡车隆隆地启动，缓慢地开出他的视野，他看到他的小姑娘穿着一件新棉袄坐在卡车的后面，她的头发长长了，扎了两个小辫子，车子里面装满了家具。玛里奥想对她说点什么，可是他都不知道小姑娘的名字，这时一辆野蛮的出租车向玛里奥横冲直撞过来，他慌张地低头躲闪，再抬起头来的时候卡车已经开远了。

小雅听过这个故事，故事是得了老年痴呆症的外婆讲的。外婆已经分辨不清很多东西，她太老了，终日坐在躺椅上等待死亡。有时候她会清醒一会儿，就缠着小雅要她听故事，小雅有很多的作业要做，她总是昏沉沉地坐在书桌前面，一边对着电脑解题，一边无意识地听外婆讲城里的事情。外婆说："小雅，你帮我看看门外的石榴花开了吗？"

"外面没有石榴花。"

“那么那个摩天轮呢，小雅，外婆老了，真想再去坐一次摩天轮。”

“摩天轮是什么，哪里有什么摩天轮？”小雅的头发枯黄，她终日面对电脑的小脸泛着青白的光，手指干瘦。她和这城里所有的孩子一样，没有见过草坪，习惯于街道上浓重的雾气和尘埃，拥挤的地铁里面戴着口罩的人群。小雅有点厌恶外婆，她厌恶她的絮叨，打扰了她做作业。外婆说：“小雅，你有没有男朋友了，你应该有个男朋友了，外婆像你这么大的时候已经有初恋了，外婆的初恋很神奇的，他是个从地底下钻出来的小人儿，他叫玛里奥，那时候整个城的人都知道外婆的初恋，那样浪漫的。”

“这是幻想故事，我们老师不允许我们看这样的故事，外婆你不要说了，我明天考试。”小雅把身体往椅子里面缩了缩。

外婆把披肩拉了拉紧，蹒跚着走到窗户前，安静地看着外面正在慢慢沉进黑暗的城。她想起过去的那些夜晚，天空是红色的，巨大的摩天轮在黑暗里闪烁着霓虹灯，那时候她还是个少女，她有个小爱人叫玛里奥，这城正在慢慢溃烂，而她终于已经不再害怕死亡了。多年来她念念不忘的只是为什么玛里奥来去无踪影，她的丈夫已经死去，现在她又是孤单一个了。

后来，后来玛里奥怎么了？

后来我在地下的世界里继续我的工作，自小姑娘搬离了她的家，我再也没有听到过水管子的敲击声。我努力工作，我的师傅在一个春意盎然的夜晚来找我，他的眼睛已经彻底看不见了，但是他能够自如地沿着管道走动，知道哪里是台阶，哪里有铁扶梯，哪里的管道最容易坏，哪里他修补过的地方又应该加工了。师傅说：“地面上的世界还真是不习惯，太吵闹了，空气不好，晚上还有冲击钻的声音轰隆隆的，所幸我也已经不再需要睡觉了。”

“师傅，你可以回来。”

“我已经退休了，这里不再是我的世界了。”

我望着师傅机灵地爬出地道，缓慢地摸索着不敢在地上的城里前行，我有点悲伤，我把脸贴着地面望着师傅慢慢没入川流不息的车辆中。第二天他就自杀了，在政府替他安排的家中上吊在窗梁上，几天以后房东才发现他的尸体。当我在窨井盖头边上抽烟的时候有人跑过来告诉我，他是师傅的另一个徒弟，放弃了这一行，现在是个民办工厂的老板了。这时候离师傅死去已经一年，我问他："师傅有没有留下什么？"他拉拉有点皱了的西装说："师傅在窗梁上写了句话。他准是老年痴呆了，这城里空气越来越不好，就算不得瘟疫，我们老了以后也都会老年痴呆的。"

"他写了什么？"

"上帝把我带回那个静悄悄的地方。"师傅他终于还是回来了，我想他还是如过去那样沿着墙静悄悄地走路，他不需要再次使用眼睛，这里是他的地方，他可以永远在地下沿着管道静悄悄地走路，夏天洗发香波的味道从各种缝隙里往外面漏，令人愉悦。

而我，我始终没有停止过寻找心爱的小姑娘。每修完一根管道我都会打开就近的窨井盖头，向地面上的世界张望一下。我已经可以闭着眼睛走完地下所有的路，而地面的世界对我来说已完全陌生。我熟悉的画着烂苹果标志的超市都已经不见了，这城里所有的石榴树都在渐渐枯萎和死去。我慢慢地就找不到任何一幢熟悉的建筑了，我甚至再也不知道第一次见着小姑娘的那个窨井盖头是哪一个，这城里已面目全非，过去狭窄的马路全部改成了八车道，依然有川流不息的车辆和人群。

每天我修理上百根管道，我就打开上百个窨井盖头去寻找小姑娘。

偶尔的确能够见到她，但是稍纵即逝，她也挤在人群当中，她的变化太大，可是我依然能够准确地认出她。和这城里的其他姑娘一样拎着购物袋，梳着流行的长波浪头发，一闪而过。有时一年里我可以看到她一次，有时候一个月却能够看到她两次。后来她突然之间有了丈夫。有次城里发大水，我整整一个星期都在地下紧急地疏通各种管道，七天以后大水终于消退，我如同一摊烂泥一般挣扎着打开一个窨井盖头，城里的地面已经在太阳的照耀下渐渐干燥，我的小姑娘她就挽着裤脚站在我的面前，她俯就身体对我说："玛里奥，你下班了吗？"此时我相信我再也不会爱上其他的任何姑娘。

"玛里奥，你老了，你已经有白头发了，玛里奥，你还孤独吗？哎，看我在说什么呢，我也老了，我都好久没有去坐摩天轮了。"小姑娘已然是个穿着寒酸的中年女人，她的眼眶凹陷，大眼睛是如同多年以前的一潭安详的水。

“可惜我总是那么忙，否则我倒是可以陪你去。”

“等到你退休以后吧，我们的时间足够我们消磨。”小姑娘说，眼角闪烁着细微的鱼尾纹。我腰间的寻呼机就在这个时候突然又响起来了，它是那样地不合时宜。“呵，你又要走了。不过我从来没有想到我还能够见到你。”寻呼机继续响着，我不得不盖上窨井盖头，匆匆地离开这里，水管里消退的大水正发出哗啦啦的冲刷声，像遥远的大海。

小雅发现外婆死去的时候她正在完成学校里面布置的一道程序题，她太累了，直不起腰睁不开眼睛，窗户外面的风带着浓重的烟尘，压抑。她从包里掏出游戏机玩了一会儿超级玛里奥，这会儿班里的同学们都已经在玩最新格斗游戏和飞行游戏，她的这个手掌机太破旧了，可是她从来没有玩超级玛里奥玩到底过，这个小人儿那么小，那么脆弱，一会儿就掉进沟里，就死了，它太容易死去，那么悲伤。

外婆就在这时候死了，眼睛还安详地注视着窗外。

小雅收拾起游戏机，把在卧室里看电视连续剧的妈妈叫了出来，然后自顾自地坐电梯下楼去。她有点忧伤，但是就要毕业考试了，她不能去想任何影响她情绪的东西。她要进入大学，然后再进入好的单位。她不能做一个像外婆这样的家庭妇女，她也不要像妈妈那样终日坐在电视机前。她有很多朋友，在世界各地，他们从来没有见过面，但是他们在网络上惺惺相惜。她憎恶这个城，肮脏和腐烂，她不能像外婆那样，死在椅子上。

马路上闷铁罐子似的公交车继续在来来往往，夜深了，它们从不停息，这城上了发条了，转个不停。小雅太累了，她只想好好睡一觉，或是安安心心地把超级玛里奥玩通关。

玛里奥，脆弱的小人儿，你还好吗。

我从不知衰老到来得如此地快，我真的跑不动了，我的眼睛还好使，我能够在黑暗中行动自如，可是我已经跑不动了，城里人对我的不满情绪越来越厉害，他们的管道堵塞，漏水不能够在他们心仪的时间里面得到解决，他们就叫：“时间是金钱。”“这是什么狗屎社会福利，连个管道都修不好。”也有一些老人，他们已经抱怨不动，有个老人家地下水管渗水渗得房间里都是，他的风湿又犯了，一个礼拜之后就孤零零地死去了。政府派人来告诉我这些，我说："我太累了，我需要一个帮手。"其实是我真的老了，我许久没有见过自己的样子，我不想在镜子里面看到一个糟老头。

其他都没有什么，只是我再也不能满地下地跑着去找我的小姑娘了，我已经有整整十年没有见到她了。最后一次见到她，她正抱着新出生的小外孙女在便利店里面买东西，她走路已经开始蹒跚了，那孩子的眉眼长得与她颇像，我想叫她，可是她转了个身就不见了。

之后，我越来越跑不动了，我已经追赶不上我心爱的小姑娘了，有时候我想这个时候她大概会在餐馆里面吃阳春面吧，或者她正在去往电影院的路上，我是多么地想能够像多年前那样突然打开窨井盖头出现在她的面前，听她俯就身体叫唤一声我的名字。可是我真的跑不动了，有时候我看着头顶的那个窨井盖头，想象着打开它以后展现在自己面前的是工厂，是马路，是亲吻的情侣，是积雪，是废墟，是我心爱的小姑娘，然而，我无力爬上去，我所有的力气都用于走向下一个待修的管道，我走得太慢了，寻呼机积累了太多的叫修消息。

我已经没有时间爬上地面抽一根烟，我也没有力气了，我不再像年轻时那样，在整个城市的地下奔跑，只为了在一年里看到她一眼。在我的梦里，我的小姑娘她真的走远了。

那天，当我寻呼机上的消息积累到一百零九个那么多的时候，我感到绝望，我的腿已经彻底地迈不动了，关节僵掉了。我的头顶有一个窨井盖头，我绝望而缓慢地往上面爬，我希望有一辆飞驰而过的汽车突然碾过我的头顶，我也希望我的小姑娘，她俯就身体望着我。然而当我打开窨井盖头的时候，一片刺眼的阳光，一个穿着制服的年轻人走过来对我说："你是玛里奥吗？"

"是啊。"我有点惘然。

"那好，你在这个单子上签个字吧。"他递给我一沓单子，"我正式通知你，你退休了。"

退休之后我住进了师傅曾经呆过的房子，窗梁上面的那句话还在，是用铅笔深深地戳进木头里写出来的：“上帝把我带回那个静悄悄的地方。”城已和我记忆中的城完全不同，我不会使用煤气，不知道怎么打开排气扇，我害怕过马路，极其地害怕，当我走到地面上再去看那些车辆的时候竟是和贴着窨井看到的完全不同，我穿着自以为体面的衣服走到街上才发现所有的人都在朝我看。在街边的窗玻璃里面，我看到自己，已经是一个彻底的糟老头了，深褐色的斑纹遍布在我的脸上，双腿由于长期在潮湿的地方而弯曲，超级玛里奥是个丑陋的怪物。

我整日在街上散步，走遍整个城，从早到晚，希望再次看到我心爱的小姑娘，最后一眼，在地面上，跟她说几句话，然后，我想我也该像我的师傅那样结束自己的生命，我从来没有想过我也会自杀，有一天，呵。

那日，终于在车站，见到她，安静地坐在站台上等车，膝盖上放着巨大的书包，低着头专心地打游戏机。

我走上前去，对她说：“小姑娘，你好。”

她抬眼看我一眼，那么冷漠，而不动声色，就紧闭着嘴唇继续打手里的游戏机。我俯身看她的游戏，那个脆弱的小人儿正在跳上跳下地吃金币。

“这是什么？这小人儿叫什么名字，它为什么吃金币？”我心爱的小姑娘的头发失去了柔软，眼眶发黑，手指枯干。

“超级玛里奥，我从来没有玩到过底。吃金币可以加分。”小姑娘又抬头看了我一眼，“你不知道吗，我外婆说这是个很古老的游戏，所有城里的老人都知道。”

“你外婆呢？”我心中猛跳起来。

“她刚刚死去，她什么都弄不清楚。”小姑娘说，“你是谁，为什么问我这些？这城里从来没有人主动跟陌生人说话。”

“我是玛里奥，是个管道工。”

公交车来了，小姑娘突然站起来，把游戏机塞进了书包拼了命地往车子上面挤，在车门关拢的时候，我看到她裙子的一角被夹在车门外面，摇曳着在这个闷罐头般的城市里渐行渐远。

她的玛里奥游戏打到一半的时候，那个小人儿又掉进深沟了。

小飞人的细软

红宝石的嘴唇，在小飞人变成小飞贼的夜晚，天打五雷轰。

——《杜撰记》

自从雨谷路二十八号的那栋红色小砖头房发生崩塌以后，我就再也没有见到过小飞人。我确信他已经离开了雨谷路再也不会回来，因为即使他回来，也没有人能够收留他，他们会拿臭鸡蛋砸他，会把他倒挂在树上三天三夜。他会飞，可是飞得很慢，还比不过一只越过墙头的小鸡，他根本就逃不了。而我也已经被我的父母永久地带离了这里，之后他们剪去了我的头发，把我关在黑暗的地牢里面整整一年，直到最后我哀伤地对他们说：

“我觉得，小飞人已经死掉了。”

他们才把我放出来。那时候雨水正浓，稻谷丰硕，我饿了，我中指的指甲也断掉了。

雨谷路曾经是稻城里最热闹的地方，这里盛产红宝石，红宝石上只要标上雨谷路的牌子就总能够卖出一个好价钱。从小我就跟生活在这里的其他女孩一样，在未成年前被禁止触碰红宝石，说是一个古老的魔咒，凡是触碰了红宝石的小女孩长大以后定会成为荡妇和祸水，终身过不上幸福的生活。我对此很懵懂，而大人们相信这些，所以直至十七岁我还从未摸过它们。可是我曾经在一次和父母一同的旅行中，看见一个外乡的小女孩子脖子上面挂着一粒水滴状的红宝石，我的眼睛就是移不开，我觉得，那是我见过的最漂亮的女孩，有着华盖之光。父母像避瘟神般地提前结束了旅行带我回到雨谷路，而我久不能忘怀那粒挂在脖子上面的水滴状红宝石。

小飞人来到雨谷路上的时候是个雨水正浓的季节，我穿着紧绷绷的牛仔裤坐在家里的店铺前面吃话梅。他走过来说："这里的阁楼是不是正在出租?"他是个小个子的男孩子，皮肤透明，眼睛弯曲。我弯身钻进红宝石店铺去叫父母。

父母赶忙从店铺里面走出来招呼他："是啊是啊，不过这里的租金可不便宜，你知道的，这个地段嘛，可是数一数二的。那个阁楼通风和光线都好，窗户外面就可以看到河。"

"我只想找个暂时落脚的地方，很快就要离开，能不能给我便宜一点的价钱，我能够替你们打杂。"小飞人说得很诚恳。

"我们最近的红宝石生意总不太好，你又能够做什么?"父亲问他。

"我能够飞。"还没等我把那粒突然噎住的话梅核吐出来，我就看到小飞人慢悠悠地飞了起来。他在空气里面缓慢地一起一伏，就好像是躺在放满水的浴缸里面一样，他是那样地优雅，身体就好像是一团梦中的棉花，闪着光。他说："我能够帮你们送货，你们的生意会好很多，我只想找个暂住的地方。"

我觉得当我把那粒话梅核吐出来的时候，我爱上眼前这个缓慢漂浮的小飞人了。

最后父母没有收他一分钱的房租就收留了他，他住在我家雨谷路二十八号红色小砖头房的小阁楼里面，白天帮忙送货，晚上就身体腾空在我的窗户外面陪我聊天。我家红宝石店铺的生意很快就好了起来，不少年轻女子指定要小飞人送她们在店铺里预订的宝石。她们不开门，总是只开着窗户要小飞人从窗户里把宝石送进她们的手心里，还要轻轻地吻一下她们的手指，这让她们觉得自己就好像是变成了一个故事里的公主。而父母则忙着在夜晚数钱，他们每天都要数钱数到很晚。

小飞人在雨谷路上越来越受欢迎。

他帮助教堂修好了钟楼顶上一根断掉的秒针，替孤寡老人通烟囱，帮小孩子去争抢那些不小心放飞的气球，当然他飞得太慢总是追不上，于是他就在自己的脖子里面拴上一根细绳子充当那些小孩子的大气球，在天空里慢悠悠地飘来飘去晒太阳。而女孩子们更是拿他当做自己的梦中情人，对此我很是有点吃醋。有一天一个刚刚失恋的女孩子要小飞人带着她一起飞，她很胖以及满脸麻子，小飞人脸憋得通红都没有能够让她飞起来，最后她提出要从窗台上往下跳着飞起来，小飞人只好躲在阁楼里面好一阵子不敢再出来。那胖女孩记恨我，后来整条雨谷路上的女孩子都记恨我，她们都觉得每个晚上小飞人都会带我在稻城的上空飞来飞去，甚至飞进她们的窗户看她们睡觉时打鼾的蠢相。我对此毫不讳言，一天在马路上我对几个纠缠着我问小飞人三围的小女孩说：

"我是他的妻，我们彼此相爱。"

她们几个惊叫着叽里咕噜地把这话传了出去，我的父母便开始恐慌我与小飞人的接近，但是他们是肯定舍不得把小飞人赶走的，他是他们的招财飞人。于是父母打我，把我关在漆黑的储藏室里面，甚至威胁着要去抓几只老鼠来吓我。父母在我的房间通往阁楼的那扇门上挂了一把重重的锁，然后把钥匙死死藏起来。父亲说："你千万不要坏了我们家这几十年来的好名声，我们雨谷路上的女孩子都是要嫁入名门的。"

小飞人照旧每天晚上都飞到我的窗户前来找我，他说他到过很多地方，每到一个地方都有一个女朋友。我说："那么你数数，你有过多少个女朋友？"小飞人开始数，他用完了左手所有手指的时候开始用右手，我越来越悲哀，接着右手也用完了他想抬起脚指头，我觉得我都快要哭了，我已经绝望死了，我绝望地看着在夜色里面缓慢沉浮的小飞人。

“我有过十六个女朋友，因为我到过十六个地方。”小飞人数了很久，努力地回忆，终于数完了。

“你还记得你的上一个女朋友吗？”我已经不能够呼吸了。

“我自然是记得的，她是个有着华盖之光的女孩，脖子上面戴着一粒红宝石，所以我才到稻城的雨谷路，她告诉过我这里是生产红宝石的，我总不能够忘记她。”小飞人说，“可是这里的女孩子为什么从来都不戴红宝石呢？你看，那些妇人们，宝石在她们的身上总是没有办法熠熠生辉的，可惜了。”

“那为什么你们分开了呢？”我的手紧紧地拽着睡衣的一角。

“因为她最后把我忘记了，她们最后总是把我忘记了，她们把我忘记了我就离开了。”小飞人把嘴巴凑近我的耳朵，“嘘……我是非人的，我总不能够老去，而她们，那么多年过去了，她们有些人都已经死去了，而那个戴着红宝石的女孩已经有了个女儿，她们自然就把我忘记了。这么多年，我总还是个孩子，不离不弃。”

“你永远不会变老吗？”

“是的，我是非人的，除非我的爱人她记得我，可是她们总是将我忘记。”

“那我会把你忘记吗？”我问他。他很哀伤地看了我一眼说：

“你终将把我忘记的，待你成年的那一天，把我忘记。”

雨谷路从那个晚上开始就不断地发生盗窃案。几家红宝石的店铺都在夜晚失窃，他们已经装备了很好的防盗设备，可是还是防不住盗贼的入侵，而且那可恶的小偷一偷就把整个店铺的红宝石偷了个精光，连一粒都不剩。他还会留下欠条，每张欠条上面都写着：

“有急需借贵店的红宝石一用，待一月后定将全部奉还。谢谢。”

很快雨谷路上一半以上的店铺都被洗劫过，整条雨谷路顿时就萧条了下来，不少店铺连夜都有人看门，可是还是没有能够躲过厄运。父母战战兢兢地那几日都不敢营业，生怕有蒙面的歹徒会突然闯进来抢了他们的红宝石，要了他们的性命。而晚上两个人更是不敢睡觉，把红宝石都藏在保险箱里，不敢摆在店铺里，通通放在楼上自己的卧室里面。我厌恶他们，我厌恶雨谷路上的红宝石生意，我厌恶那些妇人们在脖子上挂着成串的红宝石，来补偿她们在少女时期对于红宝石的迷恋。我厌恶这一切，心里只惦记着小飞人。

他已有几日没有来找过我了，他不再如同往常那样在深夜里轻盈盈地从阁楼里飞下来，腾空在我的窗户前面，他宁可走楼梯，那楼梯隔了我的房间很远，沉闷闷的。我很恐慌，我白天在店铺门口碰到他的时候，紧紧地抓着他的袖子说："你是不是不能够飞了呀?"

"我当然能够飞，瞧。"他吸了口气就晃悠悠地飘了起来，可是他的脸色苍白，眼圈发黑，他就好像是一个小纸片人一样稍微吹口气就没有了。

"没事的，没事的，红宝石不会都被偷光的，我们的店铺不是还在吗?我终有一日会在脖子上面挂上一粒水滴状的红宝石，我不会把你忘记，就是到了那个时候我也是绝对不会把你忘记的。"我急急地说着，用手去抓飘在空气中的小飞人，我的爱人，我觉得他悠悠地那么迷人，可是他好像要飘走了。

小飞人沉甸甸地落了地，说："你多心了，过几日是你生日了吧，你要什么礼物呢?"

我很哀伤很哀伤的，虽然我已经就快十七岁了，再过一年我就可以名正言顺地在脖子上挂上一粒水滴状的红宝石，可是不知道为什么我越来越哀伤了。

我生日的前一天晚上，家里的店铺终于遭了盗。父母已经精神紧张了整整一个月了，夜不成寐，他们终于在这个晚上互相说了几句情话以后就互相依靠着对方的身子睡着了，做了好多遥远的梦，梦中他们的故人都过来跟他们说话，抚摩他们的脸，他们觉得很幸福，而醒过来的时候就看到小飞人正坐在店铺的屋顶上，俯下身体，神情严肃地对他们说："我们的店铺也遭了盗。"父母看到空了的保险箱正摆在店门口，而铺子里所有的红宝石，和所有用红宝石做成的饰品全部都没有了，空空荡荡，就好像是做了一场雨水正浓的梦一样。

没有人给我过生日了，我的父母他们哀号了整整一天，小飞人在我们的屋顶上飞来飞去。我听见他唱歌了，曲不成调，调不成曲。

晚上我快睡着的时候小飞人来敲我的窗户，笃笃笃，指头关节的声音。我穿着睡衣爬起来打开窗户，看见久违的小飞人身体腾空地趴在窗户上，伸着胳膊对我说："来，把手给我。"我伸出自己冰凉的手握住他冰凉的手，他轻轻一拽就把我拽出了窗户，我觉得我的身体腾空起来，风从脚底下钻进了睡袍里面，痒啊痒，我咯咯地笑，感到各种力量把我往四周拽着，分裂我。

小飞人说："来，看看我给你的礼物。"这时候我已经站在了阁楼的窗户上。我透过窗帘隐约看见一些紫色的光芒，那是红宝石在月色下发出的光芒，整个阁楼都荧荧地散发着紫色的光芒。我看见了，遍布在地板上床上柜子上的红宝石；我看见了，镶嵌在天花板上缀在窗帘上的红宝石。光着脚踩进去，那些宝石发出嘎吱嘎吱的呻吟声。这是我第一次触碰这些红宝石，我迫不及待地脱光了衣服安静地躺在它们之上，我觉得它们在同我一起呼吸，抚摩我，我的身体散发着荧荧的光芒。那么安详。

阁楼的突然崩塌也就是在这个时候。

这个年久失修的阁楼一定没有办法承受住这整条马路上的红宝石的重量，我的身体迅速地随着宝石下坠，那些细碎的红宝石像瀑布一样地撒向了整条马路，叮咚作响。在黑暗里我感到痛，我的骨头都已经碎掉了，碎成了颗粒大小的红宝石，铺满了马路。小飞人一定已经哀伤地飞了起来，他一定试图抓住我的手，他这几天每天扛着沉重的红宝石上阁楼，他太累了，而我，实在是比红宝石重很多。

"喂，喂。"他那么大声地喊着我，越来越大声了，我听不见了。

我的腿在那次阁楼的崩塌中摔瘸了。父母把我从昏迷中永远地带离了雨谷路，我睁开眼睛的时候已经在黑暗的地牢里面，听得外面雨水的声音清脆缭绕，那样安静。我已经不再感到疼痛，我想我已经死去。

母亲哭着骂我不贞，骂我是个真正的荡妇。而父亲，我已经毁了我们家族在雨谷路的基业，他说我是个败家子，是个偷男人的小女子，是个跟小偷为伍的泼妇。他没有打我，只是自此他不再跟我说一句话，不再理睬我，他正在彻底地把我遗忘。他们一日只给我吃一餐，而我总不会感到饥饿，我日以复日地想念着我的男朋友我的爱人我的孩子我至死都不会忘记的秘密情人。母亲哀怜我，她对我说："你什么时候忘记了小飞人，我就放你出来，求求你，快点忘记他吧。"其实我在等待那个日子的到来，我相信在这样黑暗的消磨中，总有一天我会变成一个彻底的白痴或者死去，遗忘迟早会到来。

就这样过去了整整一年。

那日我又听得外面的雨声，我知道雨水正浓的季节再次来到。我想起小飞人说过的话："你终将把我忘记的，待你成年的那一天，把我忘记。"我已然绝望了，因为我始终记得小飞人的身体缓慢沉浮在空中的样子，在浸泡的放满水的浴缸里面一样，优雅，闪着光。所有的雨水声都变成了令人绝望的呼唤，小飞人那么大声地喊着我："喂，喂。"母亲在我十八岁生日的时候从地牢外面递给我一碗黑米粥。我抚摩了一下她布满皱纹的手心，叹了口气说：

"我觉得，小飞人已经死掉了。"

地牢里整整一年的生活让我再也长不出头发，指甲退落，长满疹子，驼背，有风湿痛。之后我开始在一个远离雨谷路的完全陌生的环境里生活，那里雨季和旱季分明，居民稀少，是在地图上找不到的地方。父亲和母亲在这一年间都相继老去，他们给我找了个丈夫。很快我就和这个男人生活在一起，他如同我般丑陋和沉默寡言。不知为什么我觉得幸福，我们盖了自己的房子，他按照我的愿望造了个小阁楼，打开阁楼的窗户可以看到田埂里面缓慢流过的稀少的水流。不久我们有了一个女儿，长得如我少女时般漂亮。

女儿十六岁的时候拿着一张从课本上撕下来的图片对我说："妈妈你看，这女孩子脖子上戴着的石头多好看啊，我也想要一粒。我们老师说了，下个礼拜去雨谷路上的游乐场春游，书上说那里过去满地都是红宝石的，不知道我能不能捡到一粒呢？"

"雨谷路游乐场？"我正在给丈夫织一件毛衣。

"是的，妈妈你真该出去走走，那里造了一个很大的游乐场，有摩天轮和小丑表演。"

丈夫坐在摇椅里面看一张报纸，这个时候我的父母已经死去多年。而丈夫他正在慢慢发福，他已经有了啤酒肚，越是年老他越是显得慈祥，不再那么丑陋，我想等到他很老很老的时候他定将是一个非常非常慈祥的人。我不能够告诉丈夫，事隔多年，我依然绝望地在试图遗忘那个闪着光缓慢漂浮的少年。我已经绝望了。我越是绝望的时候就越是感到无处不在的幸福。我每天睁开眼睛的时候耳朵里面都有雨声，都有小飞人大声大声呼唤我的声音。我想我终究将这样地死去，死去了。

情事都是罪恶的幸福。

几日后女儿背着小包包幸福地去了雨谷路，回来时她激动万分语无伦次地向我描述雨谷路游乐场的景象，那里有巨大的摩天轮，能够俯瞰到整个城市，可惜就是看不到我们的家，那里有旋转木马有马戏团的帐篷。而我确信我的雨谷路已经消逝了，死掉了。

“妈妈，妈妈，你知道吗？那里还有一个飞人，他看上去已经很老了，足足有一百岁了，可是他能够飞，他就飞在摩天轮的顶顶上面，像一张纸片一样地喘息着，他那么老还能够飞，这真是太神奇了。”

“他长得什么样？”我越来越悲伤。

“他就是个老头儿呗，我从未见过比他更老的老头儿了。”女儿含着一颗从游乐场买回来的糖果跑掉了，那糖果做成红宝石的模样，先前女儿一直把它挂在脖子上面，我一眼就看到了。

多年以后我的丈夫也先我死去，雨水正浓，稻谷丰硕。我很孤单，我始终希望有一天有个垂垂老矣的飞人从我的头顶缓慢地飞过，然而一直没有过。我觉得，我的小飞人，我的男朋友已经死掉了。

而多年前被父母剪去的头发这时竟然重又生长起来了。

2003－4－10　16：03

后记：这几日我很焦灼的，我觉得我终将为爱情而没有任何出息地死去或者变成一个失去了头发的白痴。

马小淘◎你让我难过

Résumé

马小淘，本名马天牧，女，80 年代出生，籍贯黑龙江。中国传媒大学在读硕士研究生。中国作家协会会员。2008 年初毕业于鲁迅文学院第七届中青年作家高级研讨班，北京作协会员，中国作协会员。

2001 年获全国第三届新概念作文大赛一等奖。十七岁出版随笔集《蓝色发带》。已出版长篇小说《飞走的是树，留下的是鸟》，小说集《火星女孩的地球经历》等多部作品。有小说、散文在《人民文学》、《十月》、《中国作家》、《作家》、《美文》、《青年文学》、《作品》等杂志发表，有作品被收入多种选本、年鉴。

1

林翩翩气急败坏地把戴安娜拖上电梯，眼泪含在眼圈，脸上肌肉抽搐。“你是不是人，那是我家，我搬进来一个月的新房子，墙上的涂料贵着呢!”“你要不要脸，我那白床单得怎么洗才能洗出来呀!”“给别人添麻烦是你爱好是怎么的!”她嘟囔着，紧攥着戴安娜，好像捏着幻觉，一撒手她就灰飞烟灭了。

大堂里，保安看见林翩翩煞白的脸，还没来得及思索，自己也跟着脸煞白了。他怔忡地看着林翩翩身上的血迹，呆若木鸡。“快去拦车，出租!”林翩翩扯着嗓子，一脸惊慌失措。

保安飞奔进来，帮着搀扶一脸邪恶的戴安娜。出租司机面露难色。“师傅，求您帮帮忙吧。时间紧迫。”林翩翩哀求地盯着司机，掏出二百块钱，递过去。“姑娘，别这样，这不是寒碜人嘛!”司机把钱扔回后座，坚毅地关上门，一脚油门朝医院驶去。

“师傅，你是退伍兵吗?”戴安娜气若游丝地说。

“你他妈都快死了，还胡扯什么!”不等司机回答，林翩翩就抢白起来。她觉得戴安娜疯了，快挂了，还有心思闲扯呢。

“我还真当过兵，姑娘好眼力。”司机在飞速行驶中证实了戴安娜的判断。

“我看着像嘛！一种感觉。”戴安娜蜡黄的脸浮上一层垂死的得意。

“师傅，甭搭理她，快点开。”林翩翩半张着嘴喘息着，仿佛嘴闭上就阻断了需要的空气。她搂着戴安娜，让她的头靠在自己肩上。

刹车。医院到了。林翩翩推开车门，一个跟头栽倒。她被戴安娜靠麻了半边身子，下车的瞬间骤然感到呆滞的血液恢复流动，一阵健康的不舒服，再加上紧张，竟然没站稳。她慌忙站起来，回身搀戴安娜下车，嘱她按紧手腕，拽她进了医院。她拦住看见的第一个穿白大褂的，说：“救命啊！”

林翩翩讨厌医院，已多年未曾踏入任何医院的大门。她讨厌那种有点酸有点腐朽的味道，好像一种终被吞噬的力挽狂澜，很残酷。她仿佛能过分敏感地感知到有多少人在那儿咽下最后一口气，灰亮的大理石地面上有多少死神爪牙的脚印。那是好运厄运都结束，一切归零的终点。她曾在这里送走自己最亲爱的人。因为讨厌，所以陌生。她不知该如何挂号，怎样才能让戴安娜最快得到抢救。

被林翩翩拦住的白大褂，先是习惯性地露出厌恶的表情，然后才职业化地帮起忙来。急诊抢救，争分夺秒井然有序。

“怎么不打120？”白大褂问。

“忘了，没反应过来。”林翩翩抱歉地笑笑，被这迟来的提醒刺激，暗骂自己蠢。

急诊大夫给戴安娜验血型。戴安娜念经般反复说：“我都说了我是B型。我是B型没错的。我从出生就是B型的。”

“医疗程序，为你好。”大夫本来不理她那茬，被她的絮絮不止弄烦了才言简意赅地说。

“那我也是B型。”戴安娜油盐不进，到医院后她回光返照般更精神了。

“你怎么那么多话？闭嘴。”林翩翩没好气地说。

“你对病人能温柔点吗？”戴安娜反驳。

“对你这种自寻死路的糙人，简单粗暴就够了。”

验完血，配血，输血，缝合。戴安娜被开源节流，留在了人间。入院观察三天，以防感染。

戴安娜是在林翩翩家割腕的。之前的几小时，她在鼻涕一把泪一把地讲着冯铮如何冷淡她，如何跟别的女人发暧昧短信。林翩翩坐在对面，喝着芒果汁，心不在焉地听。戴安娜言语伴着眼泪，却始终不渴，林翩翩喝完自己的把她那杯也喝了。相类似的情节她听了一遍又一遍，从十八岁开始，戴安娜就喜欢把心里垃圾掏给她，并且垃圾品种极单一，总是她被冯铮欺负、践踏、忽略、背叛和控诉后认命的死心塌地。

“那你就离开那个王八蛋！”林翩翩每次都这样说。

“你说得简单，这么多年感情能说断就断吗?”戴安娜恶狠狠地谴责。

“怎么不能？那还说断不能断啊！时间能证明什么？最近三年，你俩在一起快乐吗？别老拿时间说事，情感质量那么低，顶多也就算是又臭又长。我听着都腻歪了，一千多集苦情戏，逼谁看谁受得了啊，你饶了我吧。”林翩翩脸上每块肌肉都透着不屑。

“我相信你才跟你说，别人问我，我都不告诉。”

“你当谁愿意听呢！琼瑶戏都过时了，你这个还不如琼瑶呢！”林翩翩继续嘲讽。

“那么，翩儿，你真认为我的感情很垃圾吗?”戴安娜忽然正色问。

“要我说多少遍，确实是的，非常。你把它扔掉吧，头也别回，余光也别看，转身就走。”

“我活着是扔不掉了。要不我死了吧！”戴安娜以调侃的语气商量。

“瞧你那点出息。”

“我不是开玩笑。我是真的想不开也离不开，我打算死。”戴安娜尖厉的声音无论如何也配合不了这句子的基调。

“怎么死，琢磨了吗？吃药？太没创造性了。或者吞金怎么样？《红楼梦》里尤二姐不也这么死的嘛！够古典，也够排场。”林翩翩也不是第一次听戴安娜说死了，基本不拿她说的死当真的死，那就是一个出现频率极高的字，没实际意义。

“你听听，你说的是人话吗？我就一个金戒指，还打算死了留给你呢，吞了可惜了。再说那么小，估计吃了也死不了，我要有一坨金子，吃了都能死的，我就不死了。爱情没了，还有点黄金聊以自慰啊！”戴安娜语速减慢，沉浸在没有黄金的痛苦中。

“那卧轨？那个挺惨烈的，连全尸也不要。准保冯铮一时半会儿走不出心理阴影，见女的就想起你血肉模糊的样子，半辈子不敢坐火车。”

“你真是什么狠招都敢出啊！我应该给你们台长写封信，说你是个嗜血的心理变态，让你主持少儿节目是十分危险的。为了祖国的未来，我就大义灭亲了，让你及早下课。”

“我求求你，你快写吧。我快被那帮孩子折磨疯了，有比你还能说的呢！但是麻烦写信前先买个字典。我对你的词汇量能否顺利写完一封忧国忧民的信，表示怀疑。”

“少来这套。我跟你一个高中毕业的，不就大学比你差点嘛！你学那个破播音主持，除了比我多会儿个绕口令，还多什么呀！狂什么狂！”戴安娜总是光脚的不怕穿鞋的，认为林翩翩不比她有文化，虽然她俩高考就差了二百多分。

“得。我不跟你争，争也是鸡同鸭讲。你一个决意赴死的情种。我就会几个绕口令，行了吧？”

“我不会卧轨的。我和冯铮最心心相印的时候，就是在火车上。”戴安娜刚咋呼了几句，又哭了。

“你和那垃圾私奔的事我也知道，你休想再讲一遍。”林翩翩指着戴安娜的鼻子，遏制着继续听她絮叨的可能。

“不讲了。我没心力讲了。你把我包递过来。”

林翩翩把戴安娜的包扔过去，顺手打开了一袋薯片。

“我觉得还是割腕好一些。”戴安娜从包里掏出一把小刀，对林翩翩挥舞着。

“你不怕疼吗？”林翩翩心一惊，却还是想起了去年、前年戴安娜握刀自杀的情景，也就放宽了心。

她回到戴安娜对面的位置上，坐下，吃着薯片，看着戴安娜。

“我真的想割。”

“算了吧。”

“刀都带来了。”

“拿回去吧。不沉。”

林翩翩递过去两片薯片，戴安娜张嘴吃了。吃完，把刀划向左胳膊。

可能是第一次实践，手也没个准，割得挺深的，血喷溅出来，浓稠黏腻，却轻盈地四处飞舞。两人都有些惊了，那场景跟电视剧里不一样，血不像眼泪那般乖巧，不是安静有序一滴滴掉落的，它们一改在血管里的和顺，张牙舞爪争先恐后跃跃欲试，仿佛手腕是律动的泉眼。

“啊！”林翩翩张着嘴，发出喉部紧张的声响。薯片掉了一地，有的和血滴混在一起，像干燥薄脆的落叶。

戴安娜开始号啕，她看着不断冒血的伤口，歇斯底里起来，好似要趁着还在人间，把所有委屈逼出体内。林翩翩也哭了，她顺手抓起床上的秋裤，按住戴安娜的伤口，毫无章法地缠着，恨自己没及时阻止。戴安娜一脸邪恶，好像将要被她杀死的是别人，不是自己。

2

晚上医院不让陪床，林翩翩第二天一早还有节目，所以不能在第一时间赶去医院看戴安娜。她们在北京举目无亲，朋友圈子也并无交集，也就是说，林翩翩的朋友都不认识戴安娜，戴安娜的朋友也与林翩翩毫无瓜葛。她们其实是南辕北辙的，但却视彼此为最亲密的姐妹，打十七岁开始。她们像字典里内涵迥异却宿命相连的两个词语，看到一个，总会不小心也看到另一个。从狭路相逢的童年到各自为战的成年，她们见证着对方的奔跑和踉跄，亲密无间地活在彼此的逻辑之外。

她们是小学同学。七岁入学时，两人身高都一米二几，在那座比邻异邦的北方城市，属于发育正常的小女孩。班主任安排她们前后桌，林翩翩在第五排，戴安娜坐第六排，也就是最后一排。林翩翩回头望了望戴安娜，礼貌地笑了笑就转过去了。她不喜欢戴安娜。她太胖了，皮肤黑毛孔大，长得粗糙敦实，纵使有双又大又圆的亮眼睛，也找补不回来，缺乏美感。当听说她叫戴安娜时，她更是暗暗觉得滑稽，那副强横跋扈的样子，哪合适这么娇俏动人的名字。戴安娜也看不上林翩翩，她歪着头看前边小狐狸脸女孩转过来，长得细皮嫩肉，头发柔软拳曲，一副自我感觉良好瞧不起人的模样。两人迅速捕捉到互相抵触的磁场，默契地停止了进一步交流。小小年纪，便凭自己的判断决定着亲疏。林翩翩橡皮掉在后边地上，她就是把椅子推进去，再蹲下来捡，也不会麻烦戴安娜，她认为井水不犯河水是自尊。戴安娜正相反，她就是自己能够到，也要点点前边的林翩翩，让对方帮忙，她觉得不共戴天也得去占点便宜。

两人开始真正意义的冲突是在二年级一次家长会后。家长会要求家长坐在子女的位置上，以便班主任训话数落人的时候可以有的放矢。林翩翩的爸爸和戴安娜的爸爸回家都气哼哼的，不是因为孩子犯了什么错，被老师损了个脸红脖子粗，而是发现自己老对头的闺女竟然和女儿同班，还坐前后桌。原来林翩翩和戴安娜的敌意是遗传的。他们的父亲，已经互相看不上几十年了。之前的家长会两人没同时出席过，这次真是冤家路窄。

林翩翩父亲是交通警，戴安娜父亲是个体户，按说，两人不该有什么纠缠，却怎知两人童年在一个家属院里长大，打小就剑拔弩张。两人身上有儿时比武留下的伤疤，都曾幼稚却坚定地想消灭对方。长大后，温良斯文的林翩翩父亲按部就班找了铁饭碗，穿制服戴大盖帽，成了光荣的人民警察。粗鲁嚣张的戴安娜爸爸不出所料当了二流子，骑摩托泡女孩，成了附近几条街闻名的小地痞。两人二十几岁时最常出现的情景就是：小戴龇牙咧嘴骑摩托冲向小林，在即将碰触的地方急刹车，流里流气扔下一句“警察叔叔，对不起”。小林强压怒火瞪着故意找茬的小林，偶尔惹急了就开张罚款单。总之是水火不相容，势不两立。直到小林结婚搬家调换辖区，才摆脱了那个横眉立目一闲着没事就来挑衅的小戴。

林翩翩的户口一直在奶奶家，是父母出于长远利益考虑做的英明决定——小学是按户口所在区域就近入学，奶奶家那片划分的学校，比他们家附近那所要好得多。入学时，父母兴奋地准备了书包本子铅笔橡皮，为上户口时的可持续发展战略得意。可恰恰是这所学校，促成了林父与戴父无巧不成书的再相逢。林父比戴父大几岁，可偏巧大的结婚晚，小的结婚早，两人的女儿阴差阳错在同年降生，为今后的小学相逢埋下了伏笔。

家长会上，两位父亲都不动声色，表现出成年人的狡诈与心机。回家后却都没闲着，一股脑散落多年的耿耿于怀。

“上梁不正下梁歪，那个戴安娜也不能是什么好东西！”林父给出了自己的判断。

“就是的，就是的，她可讨厌呢，学习不好，也不用功，像头猪。”林翩翩连忙附和。

翩翩爸平素不喜欢她用恶毒的话形容小朋友，那晚却没有阻止。“戴安娜长得好看吗?”他忍不住问。

“猪怎么可能好看呢！”林翩翩得意地看着父亲。她虽然小，却明白在大众美学的范畴，她比戴安娜好看多了。

“那林翩翩长得怎么样?”这边厢戴安娜爸爸也在打探敌军情报。

“我看她长得挺难看的。但老师总让她指挥啊，给领导献花什么的，运动会还让她打我们班牌，老师觉得她好看。”戴安娜心里也清楚，林翩翩的容貌是不错的。

“跟她那个死爹一样，自以为是，狗屁不是！你能欺负就使劲欺负她，为爸报仇！”戴父好像还没咽下几十年前那口气。

“放心吧。”戴安娜觉得自己接受了神圣的使命，深深地点了点头。

那一晚，林翩翩、戴安娜、林爸爸、戴爸爸都是亢奋的，他们觉得那点私人恩怨被升华了，变成了祖传的纠葛，带上了难得的传奇色彩。两边的父女关系都大大增进，因为同仇敌忾。

第二天，其他同学在家长会后大都蔫头耷脑，刚经历过暴风骤雨的批评教育，处于夹起尾巴做人的恢复期。林翩翩和戴安娜却精神抖擞。两人从进教室开始，就雄赳赳气昂昂的，都觉得肩负着家族的仇恨荣辱。不仅是进了教室，还进了战场！

从此两人明争暗斗互不相让，恨不得把对方置之死地而后快。林翩翩是文艺委员，戴安娜就喜欢在音乐课上出怪声；戴安娜运动会拿了垒球第一名，林翩翩就阴阳怪气地说有的人头脑简单四肢发达；林翩翩考试得了九十九分，戴安娜说再折腾也是两位数，不是一百分说什么也没用；戴安娜生病请假，林翩翩一脸想不通：怎么那么胖还会生病啊？六年的小学生活在你一句我一句谁也不饶谁的反复交火中度过，林翩翩和戴安娜分别进入两所重点初中，林翩翩是考上的，戴安娜却花了钱。

三年初中，仇人再无来往，却料不到又在高中的教室里打了照面。在那所鱼龙混杂的艺术高中，林翩翩和戴安娜再次被分进了同一个班级。那高中好得出名也乱得出名，年年向各所国家著名艺术院校输送大量的新鲜血液，也年年因打架早恋成风遭到上级教委的批评。那里有艺术细胞丰富、身怀绝技的尖子，比如林翩翩；也有自知考学无望，看着艺术院校文化分低想钻空子走关系蹭进大学的混子，比如戴安娜。

开学的前三个月几乎成了小学的延续，同学们都搞不清楚这两个明显风马牛不相及的人物，为何打了鸡血似的械斗交恶。她俩不理旁人的不解，仿佛要弥补三年没斗的遗憾，斗得物我两忘天昏地暗。戴安娜甚至指挥班级最猥琐的男生去戳林翩翩胸罩的扣子，林翩翩羞愤的脸让她神清气爽。林翩翩抬起眼眉看着那猥琐的男生说："你真让我失望，竟然像戴安娜一样下作！"

三个月后，林翩翩忽然一周没来上课。平时班里逃课的也不少，但林翩翩属于乖顺的学生，从无不良记录。戴安娜曾经嘲弄她一身贱骨头，就是天上下刀子她也会来上学。

及至再出现时，林翩翩胳膊上多了一块黑纱，形容枯槁。她安静地坐在自己的位置上，面容素淡，手却有些颤抖。同学中有传说，她的父亲去世了。后来，捕风捉影的传说被证实，林翩翩的父亲，死了。那个当了二十多年交通警察的男人，死于一场交通意外。一辆卡车撞向他坐的出租车，他从玻璃里飞出去，像高空抛出的一袋废物，完成了生命最后的自由落体。送到医院时，心电图已然是一条直线，他满身血污地躺在白床单上，沉重地诠释着无力回天。林翩翩扑过去推搡揉搓他的身体，脸蛋在他胡子上蹭来蹭去，带着怨恨和惊恐呼唤他，他却一直肮脏疲沓地躺着，仿佛自暴自弃地，再也没有醒来。他答应给她买一件昂贵的新裙子，还说好周末全家一起去看油画展览，却忽然以最无奈决绝的方式破坏了事情的实现。林翩翩得到了一件新衣服——大伯给她买的丧服，之前她没穿过黑衣。周末他们全家出席了一个冷峻的活动——父亲的丧礼。她与妈妈站着，父亲躺在棺木里，一家人，阴阳两隔，都很肃穆。父亲的脸被擦去血污重新清理干净，两腮凹陷，施了淡妆，人世上最后的亮相，体面而悲凉。然后他被烧掉了，林翩翩和妈妈狼一样凶狠地扑上去抢救他，却终究被亲属阻拦。火葬场，那个肉身归于寂灭的地方，爸爸理所当然地化为灰烬，变成雪白的骨块和碎末，干燥纯洁，没有一点多余。有人抽烟有人交谈，一片末世的人声鼎沸。林翩翩把手插在骨块和碎末里，试图感受父亲最后的温度。

卡车撞上出租的瞬间，是林翩翩命运的切割点。家，好似被五马分尸，成了断壁残垣。父亲消失了，家门之内只剩一种性别，两个女人。林翩翩开始失眠，彻夜睁着眼。对父亲的思念像一口井，幽暗深沉，闪着难以抗拒的波光。她常沉默地站在井边，看水面上映出自己悲伤的脸，忍不住想跳下去。她什么也不想做，带着青黑的眼圈，独来独往。考试时，分数竟然比戴安娜还低。其实就算她半年不学，成绩也一定比戴安娜好，随便答几道题，都会及格的。可是她不答，一脸无辜盯着卷子，直到快交卷时才胡乱写些ABCD，对付完所有的选择题。开始老师还是忍耐迁就的，失去父亲的少女，怎能不教人怜惜！可面对着那无赖的卷子，老师压不住怒火。

“林翩翩，你到底想怎么样?”

林翩翩低着头，沉默不语，却并无歉疚的表情。

“人生得朝前看，一蹶不振毁的是你自己。”老师语重心长。

还是沉默，林翩翩以不变应万变。

“你抬起头来。能不能振作起来?”

没有声响。林翩翩抬起头，眼神空洞。

“还没完没了！你想跟去是怎么的！”老师火了。

“你是不是人！”一个尖厉的声音从后边响起。旋即，戴安娜冲上讲台，给了老师一个耳光。

所有人都错愕地看着戴安娜，包括老师，不包括林翩翩。她依旧空洞地呆着，满脸隔阂。

事后戴安娜被处分了，还写了检查。她的爸爸却并没像每次听闻她捅娄子那样暴跳如雷，他看了女儿一眼，兀自叹了口气。像戴安娜把林翩翩父亲去世的消息告诉他时一样，父女俩都没有说话。

“对翩翩好一些吧。父一辈子一辈的，到底是一块长大的。其实哪有什么实在的仇啊！”过了好一会儿，戴父像是自言自语，又像是嘱咐女儿。

那年元旦，戴父要带林翩翩和戴安娜一起去看彩灯，林翩翩拒绝了。两个女孩的关系却逐渐融洽，又逐渐亲密，后来干脆就是形影不离了。

3

林翩翩捧着一束百合进病房的时候，戴安娜正坐在床上吃饼干。林翩翩看见她床头一塑料袋的零食，皱着眉头问："哪来的？"

"冯铮买的。"戴安娜轻描淡写。

"你知道什么叫狗改不了吃屎吗？"林翩翩其实已经猜到了。

"这话过时了，现在狗都不吃屎。"

"你昨天差点为他与世长辞了！"

"但是我没辞，今天还活着。我不喜欢白花，你怎么不买点新鲜的来。"

"你有什么品位啊！百合多好看。花圈新鲜，可惜你没死。"林翩翩说着从肩上的大包里掏出一个花瓶，到走廊找水去了。

她回来时，戴安娜在吃牛肉干，丝毫不像昨天还要结束自己生命的病人。她曾多次吵嚷自杀却未予执行，听戴安娜说死，就像那个咋呼的小孩说狼来了，不必认真。这回，她竟真的果断了一次，添上了自杀未遂的新纪录。

"翩儿，你怎么青面獠牙就来了？"戴安娜看着林翩翩浓妆的脸。

"我刚下节目，还不是惦记你。一想我差点忍看朋辈成新鬼了，妆都没卸，就来了。怕你饿，怕你再寻死！"

"没了你林屠户，我还吃不上猪肉了！"戴安娜又吃了块饼干。

"他人呢？"林翩翩问。

"谁？"戴安娜瞪着大眼珠嚼着问。

"你的未亡人，你亲爱的冯铮。"

"别这么恶狠狠的，人家好歹比你先来看我的。知道你快来了，吓跑了。"

"买一堆逗小孩的东西，他以为开运动会呢！"林翩翩把那袋子零食转移到地下，好像冯铮在那兜里似的。

"不吃这个我早饿死了，你带来什么了？赶紧慰问慰问差点去了黄泉的我老人家。那罐里是鸡汤吗?"

"我们台楼下饭店煲的汤，你凑合喝吧，你也知道我什么都不会做。"林翩翩抱歉地笑笑。

"给姐姐盛上。"戴安娜盘腿坐在床上。

"我扣你脸上！你还有功了是怎么着？大张旗鼓跑到我家红颜薄命去了，把我家弄得跟凶案现场似的。我昨天回去就睡在沾满你鲜血的床上，看墙上星星点点的血迹，血衣也没来得及洗。今早起来俩胳膊都酸疼。你少吃点吧，那么胖，拖你拽你快累死我了。"林翩翩一边盛汤一边抱怨。

"你真睡在那床上啊？胆够大的！没做噩梦?"

"没有，一觉到天亮。不过总感觉我身上有股血腥味，早晨跟那帮孩子录节目，心想怪对不住他们的。今天回去真得好好收拾收拾。"

"我还挺心疼我那些血的。"戴安娜看着自己手腕说。

"你还真是肥水不流外人田，全洒我家了。一双冷眼看世人，满腔热血酬知己。强!"

"又装有文化。唐诗？这谁写的?"

"差不多吧。古人写的。"

"我知道是古人不是孙子，问你具体是谁?"

"谁知道谁是狗。"林翩翩还真被问住了。

"看吧，一知半解的，比我强不到哪儿去！不是一般难喝，比刷锅水强点，有限。"戴安娜端着汤做一言难尽状。

"您受累，喝了吧。喝了这碗汤，你就算正式起死回生了!"

"行，给你点面子。"

"戴安娜！别告诉我，你跟那孙子和好了。"

"那我只能不告诉你了。"

"不是吧？你都下决心死了，怎么又重蹈覆辙了!"林翩翩腾地站起来，瞪着戴安娜。

"我知道你是为我好。死不就是为了绝情嘛，既然没死成，绝不了，就只能续上。其实昨天来医院的时候，我特害怕，怕死。看着车外往后退的风景，我不想离开，不想这么可怜地死掉。但有种预感，知道自己死不了，知道你会尽力，医院会尽力，我还会活着。那时候我特后悔，琢磨着折腾一圈，花一堆医疗费，手上还落一疤，太不值了。”

“那你不想想，是谁害你这样的？谁让你差点死不瞑目的？”

“你别循循善诱了。我想了，没谁。不能一出了事就赖别人，是我自己糟践自己。他也没让我死啊，顶多是他看着我死不心疼，但凭什么要求别人心疼自己。我不想死。我尘缘未了。我以后好好活就是了，不会再死了。”

“他怎么催你泪下，把你感动的？”林翩翩恨铁不成钢地问。

“他没感动我。他来，把东西放下，打开，递给我吃。也没说什么，我就觉得很自在，七八年了，一直这样。这就是我的生活，就是这样。我不是给他机会，是给我自己机会。”

“你就不能洗手不干了？都什么份上了，还救亡图存？”

“我决定循环往复以致无穷。是有点疼，但是忽然不疼，也不适应。什么叫忍无可忍啊？我还真想试试。”

“那你以前的厉害劲都上哪去了？你能不能依法治国几次，好好教训教训他，别老以德治国了？”

“我尽量吧。”

林翩翩是打心眼里看不上冯铮，别说他对戴安娜不好，就是好，她也照样烦他。冯铮也是他们高中的，大一届，算是学长了。高二时忽然成了风云人物，是因为他智力低下，差点把学校点着。他和学校里众多小流氓一样，骑摩托上学。彼时摩托车正流行，好像不弄来骑骑就不是男人。某个冬天的午后，他威风地跨上坐骑，打算风驰电掣去赴一个牌局，却发现，那机器打不着火了。他左瞧瞧右看看，尴尬地踢了车两脚。其实他踢得很概念，动作狠，力道轻，生怕真弄坏了心爱的摩托。他对机器缺乏了解，它稍一罢工，就束手无策了。一个平素总跟着他，利用一切机会给他溜须拍马的高一男生适时出现了。他说外边太冷了，车大概是冻了，该搬去走廊里缓一缓。冯铮大受启发，觉得有道理，两人便吃力地把摩托抬进了学校的前厅。在教学楼修车，其实心里是有些紧张的，虽说喜欢摆出天不怕地不怕的不羁姿态。两人互相壮胆，脸上表情特仗义豪迈。可惜谁也不是真懂，鼓捣了半天，摩托还是死一般沉寂。于是高一男生说要去锅炉房取点火，把车烤热。车又不是白薯，这种愚蠢的提议简直连小学生都会拒绝，冯铮却以为是个好点子。后面的事，就是两个蠢货不小心弄出了火苗，午休的学校一片慌乱，多年没派上用场的消防栓大显身手了，冯铮的摩托在泡沫的冲击下冒着黑烟。其实火不大，只是校园生活太单调寂寞了，大家喜欢稍微打破点常规，比如在学校前厅修理摩托车，比如修着修着竟然起火了。

林翩翩和戴安娜当时正好从前厅经过，看着冯铮瞪着大眼珠，一副此头须向国门悬的恶劣表情站在破摩托旁接受教导主任训斥。林翩翩觉得那男孩长得像一条鱼，眼睛大而鼓，嘴常态就向下撇着，脸上疙瘩散乱，身上皮包骨头，带着湿漉漉的倒霉气息。戴安娜却正相反，她眼里他桀骜生动，虽说当时正身处逆境，却掩不住骨子里玉树临风的匪气。并不是只有张生崔莺莺贾宝玉林黛玉才能一见如故，胖乎乎的不良少女戴安娜和惨兮兮的落难流氓冯铮也有资格一见倾心，虽然两人站在一起，更容易让人想到的是狼狈为奸。戴安娜彼时正为鸡肋初恋糟心，与冯铮的相见恨晚促使她快刀斩乱麻，告别了初恋男友，箭一样射向冯铮的怀抱。那一年，她未满十八岁。

她问林翩翩觉得冯铮如何，林翩翩据实相告，说感觉那家伙长得奇形怪状，像条傻鱼。她咂咂嘴没说话，还是中意那条傻鱼，春心荡漾得稀里哗啦。两对大眼睛眉来眼去了几天就公然在校园接吻了，林翩翩每到此时都躲得远远的，替戴安娜脸红。那个整日跟在冯铮屁股后边的高一男生，见到戴安娜就恭敬地喊大嫂，弄得林翩翩都不好意思和戴安娜一起走了。两人也没怎么花前月下过，都不是什么安静人，恋爱也谈得呼朋引伴的。冯铮把那摩托修好，带着戴安娜在地痞圈子里招摇，整个一戴安娜爸妈的昨日重现。

别看年轻时也荒唐过，戴爸爸现在可是深沉稳重的生意人了，经营一家规模不小的灯具城。整日里红光满面生意兴隆，活脱脱的成功人士，早甩掉了当年的二流子背景。当某天他从车窗里看见自家掌上明珠，在上课时间紧抱着一个细杆男生的腰陶醉地坐在摩托车上，气得简直要鼻口蹿血。他狠狠地追上去，拦下摩托，在少男的惊愕中把戴安娜拽了下来。他像绑架一样把她塞进车里，抬起手，想扇一巴掌，迟疑，而后放下了。戴安娜有点畏惧却佯装无所顾忌，底气不足地爱谁谁。他把她带回家，一脸凶恶地和戴安娜妈妈复述了之前的情景。戴妈妈先是拍着大腿乐了，说："我那点不着调，全遗传给我闺女了。"继而抽抽搭搭地哭了，哭着还含混地说："别怪我没告诉你啊，跟小流氓混，绝没有好结果呀！我遭的罪还少吗？凭什么我姑娘也得走这路啊！"平日里两口子总是意见相左，一个说东另一个就偏要说西，任何事都要求个分歧。这一次两人却保持着高度一致，坚决不许戴安娜和那摩托小流氓来往，否则扫地出门。

戴安娜搞不明白，她和冯铮明明就是翻版的父母啊，怎么成年人就不懂惺惺相惜呢！爸爸总说要是不和妈妈结婚会有更欢畅的人生，妈妈总念叨碰到爸爸是她最败兴的遭遇，其实两人还不是不离不弃！十九岁勾搭成奸，二十岁新婚燕尔，婚后六个月戴安娜降生。父亲给女儿取名戴安，母亲却坚持叫戴娜，几番争执，谁也不让谁，最后中和双方意见定下芳名戴安娜。当时那二位并不知这名字竟然漂洋过海重到英格兰去了，那边有个美丽短命的王妃，也叫戴安娜。两个孩子又生了个孩子，一家三口加起来才四十岁，整日里小的哭大的叫，欢欢喜喜吵吵闹闹。戴安娜的记忆里，家里的气氛时常骤然改变，父母上一秒还在甜言蜜语，下一秒就大打出手；妈妈经常回娘家，爸爸总是摔门而去。但其乐融融的时候也很多，比如全家一起去公园野餐，妈妈喝多了就睡在草地上；比如爸爸把两张火车票藏在地毯下，诱使妈妈掀开，给她一个惊喜；再比如戴安娜被邻居家狗吓到，爸妈一起密谋商量如何能吓那狗给女儿报仇。

戴安娜九岁时父母离婚了，但当时经济窘迫，只有一套住房。爸爸离婚不离家，继续和妈妈对着干。两年后爸爸买了大房子，搬进去的却是他们三人，他们又复婚了。他们就是那样，每天威胁要杀死对方，什么狠话都敢往外说，却越打越瓷实，用最粗俗的方式表达着故剑情深。

戴安娜以为，她和冯铮也会有这样的人生——缘分天注定，深深的爱裹挟深深的恨。却没想到戴爸爸棒打鸳鸯，在那个寒假将戴安娜软禁。电视随便看，东西随便吃，就是不许出门。戴安娜抓耳挠腮软硬兼施想尽办法，依然几天没法脱身，可她相信有志者事竟成的老话，悄悄筹划着出走。这句戴爸爸教育她努力学习的话，在不该发挥作用的时候显威了。一个深夜，她带着平时积攒的零用钱和几件衣服，蹑手蹑脚打开了家门。北方后半夜的冷风中，冯铮大睁双眼如约等在楼下，那目光如灯盏，照亮了戴安娜兴奋的脸。

两人私奔了，搂着对方，他们决定浪迹天涯，四海为家。

第二天，在戴妈妈的哭泣和戴爸爸的怒吼中，电话响了。戴安娜已乘着火车抵达另外的城市，决意开始崭新的生活，却还是忍不住拿起电话报了个平安。

“你让那畜生接电话！”戴爸爸低沉的声音透着不可抗拒。

“你说谁？我男朋友吗？他叫冯铮。”戴安娜不高兴爱人被父亲辱骂。

“就算是吧。就是他。”

听筒转过去，戴爸爸只是说了一句话。

冯铮忽然决定把戴安娜送回家。他不顾戴安娜的挣扎哭闹，带她登上了返程的列车。

后来戴爸爸说，他当时说的是：明天晚上 5 点前，我看不见戴安娜，就要你胳膊。说到做到！

4

“喂？我在医院。”林翩翩接起电话奔向走廊。

“今晚可以见面吗？”钟泽直奔主题。

“恐怕不行。我要陪住院的朋友。或者不吃饭，我们晚些时候一起喝东西吧？”

“宝贝，我晚了就没时间了。”

“那……过了这几天吧。我朋友状况不太好。”

“好吧，只能这样了。给我电话。”钟泽失望地挂了电话。

钟泽是林翩翩的男朋友，林翩翩却只能被称做钟泽的情人，因为他结婚了。但林翩翩觉得自己不算第三者，她从没要求过和钟泽结婚，哪怕他曾那样说过，她也并未当真。她甚至替他记着结婚纪念日，为他备好礼物，祈祷他家庭幸福，愿他减轻出轨的内疚。他们相好后，钟泽的婚姻反而更好了。

“屋里又不是信号不好，你干吗鬼鬼祟祟出去接？”戴安娜一语道破。

“我文明礼貌，不在人前喧哗。”

“死鸭子嘴硬。是老男人吧？”

“你打探别人隐私，有意思吗？”林翩翩避而不答。

“我的隐私你全知道，我都透明了。瞧那小气样，藏着掖着的。”

“那是你自己爱说，谁非知道你那点破事啊！”

“赶紧招了吧，是不是又偷人了？”

“别废话。”

“那就是承认了，还老说我呢，自己不照样拎不清。”戴安娜来神了。

“这你就错了。我想得清清楚楚，绝不会为谁自杀！我和他，压根就不是以厮守为前提的。他懊恼和我相遇在结婚后，而我压根不想结婚。我们清醒地在一起，不扰乱对方的生活，也互不相欠。”

“你们都三年了吧？他给你什么了？初恋就当第三者，不亏吗？”

“我不是第三者，他离婚我也不嫁他。我比他还疼他媳妇，根本没破坏他婚姻。我爱他，至少他也表现出了爱我，言语和行为都能满足我。没什么吃亏的。”

“说得跟做买卖似的，真没劲。”

“你有劲，上天入地哭天抢地的。跟个不是人的主，还永远一片冰心在玉壶的。”

“你知不知好赖，我那是心疼你！”

“我也心疼你呀！你知好赖吗？”

两人喋喋不休了一下午。晚饭时，林翩翩到外边买了红豆粥和清淡的小菜，说是给戴安娜补补血。冯铮也来了，林翩翩怕影响戴安娜心情，对他友好地笑了笑。加上冯铮买的东西，三人一起在病房里吃了晚饭，还挺丰盛的。最后，戴安娜竟然举起饮料，说起了祝酒词。

“我明天就可以出院了。谢谢我最亲爱的两个人对我的照顾。我愿天下有情人终成眷属。”说罢，三人碰了杯。

冯铮与戴安娜深情地对望，一饮而尽。林翩翩强咬住嘴唇，怕自己笑出声来。有情人终成眷属，这跟她有什么关系？这种跟世界和平比肩的宏愿，竟然配合着对冯铮的深情凝望，太匪夷所思了！但她分明看见戴安娜的眼睛潮润地翻了翻，眼球滚动着虔诚和绝望。林翩翩鼻子酸了一下，瞬间空白。

病房里，啼笑皆非的晚餐。

第二天来接戴安娜出院，进门时见冯铮和戴安娜正收拾呢，俩人闷着头各干各的，一副残酷冷漠的中年夫妻景象。冯铮多年长相未变，还是耷拉着嘴角瞪着眼，顽固的鱼。戴安娜死过一回似有所悟地神采飞扬。她浓妆艳抹，满身毫无必要的花里胡哨，甚是夸张。

“哟，你们动作够快的。”林翩翩冲两个忙碌的身影说。

“怕大小姐你有节目，名主持人，官大不由己呀！”戴安娜挤眉弄眼。

“别说没用的，干吗收拾得这么风情万种？跟老鸨子似的！”

“都跟你似的呢！制服诱惑。”

多年来两人在审美上背道而驰，一起逛商场总慨叹对方病得不轻。戴安娜在北京开服装店三年了，总叫林翩翩去挑两件，林翩翩却一件也没拿过。不是客气或者不好意思，而是真看不上，严重的各花入各眼。

“你回我那儿吗？”林翩翩问。

“当然回我自己家了，你那个血宅，我可不去。”戴安娜说的自己家就是她和冯铮租的房。从她随他来北京起，他们三年换了五处房子，都是租的。

冯铮走到林翩翩面前，拿出一个信封，有点胆怯地小声说：“抢救和住院的费用，我给你。”他知道林翩翩看不上他，一直有点怵她。

“这是干什么！那么点碎银子我还掏得起，我和安娜什么时候分过这些。你收好，给她买些有营养的吃，虽然胖，割一次也得损失不少。以后别老欺负她，再倩女离魂一回，我可受不了。”林翩翩把钱推回去，示意戴安娜别和她客气。

冯铮的手僵在那儿，没主意地向戴安娜求助。

“拿着吧。反正咱俩又是房租又是吃饭的，也不富余。回头她割脉了，咱给她付医药费。”戴安娜说。

“你给我滚！”林翩翩笑骂着。

冯铮搀着戴安娜上车的时候，林翩翩忽然觉得看到了命运。那一胖一瘦两个身影搅和在一起，在她身边晃荡了七年，往事最堪伤。她认为他们不幸福，但他们自己不愿改变。他们又钻进那辆破旧局促的夏利车，回到了自己的生活。戴安娜的割脉像一句叫骂，虽有些尖厉，却终究静下来，又变回平淡的话语。

乌云密布，但是没有下雨。林翩翩在医院门外阴暗中站了一会儿，吸嗅着她厌恶的各种药液消毒水和病毒混合的医院味道，像是在哀悼什么。她面无表情，来回看着进出的脸色惨白焦急的陌生人，缓过神来，快速离开，坐地铁回家。

林翩翩来北京六年了，高中毕业她考进那所著名的广播学院，拖着沉重的箱子，眨着好奇的眼睛，如愿成了播音系的一员。戴安娜不顾父母反对执拗地报考了冯铮念的艺校，她在不谙世事的年纪规划了自己的人生，随着那条鱼，一起下沉。戴妈妈哭了，戴爸爸打了她，但她还是扬着脖子，烈士般一定要投奔那个男人。戴安娜成绩差，亦没有什么真正的特长，分数与那艺校倒是般配的，但戴爸爸朋友多交际广，本可以让她念个综合性大学的预科，只多耽误一年就可成功获得正牌大学的毕业证。可面对她自甘堕落的志愿，父母失望地放弃了活动。她遂心满意地与艺校双向选择成功，扑奔了爱人，摔碎了前途，也疏远了和父母的关系。周末很少回家，谈到冯铮就话不投机，那个男孩，成了三口之家的雷区。

两年后冯铮毕业，费尽心思也没找到工作。他们班几乎全军覆没，没谁找到了中意的去处。大部分无业，小部分进了发不出工资的演出团体，最幸运的一个也不过是靠着父母的关系进了群众艺术馆，得了个闲差。冯铮和几个朋友打算到南方闯荡，据说那边夜生活发达，或许可以在歌厅舞厅走穴混口饭吃。戴安娜舍不得冯铮，也知道他们那三脚猫的两下子还达不到走穴的水准，软磨硬泡把他留下，没让去。两人说好等一年后戴安娜毕业了共同进退从长计议。冯铮租了个房子，天天窝在里边抱着电脑打游戏，偶尔回家从父母那儿拿点钱挨顿骂。戴安娜后来也干脆搬了进去，尚未毕业就过起了贫贱夫妻百事哀的日子。

北京这边林翩翩却是春风得意马蹄疾，那个培养名人教人说话的专业，带给她崭新的世界。她看见中央台最帅的男主播回校打篮球，听说那个闪电结婚又闪电离婚的女主持上学时很爱放屁，电视里的名人都退去光环，戳在了生活里。第一学期没结束，她就可以靠专业赚钱了，只要说是广院播音系的本科生，配音、主持都可以拿到不错的价钱。他们把这个叫做接活。她清楚地记得接的第一个活。配了四个小时专题报告，赚了七百块。她兴冲冲拿着钱回班里炫耀，却被常出去配音的同学告知赚少了。他们说她被压了价，定是有人见她初出茅庐吃柿子拣软的捏了。尽管如此，她还是相当兴奋。给妈妈买了件毛衣，给自己买了瓶指甲油，又挑了个夸张耀眼的颜色，给戴安娜寄去。后来她渐渐习惯了隔三差五出去接活，大二就不向家里要生活费了。大三，她给一个公司录宣传音频时认识了钟泽。他是那公司企划部的主任，没少在她录音时挑三拣四。她却对他印象良好，因他鸡蛋里挑出的都是真骨头，是个感觉准眼睛亮的人物，不像大多监工的，总叉着腰找毛病，外行指导内行。

钟泽也盯上了那个叫林翩翩的小女孩。她的脸清纯中带几分哀怨，一派古典的弱柳扶风，说起话却爽脆利落得理不饶人，奇异的杂糅显得宜古宜今。后来，钟泽打电话约林翩翩看话剧，她没多想就赴约了，反正不讨厌那个男人，还挺喜欢看戏。一来二去便成了有些暧昧的关系，她知道他已经结婚，那种整洁安逸的表情极少属于未婚的男子。他说他有家。她说她猜到了。他说对不起。她说没关系。

钟泽并未说过妻的坏话，也未曾谈及过家庭的不和谐，他只是说应该更早遇到她。大概是他其实挺满意的，只觉得和林翩翩一起能锦上添花吧。她不是他婚姻外一棵暂时的救命稻草，她是他相见恨晚极想呵护的一朵小花。他有一次痛苦地说应该离婚把林翩翩娶了，林翩翩笑意盈盈地拒绝了。她说他的好意她心领了，她对婚姻没兴趣，他也没必要狠伤了他的妻多欠一笔情债。他感恩又有些失望地看着她，不知她心胸博大是真是假。他追问，为何不想合法地独自占有他。她说婚姻把爱情变成了规定动作，过于绝对，带了强制性，本来美的就不美了，让人毛骨悚然。而且她不会煮饭烧菜，照顾不好他，还是留给别人照顾吧，偶尔借用一下她就满足了。

也是在那一年，戴安娜跟着冯铮夫唱妇随来北京了。他们大包小裹锅碗瓢盆，像一对逃荒的吝啬夫妻，什么也不舍得扔下。脸上的表情倒是意气风发的，仿佛身怀绝技，必将摧枯拉朽飞黄腾达。林翩翩去车站接他们，三人在车站对面的永和豆浆吃早餐，同一个桌上，怎么看都是一个大学生，一个家庭妇女，一个流氓。

戴安娜和家里几乎闹翻了。戴爸爸想让她到家里的灯具城打理生意，抑或凭关系为她安排安稳的工作。她提出顺手也将冯铮安排了。戴爸爸怒目圆睁没有回答。她说那她就去北京发展了。戴爸爸发出一声轻蔑的鼻息，说啥能耐没有，还发展呢！戴安娜带着走着瞧的眼神离开了，却还是在临走前从妈妈那搜刮了一笔钱。

戴安娜和冯铮是打算来发大财的。她想爸爸也没文化，还不是轻易就白手起家了。现在，轮到他们写新一代的传奇了。北京的灯红酒绿中，他们必然会找到属于自己的颜色。他们先是给朋友打理游艺厅，每天游弋在模拟的打打杀杀里。主要工作都是戴安娜做，冯铮动不动就痴迷地玩上了，梦里以为身是客，一晌贪欢。后来戴安娜嫌环境太吵，也看不惯冯铮张着大嘴只玩不干活的作风，就干脆不去了。她逛了几天街，盘算着卖服装是条出路，就自己开起了服装店。谁知生活竟总是指哪打不到哪，上货再勤快，服务再周到，累得人仰马翻，也不过是小有盈余。本以为不过是相逢开口笑过后不思量，干了以后才知道，笑脸一赔就是一天，就是交钱买了都不能放松，还要拉回头客呢。一年后游艺厅倒闭，冯铮经朋友介绍去了一家地下赌场看场子。一天四百块的报酬，收入比初级小白领高，却因随时有被收监的危险而提心吊胆。戴安娜是在赌场被查抄，冯铮侥幸逃脱后才知道他的尖端工作的。她抱着他呜呜地哭了，觉得他们那样年轻就报废了，被全世界遗忘，打入冷宫，干什么都鞭长莫及，迫不得已大隐隐于市，因能力低下而与世无争。其间，冯铮赋闲了一段，戴安娜还做了一次流产，他们白日做着无米之炊，夜晚做着黄粱梦，一脸晦气慨叹旧时梦难圆，像一对饥饿的受诅咒的狗，相依为命等着林翩翩雪中送炭。

5

戴安娜出院的当晚，林翩翩想约钟泽吃饭，掏出电话又觉得自己太疲惫，该歇歇了。她回家就睡觉了，连晚饭都没吃。睡得渐入佳境的辰光被门铃叫醒，她本想装死不去开门，又怕戴安娜再抽风寻死，就怏怏地起来了。

门镜里是钟泽铁青的脸。

“怎么了，杀人了？”林翩翩见是他，有些愤恨地说。

“你怎么了，脸色那么差，病了吗？”钟泽仔细盯着林翩翩的脸。

“没事，这两天没睡好。今天好容易睡个觉，又被你给骚扰了。”林翩翩睡眼惺忪，不招呼钟泽就往卧室走去。

“你也不问问我为什么这么晚来。”

“好吧。为什么？”

“天！那墙上是什么？”钟泽本就铁青的脸几乎失血了。

“跟你想的一样。血。我一朋友削苹果伤了手，她不懂，还一直甩，溅到墙上了。别大惊小怪的。”林翩翩不愿提起戴安娜的事，觉得与外人说像是在伤害她。

“吓死我了，你认识的人也跟你一样，怪。”

“你不是想告诉我为什么来吗？”林翩翩不想讨论谁更怪。

“我和她吵架了。”钟泽声音低下去。

“被撵出来了？”

“不是，我受不了了。”

“哦，是愤而出走了。”林翩翩趴在床上。“那消消气回去吧，别把小差开大了！冰箱里有冰淇淋，你爱吃的朗姆酒的在第二格。”

“我不回去。今天我住这儿。”钟泽一屁股坐在床上。

“谁邀请你了？别拿自己不当外人！我的家，你说住就住啊！难道，难道她知道我了，是为这事跟你吵的？”林翩翩心一惊。

“没你想得那么惊心动魄。她非让我穿粉色的衣服，我不愿意穿，也配合了她几次。今天她又让我穿，我就忽然一股火，着了。再加上想你，我就不想在那个家呆了。”

“那你打算一辈子住我这儿了？”林翩翩表情可爱，等着钟泽尴尬。

“这……”果然，他被问住了。

“那就回去吧。反正早晚要回去的，我在这里，跑不了，可以白天来找我。夜不归宿可不好。”

“我有时候真怀疑，你到底爱不爱我？怎么总是事不关己高高挂起呢！”

“挺爱的。为你好。”

“那为什么不纠缠我？”

“合着在您老眼里，爱就是纠缠！新鲜两天你就烦了，会甩了我。我是野花，得懂事。”

“别说得那么可怜。你知道我离不开你。”

“明天你回家，她问你，昨晚到哪过夜了？你怎么说？”

“我说去哥们家了。”钟泽一副胸有成竹的样子，看来他还是想了，装得孤注一掷，不过是因为留了退路。

“不行。她可能不信，要证实，问你要哥们的电话，你不能不给。到时候就杀你个措手不及。除非你事先告诉一个哥们，让他陪你演戏帮你保守秘密。但这显然也是危险的，多一个人知道你外边有人，留隐患，得不偿失。”林翩翩香港片看多了，知道越是哥们越容易翻船。

“行啊，脑子够利索的呀。”

“那是！我为了你婚姻幸福操碎了心。有其他谎可撒吗？”

“去酒吧咖啡店，枯坐一夜。”

“蠢死了，你十六岁情窦初开吗？”

“那我说我开了一夜车。思绪难平。”

“不好。万一你太太心细如发，记得你车上大概的公里数，这个还是站不住。”

“不管了，她心没那么细。”

“不如你就说你在车里坐了一夜吧。想到婚前婚后的点点滴滴，心潮难平。”

“有你的。”

“铺床吧。”林翩翩沉浸在各个击破的得意中，睡意全无。

“你脑袋太好使了，天生当间谍的料。”钟泽搂着林翩翩，“我以后要是娶了你，出个轨可困难了。”

“放心！我只是块帮你瞒天过海的料。你娶的是她，已经一劳永逸地娶过了。我不是来讨债的，没打算拆散你们。”

“你没吃晚饭吧。我给你做点?”钟泽饭做得一般，但怎么着也比林翩翩强。

“在那边挨一顿损，上这儿做饭来了？别自己感动自己，装悲剧了。睡觉。”林翩翩不领情。

简短交谈后是检查身体，汗流浃背接二连三，春宵一刻值千金。清晨醒来时两人都神采飞扬，林翩翩忽然发觉，睁眼时能感受到另外的呼吸也是好的。在北京一起过夜，他们还真是第一次。通常他们都是在钟泽下班后草草相聚，入夜前挥手道别，林翩翩解语知心从不多做挽留。整夜的耳鬓厮磨都谨慎地留在异地。她第一次随他出去，是刚认识不久。他到南方出差，邀她同去。她爽快地答应，其实逃了重要的专业课。他们在标准间里分床而居，像朝鲜和韩国，默契地互不侵犯，又互相有点惦记。还是她先跨上了他的床，用头发蹭他的臂膀。他来了情绪，游戏般把她脱光。她不抗拒，却眼神闪烁，带着掩饰不住的慌张。

处女，她还是个姑娘。林翩翩如是说。钟泽犹豫了，他心想如若这女子什么也不想要，自己也不该取走太多吧。她说没关系，给你吧。他犹豫一番，挣扎着说算了吧。小女孩不计得失，老男人反而不敢鲁莽行事。

南方归来，她依然还是姑娘。钟泽权衡利弊，决定还是不要贸然沾上少女的鲜血，以免日后插翅难逃鸡飞蛋打。她什么也不索取，带着让人脊背发凉的无欲则刚，他甚至怀疑这是高深莫测的奸诈伪装。相约了半年，他对她竟是秋毫不犯的。

慢慢地，他发现她就是那样，不索要礼物，漠视金钱，替他保护婚姻，善解人意得让人眩晕。甚至在她毕业时谢绝他帮忙，纵使那时她有充分的理由要挟他，比如她的第一次终究还是给了他，“饿死是小，失节是大”。他可以通过关系让她当上综艺节目主播，他知道她一直渴望那份工作。但是她拒绝了，她说爱情是爱情工作是工作，她想凭自己的努力，拼到哪算哪，不想依赖实力以外的什么。

其实林翩翩说了大话，她很希望自己可以依赖什么，比如位高权重的爸爸，或者资金雄厚的准男友。只是她已然没有了爸爸，也惧怕和男人过于亲密稳定的关系，只能故作清高自己打天下。林翩翩相信爱情是短命的，因朝生夕死才越显珍贵纯粹。像莫文蔚唱得那样，“开始总是分分秒秒妙不可言”，后来就没人忍心再提了。最让人灰心的是如愿以偿之后。童话里说，公主和王子过着幸福的生活，全剧终。其实后边日子还长着呢，极大的可能是公主发福，王子出轨，他们偶尔还皮肤过敏消化不良，不是永远干净漂亮。金碧辉煌的皇宫里，没谁相看两不厌。他们不凭吊也不懊恼，过去的就过去了，有时候觉得挺恶心的，恶心了就吐一吐。誓言的反义词是时间，许诺时都是真诚的，可是岁月让爱情来不及兑现就消散了。如若以婚姻来固定爱，那必是一片千疮百孔的虚假繁荣，搞不好挖地三尺也找不到爱的影踪了。爱情走家串户，很少在哪长久驻扎。婚姻太容易半途而废了，她不想忍辱负重，也怕不小心伤了那同床共枕的人。婚姻的赌局，她的赌注不敢轻易下。怕扑向海市蜃楼，撞个头破血流。如若不结，便不怕看走眼。在局外，才可永不遭受出局的苦涩。待到有一天爱到死心塌地一往无前，同时亦做好了肝脑涂地粉身碎骨的最坏打算，再去染指婚姻吧。那时，怎么也得三十以后了吧。

所以她不想依赖钟泽，她不想多吃多占，她觉得诱惑他出了婚姻已经害了他。不是夫妻，不该要求人家同舟共济。事业不靠他，经济不沾他，没有非分要求，甚至连合理要求也不提，安分守己断不会骚扰他的家人。她本就不是什么择木而栖的势利鸟，只想安安静静地爱他，一旦不爱了，也好干干净净地走开。她简直被自己感动了，这看似轻飘的爱，已经有些飞蛾扑火了。

少儿节目就少儿节目吧，林翩翩浪费了钟泽的好意，为那张略显稚嫩的脸拖累，成了少儿节目主持人。每天扎着小辫穿着蓬蓬裙，和一群小大人比比画画。一张巧嘴用不上，被要求断着句说话。一脑袋思想也废了，被勒令咧嘴微笑就行了。初次录像后，她对钟泽苦笑，说竞争太激烈了，正适应如何做职场菜鸟，麻烦他千万别看她的节目呀。他爱怜地摸着她的下巴，揣测她过于自尊要强的原因。彼时他们已经甚是亲密了，她大四几乎没课程，经常追随他去异地约会，成了他出北京时最想带的行李。他们放松地出行，在飞机、火车上，像一对新婚的夫妻，带着共同的展望逃离原有的生活。某一个过于振作的夜晚，身体和心，水到渠成地重叠交汇了。钟泽望着那光滑的身体平静的面孔，好似搂着舍弃肉体的圣女。鲜血和眼泪中，他信誓旦旦说会一生爱她，争取日日陪伴她。她擦了眼泪在疼痛中笑笑，说：没必要如泣如诉的，别把事情弄复杂了。关键是心能不能在一起，不是人。乍一听还以为她是有夫之妇，他是单身少年呢！

钟泽曾经试图摸透她，不过后来放弃了。她似乎义无反顾地爱着他，却又好像对一切都无动于衷，伶牙俐齿嬉笑怒骂，却搞不清她真正在想些什么。

6

台里发了两张戏票，林翩翩邀戴安娜一起看话剧。其实组里有多余的票，林翩翩可以多要一张，叫冯铮也去的。她犹豫了一下，没有张口。

傍晚她们先到桃花岛吃了晚饭，酒足饭饱，朝剧场走去。是小剧场的票，不对号，去晚了位置不好。

“你妈挺想让你结婚的。”戴安娜走在左侧。

“你怎么知道的？再说中老年不都那样嘛！你妈还想你结呢！”

“错。我妈可不想我结，我妈求爷爷告奶奶希望我和冯铮结束呢。我上次回老家去你家时候，你妈说的，说你一天就顾着事业，心总长不大。一和你提结婚的事，你就不哼不哈的。”

“我不想结婚。也没人想娶我。”林翩翩耸耸肩。

“别闹了。你现在大喊一声：我想结婚！有兴趣的排队！后边一准儿站一排。”

“会有排队的，可是，有几个是人呢？”

“那倒是。可是不能要求太高。干吗非嫁给人啊？有个禽兽先凑合着得了。天天寂寞深闺的，青春都死掉了。”戴安娜有些无奈地说。

“我有时候是想找一个，安慰安慰我妈，我爸去世这些年，她一个人怪不容易的。按说就这么一个小要求，真该满足她。”

“你那个钟泽呢？把他们家挑黄了，你嫁他不就得了。”

“他是口口声声说可以娶我。可那是他知道我没一门心思想嫁他，我要真箭在弦上了，他可能就改口了。你当婚姻是那么容易拆开的呢！吐故纳新总是困难重重的，一日夫妻百日恩。你跟冯铮还没结婚呢，他在外边扯，不是也没打算和你再见嘛！而且，我还真没打算嫁他！我从跟他好那天就没动过那个心思。我是真喜欢他，他对我也算挺真诚的，有时候还千方百计想讨我高兴，但我总觉得我们还缺点什么，太严谨了，没激情。真的，哪怕有点你跟冯铮那些要死要活的，也行啊！”林翩翩左手搓着右手食指的戒指。

“你现在说得潇洒，好像你们互惠互利似的。到时候分手，照样血淋淋地疼。吃亏的是你，他拍屁股走了，回家老婆一搂。你呢？你就是卖火柴的小女孩，冻得你点燃所有火柴，看见他和妻儿其乐融融。火柴熄了，青春没了，就剩黯然失色的你了。”

“你这话够文艺的，有那么点意思！但请别把我说得那么可怜。我要到那份儿上了，我也拿把刀，去你们家自杀，弄你们家一墙血，不是B型，O型的。”

“你这是饮鸳止渴。”

“同学，您说的是饮鸩止渴吗？那字念鸩。要不然，您说的是引咎辞职？”

“哎呀，不就说错一个字嘛！你明白就行了，跟我这文盲较什么劲。”

“得，我也是多余。我错了。咱到了。”林翩翩指着热闹的大门示意。

两人晃荡进了剧场。并不算昏暗的灯光中，林翩翩一眼看见坐在第二排的钟泽。他穿着粉色衬衫，正与旁边的女人交谈，没有看见她。直觉告诉林翩翩旁边的女人是他的妻。那女人漆目朱唇面色白皙，穿着咖啡色真丝小礼服裙，歪着头听钟泽说话。这便是冤家路窄吧，那个昨夜与她相拥而眠的男人，偕正牌娘子和美亮相，竟亮在她眼前。这是林翩翩第一次见到他妻子，那个和她享用一个男人的女子。她们是那么相似，白，瘦，过于黑的瞳仁，齐耳的中发，热衷小礼服裙。她的小手也是凉凉的吧，末梢循环也不大好吧？林翩翩好似那女人的青春版，那女人宛如林翩翩的未来。她们互为参照，像有着同样血统的姊妹，填满了一个男人的两性生活。

演员上场了，戴安娜盯着迫近的舞台，说妈的妈的，真近呀。这是她第一次看小剧场。林翩翩配合地冲她笑笑，忍不住望向钟泽的方向。他们的背影也是和谐的，那宽窄、长短，放在一起那么合适，好像是为搭配对方而设计的。他们偶尔窃窃私语，林翩翩感觉每一句都是宣告相爱的誓言，耳朵也一定沉浸在甜蜜的歌谣里。他笑了，林翩翩看见他对她笑了。他侧过头，刻意地对她笑了。她仿佛听到搭配那笑容的声音：滴答滴答，像时钟带走年华。

“你们台再发票，还叫我啊！太搞了！”戴安娜边看边笑，抓紧不笑的缝隙说。

“好。下次两张都给你，你和冯铮来。”

“哎呀，看把你仁义的，这话我可记下了！”

林翩翩斜视一样望着固定的方向，偶尔跟着剧情笑一笑，好似被绑架来看戏的智障。她远远地望着他们，觉得自己像一只老鼠，寂寞又无话可说。这一切都是她知道的，甚至期望的。她知道他有家，期望他婚姻幸福。而当那份幸福劈头盖脸逼视着她，她又凄凄惨惨戚戚了。整个一出戏，她侦探一样盯着那伉俪情深的一对，甚至眼睛都不想眨。那两人水乳交融的默契，让她说不出滋味。她演了好多年的超脱和大气，忽然就有点演不下去了。

散场了，戴安娜意犹未尽地站起来，林翩翩怅然若失，好似想一直在暗处监视着那对夫妻。

“你怎么了？失魂落魄的？”戴安娜问。

“隐约看见一个女的，觉得她就是未来的我。你知道，别人很容易发现谁像谁，发现一个人像自己，不容易。”

“哪呢？哪呢？让我也开开眼。”戴安娜猴急地四处瞅着。

林翩翩刚想指向钟泽夫妇座椅的方向，却发现他们已然离开。那被她注视了两个小时的座位人去椅空，一片寂寥。她回身说了两句话，他们却在那时心满意足地离开了。甚至她唯一亲密过的男子——钟泽，在这并不宽敞的剧场里，没有感知到她的存在。这其实是正常的，他又没有特异功能，只是太不浪漫了。

“我找不到了，我的未来混进散场的人流了。”林翩翩有气无力地说。

“把我好奇心撩拨起来了，她还跑了。”戴安娜好像受了多大委屈似的。

“走吧，她跑她的，过几年你就看见了。”

“那废话。到时候你是老了，可惜我也不是现在的我了。”

一钩新月几点疏星，剧场前人头攒动，人像移动的病菌，陡然扩散。林翩翩和戴安娜打不着车，于是沿街走着。

“你真的没什么？”戴安娜问。

“什么没什么？”

“我是说你看戏时心不在焉。”

“看的戏多了，有点麻木了。”林翩翩没有如实回答。

“别骗我了，你有心事。”

“说不清楚的，多小的故事，也是说来话长。总结一下：我忽然对钟泽有些爱恨交加。”林翩翩深呼了一口气。

“我对冯铮也是的。”戴安娜最擅长把与情感有关的话题转移到自己身上，然后自说自话。

“回我那儿得了，一天不给冯铮暖被窝，你不负疚吧？”

“你等会儿，我打个电话，提醒冯铮把洗衣机里衣服捞出来晾了。我出来时候没洗完呢。”

“麻烦您了，冯嫂。”

“你怎么就那么看不上我们家冯铮？”

“我恨他！他把一个新鲜的女土匪变成了一个懦弱的怨妇。我恨他！”

“也未必都是他吧。人都是越来越老，越来越老实！”

“唉，我们怎么就风雨兼程地老了！我想不通啊！”林翩翩若有所思。

戴安娜睡在里边，林翩翩大睁着双眼。她听着戴安娜均匀的呼吸，觉得冯铮应该挺幸福的，有个内心安稳的胖媳妇全心全意守着自己。那么，钟泽也是幸福的吧，昨天还夫妻不睦彻夜未归出来会情人，今天就和首席家眷言归于好举案齐眉双双看话剧。虽然可能忙了点，但好歹算兼顾得不错，游刃有余穿梭在东西两房之间。

很出乎意料的是，钟泽的妻竟是与自己相似的。她一直以为，她们定然背道而驰，像牡丹和雏菊，或者更甚，是草本和木本的大差异。她以为钟泽是厌倦了妻子的类型，才到婚外寻找刺激，却未料到，他是爱极了那一口，要的是补充。那么，他爱她吗？他把她林翩翩当独立的个体，还是当妻子的影子，青春版，替补队员？他说爱她的时候，是不是像一句双关语，爱林翩翩，爱这一类型，爱他的妻子。他的妻，以自己绝对的形象左右着他全部情感。轨出得这么保守，真是多此一举。他喜欢上她，简直都不能称作移情别恋。这更像是种变异的忠诚，即使出轨，也不敢或者说不舍得摆脱固有模式，还煞费苦心地寻找妻子的类型！这听起来有些滑稽，仿佛一个守着自己果园的农人，冒着被抓的风险到村外偷吃了别家品种相同的果子。林翩翩忽然想起多年前电视广告上大力宣传的一种洗衣机，叫做爱妻号，这名字给钟泽，挺合适。

盯着窗帘上细碎的花朵，林翩翩觉得自己仿佛是其中一朵，挺好看，也挺可怜。三年来自得其乐的恋爱，一下子变味了，她发现自己不过是个无足轻重的配角，在钟泽灵魂出窍的时候短促地站在舞台中央，像个省略号，六小点，可以不提。他在用她的血，染着妻子的旗，让那旗更红更飘扬。越想越觉着对不住自己，没法向自己交代，吃了亏受了气，眼前一片漆黑，过去不堪回首，仿佛被连根拔起。

7

林翩翩穿着球鞋花短裤粗线毛衣去台里，反正录像要穿的衣服都借好了挂在柜子里，她穿什么上班无所谓。可是还是骚动了，摄像、灯光、编导、化妆都惊了，觉得她穿得这么轻松随意是吃错了药。他们眼里，林翩翩基本天天都穿着简洁修身的小礼服裙，颜色以白、灰、黑居多。忽然花里胡哨地随意起来，让人颇有些意外。

“我说，你是林翩翩吗?”化妆故作将信将疑状。

“如假包换。没脱胎换骨，只是改换个路线，咱也街头一把，运动一把。”林翩翩俏皮地笑笑。

“不错，比原来有活力。但是原来更精致。”

“谢谢啊！我这是天生丽质难自弃，什么路线都精彩。”林翩翩忽觉苦涩，竟为了将自己与钟泽的正房区分开，脱去了钟爱的衣服。

录完节目已是下午。她打电话约钟泽吃晚饭，很有些不甘，想证明自己不是板凳队员。

两人约在烤肉店见面。钟泽先到，林翩翩大毛衣小短裤大墨镜地进来，钟泽眼前一亮。

“宝贝，今天怎么跟明星似的。”

“我本来就是明星，天天上电视还不是明星！”

“说你胖你还喘上了。”钟泽温柔地笑。

“好看吗？”

“好看，显得腿特长！”

“不是显得，是我腿本来就长。以前不爱这么露，是装低调呢！”

“平时也好看，收拾得像个小胸花似的，又美又精致！这样也好，衬你漫不经心的气质。”

“你喜欢小胸花那类型的吧？”

“喜欢。你怎么样我都喜欢。”

“你媳妇是小胸花吗？”

“你怎么想起问她了？”

“我问问怎么了！在她阴影下这么多年，你得允许我有点好奇心，打听打听。”

“她还真是那路子，喜欢收拾得一丝不乱的。”

“她长什么样啊？漂亮吗？”

“挺漂亮的。我媳妇差得了嘛！”

“长得跟我像吗？”林翩翩忍不住问。

“你今天怎么了？十万个为什么，还都是关于她的。”

“我开始纠缠你了，你应该得意啊！快说，她和我像吗？”

“别说，你们还真有些相像。看着都精巧文静，爱打扮，但是不出格，很得体。”林翩翩心想，钟泽倒是诚实，对她俩的相似直言不讳。

“那你有什么意思啊！非整得无独有偶的。家里家外，一株是枣树，另一株也是枣树。”

“你这么一说我才发现，我可能就喜欢你们这种外形的。干净整洁，看着舒服又有距离感。但是你俩性格不一样啊，她缺少你那种古灵精怪。你一生气了吧，还大喊大叫喊几声，她就会胡搅蛮缠地闷着不说话。她当年是个好姑娘，现在也是，但是有点乏味，处久了有点像隔夜茶。她只会浅笑，认识这么多年，没见她使劲笑过。你就不一样了，人前浅笑，人后有大笑的时候啊！”

“你这是夸我呢？意思，我是一外表达到了你老婆水准，还比你老婆好玩儿的人。雏凤清于老凤声？”林翩翩听了钟泽的话，心里怪高兴的。

“差不多就是这意思。你比她小，但比她丰富。怎么接触都觉得有没开发的内容。”

“整半天你这是探险呢！由来只有新人笑，有谁听到旧人哭啊。家里开发得差不多了，开发到我这儿来了。我作为新太阳，正在你心中冉冉升起呢？”

“你今天不对劲儿啊，带着气来的吧？”

“没有。昨天去看话剧了，心一惊吧？不小心看到你老人家了。”林翩翩干脆说了，省得绕弯子。

“你也会吃醋啊！我太有成就感了，三年来终于看到你为我动一回怒！”钟泽说得轻松，身子却还是抖了一下。

“思君令人老啊，我难免岁数越大越心理不平衡。”

“那我娶你吧。”

“你歇着吧！我还真是光脚的心疼穿鞋的，没想逼你就范。而且也有没伤害我大姐的意思。”

“谁？”

“你屋里头的。”

“其实我也真下不了那个狠心。那你？”

“你倒真是喜新不厌旧！我也不知道，随便那么一说，反正回头也不是岸了。觉得以前把爱情想得太散漫了，可能以后得改改。咱俩要是朝夕相处了，天天一块，没几天我也成隔夜茶了。开发到最后照样没什么可开发的。爱情就是新鲜水果，好吃，却容易腐烂。现在这样挺好，相见时难别亦难的。”

“不会的。我见识的女孩多了，像你这么看着天真烂漫，却把自己藏得那么深的，还真是头一个。你很率真，不虚伪，但又拒人千里之外，有很深的戒备。”

“我深刻吧？”

“你看，又开始太极了。”

“那你让我说什么？难道解释解释我为什么如此深？”

“你要有这个兴趣我不拒绝。”

“办不到的事情，我不办。”

“昨天你是不是真嫉妒了？”

“说不清楚。有点酸楚。一直看着你们的方向，还真般配。觉得我对不起她，还觉得你对不起我。”

“我终于发现你也是普通人了。”钟泽倒露出了满意的笑容。

“原来你以为我特不凡？”

“搞不清楚，原来感觉你有礼仪没情谊，太独立。”

林翩翩沉默，把快烤煳的肉抢救下来，分到两人盘里。

“是不是有点恨嫁了？”钟泽倒像抓住什么把柄一样，不依不饶了。

“难道跟您老行到水穷处，最后落个孤家寡人？我昨天是有点一箭穿心了。但目前还不太舍得离开你，虽然知道最后是竹篮打水的事。”

“说得我有些伤感了。”

“别，恋爱三人行，很难皆大欢喜，道路曲折，前途也不光明。早晚是此情可待成追忆，你伤感的日子在后头呢。但也别未雨绸缪，现在左拥右抱的，多美，提前愁也没用。备不住我一直想不明白，就糊涂地陪着你呢。面壁十年图破壁，也是说不准的事，暂时你还可以偷着乐。”

“行吧，怪姑娘。”

“有些时候，你让我难过。”

“我也是。想到你，忽然就有点……”

“知道你也不容易，属于多劳多得，赚个辛苦钱。两头立正，我和你媳妇好歹还经常稍息呢。”林翩翩有些嘲弄地看着钟泽。

“你这算体恤还是羞辱？”

林翩翩把身子向左倾，朝门口方向看去，面色狐疑。“你别动，挡着我点。我好像看见个熟人。”

好像是冯铮。林翩翩看见一男一女牵手进店，男人貌似冯铮，女人与戴安娜相去甚远。她目送他们进门、左转、落座，见两人有说有笑。这两天是怎么了，怎么上哪都碰见不想碰见的熟人呢！是冯铮吗？但愿不是吧。

“认识的？”钟泽问。

“好像我朋友的男朋友，但又似乎不是。”

“你可以过去看看，何必左摇右晃地看。”

“真相有什么好玩的！有时候我不想知道得太多。”

“我有时觉得，你看起来很清醒很勇敢很深思熟虑，是因为你什么都怕，带着脆弱的凶猛。”

“被你说对了。我怕做错，怕承担沮丧，所以不作为。心里知道利害得失是很难比较出来的，不实践，再权衡也是傻。但还是下不了坑自己的决心，我什么后果都直面不了，随时可能崩溃。我很难把想法说给谁听。跟再亲近的人，我也觉得分享是可怕的。”

“我也不可以吗？”

“不可以。你甚至是一个背叛妻子的人。”林翩翩斩钉截铁。

“不过，我还是很有些爱你的。”见钟泽沉默，林翩翩补充声明。

“掩耳盗铃好玩吗？”钟泽问。

“至少比直接堵枪眼好。我不想果敢，果敢都特悲壮。”

“可是人都是这么活的，无论是美国总统，还是街上要饭的，都要参与过程，面对结果。”

“十七岁以前，我以为只要疯狂礼赞真善美，就逃得开假恶丑，后来我发现这些都是配套的，哲学课说这叫相辅相成。你说的我都懂，但尽量走边上，不想参与太多。开始我跟你好，就是自我放逐。”

“你以为跟有妇之夫，又尽量保持道德，就把时间都消磨了？”钟泽有些泄气。

“当然还是先怦然了几下的，然后告诉自己别想太多。反正也不想结婚，就找个不能结婚的爱吧。”

“现在后悔了?”

“没。结婚可怕呀，朝朝暮暮，跟另外一个人统一思想统一行动，利益共同体，简直像两人一起被关进了笼子。但是我昨天看到你们俩，觉得不结婚就像一个人在游泳池中间站着，不着边际。”

“我太有负罪感了。从我对你一见钟情到现在，我总觉得应该替你的未来想，但是又很上瘾很自私，不想你离开。你真的不想和我结婚吗?”钟泽皱着眉。

“不是不想跟你结。是不想结，与和谁无关，至少现阶段。”

“你知道现在多少年轻姑娘天天琢磨结婚的事，指望结婚改变命运!”

“我知道。我和她们想得差不多，没她们那么乐观，我怕结婚坏了我的好命。我觉得结婚是把爱情小题大做了，又要有感而发，又要严守制度，难度比较大，时间长了容易精神分裂。本来滚烫的东西，慢慢就凉了，冷了。最后不是不了了之，就是同归于尽。跟着谁一起翻山越岭，未必有我自己原地不动安全。”

“我想说服你，但自私告诉我，你想通了，会离开我，所以我选择沉默。”

“与子相悦不难，与子偕老不简单，我暂时想不通。”

一轮轮关于爱情的谈话直至酒足饭饱，钟泽对林翩翩采访结束，依然觉得这个女孩是神秘的。有些人，无论相处多久，却总戴着揭不开的面纱。

“宝贝，走吗?”话语绵密至相顾无言一会儿后，钟泽提议。

“回家撒谎别改地点，身上有烤肉味。不管说跟谁在一起，说吃烤肉了。”

“这样的心思，以前让我感动，现在有几分寒冷。”

“爱冷自己冷去，反正别改地点。”

两人出门，林翩翩忽然一怔。那辆属于冯铮的夏利低眉顺眼又确凿地停在门前。戴安娜喜欢的加菲猫靠垫，破损程度，牌号，那无疑是冯铮的破车。当年他看赌场时不顾戴安娜反对从朋友手里接收了这辆灰头土脸的小车，快两年了。林翩翩想着刚才饭店里他与那陌生女子的亲密，一股火，从丹田烧到喉咙。她歇斯底里冲向那车，一脚脚地踢，好像球鞋短裤的打扮，特意为踢车而来。钟泽先是痴了般看着，眨了几下眼才上去拉。

“你别拽我。我踢死这个畜生！我踢死他！”林翩翩不解气地停下来，左右看着。忽然，捡起一块砖头，朝前挡风玻璃砸去。说时迟那时快，玻璃在砖头的照顾下，呼啦啦裂开，从一个碎点，蔓延出蛛网状的裂纹。“我砸死你！王八蛋！”林翩翩踢也踢了砸也砸了，却依然鬼上身般气哼哼的。

钟泽看着她忽然发飙，只能莫名其妙地拉着拦着抱着，不知如何稀释她的疯狂。周围稀稀拉拉围了几个人，以为在欣赏一场家庭闹剧。

“翩翩！”冯铮吃惊地突出两个字，大而鼓的眼睛越发突出，塞满有苦说不出的惊骇。

“车是我砸的。你跟别的女的拉手，我看见了。我认为你不是人。走了，回去好好吃吧。”林翩翩瞪着那张无言以对的死鱼脸，一瞬间，不想再多言，平静地转身走了。

钟泽惶惑地跟在身后，不知这演的是哪出。他取了车，载上林翩翩，余光看了她怒气刚消的脸，宽慰地拍了拍她的肩。她真是爆发力极强，发起狂来疾风劲草，挡也挡不住。

“我最好朋友的男朋友。”一路，林翩翩目视前方，气沉丹田，只说了这么一句。她眼前浮现出高一时的戴安娜，彼时她染了金头发，歪着脖子，对她恶语相向，像一只营养过剩的暴脾气鹦鹉。那只鹦鹉飞走了，飞向狭窄的隧道，羽毛掉在黑暗里，留下散乱的踪迹。

下车，她习惯地和钟泽吻别，勉强笑了笑才转身离去。

“翩儿，你把冯铮车砸了？”三个小时后，戴安娜出现在林翩翩门前。

“你来算账的，冯嫂？”林翩翩撇撇嘴，看着戴安娜。

“下次别那么冲动了，或者别砸那么狠。我们没什么钱。”说完，戴安娜抱着林翩翩哭了。

“你何必对那禽兽那么好。再与人相爱，我们也还是一个人。”

“我不想一个人，也不想承认以前选错了。”

“活着挺苦的，别总惦记着对别人负责。”

“也没必要对自己太负责，反正就一辈子，哪说哪了，没什么了不起的。”戴安娜呜咽着。

“我爸爸车祸的时候，车里还有一个女人。她没死，也没来参加葬礼。妈妈大概知道，我不知道她是谁。”轻轻地说，林翩翩也哭了。

夜色凄迷，林翩翩没有拉窗帘，月光射进来，混在灯光里。两个女孩都站着，谁也没有再说什么。

霍　艳◎从开始到现在

Résumé

霍艳，北京娃，巨蟹女。就读于北京电影学院文学系，北京作协会员。2007 年毕业于鲁迅文学院第七届中青年作家高级研讨班，参加全国青年作家创作会议。

学过大提琴，写过书，做过唱片，编过话剧，客串过记者，痴迷过淘宝。编剧作品：话剧《疯狂的石头》、《开心麻花 2008 之谁都不许笑》。策划唱片：朱哲琴《七日谈》。出版的作品有《地下铁》、《SARS 时期的爱情》、《生如夏花》、《没有人像我一样》、《给我一刹那宠爱》、《日出之前请将悲伤终结》、《幸福单行道》、《兔八七的小时代》等。

“如果想在短时间内迅速地忘掉一个人，请找出一个本子，一根笔，逐一记录下他或她的缺点，每天睡觉前用心默念，深刻回忆他或她所对你犯下的种种罪恶，随时补充，直至再也想不起来……”

仲夏是从一位女作家的博客上看到这个方法的，她有些难以置信地用手指划过屏幕上每一个字，反复阅读，生怕漏掉一个字。

她留言道：遗忘真的有这么容易吗？

这个恼人的秋天，对安泽的遗忘已经迫在眉睫，仲夏要把这个人彻底从自己的 CPU 空间里清除出去，不再耗占内存，腾出地儿好给更多的花样男子。

守在一棵树上吊死，是愚蠢者的笨行为。

全面发展节节开花，是智慧者的座右铭。

缺点一：多愁善感，动不动就掉眼泪，实在有违大男人风范。

仲夏永远记得她和安泽的第一次见面。

学校自从把每个教室的课程安排贴在门口后，来蹭课的人就如潮水般汹涌起来，狭小的教室经常人满为患，到处充斥着陌生的面孔。仲夏如果稍微来晚点，可能连座位都抢不到。她实在是不喜欢这些蹭课的人，小班教育的气氛被三教九流的外人所打破，他们随意讲话，尽情录音，顶撞老师，用一副窥探的神情看着班上的其他同学，还美其名曰为“接受再教育”。

今天亦是如此，仲夏瘦弱的身躯终究挤不过虎背熊腰的人们，她被挡在了电梯外，而时针显示距离上课时间仅有三十秒了。

“噔噔噔。”

细根的凉鞋在楼梯和走廊间发出清脆的碰撞，仲夏拽着自己绿色的裙摆，艰难地爬到了七楼。

可她还是迟了一步，仲夏眼睁睁地看着陌生的面孔们把最后一个有利位置占据了，剩下的只有老师眼皮底下的那个狭小的座位，远离空调，靠近大门，视角正好看不清电视屏幕，却足以被老师喷出的吐沫星子淹死。

老师怒目而视，这是个厌恶学生迟到的老师，而仲夏刚好迟到了三分钟，在他发飙的底线附近徘徊着。

“坐到那里去！”

老师的手指向了第一排那个仅存的位置。

仲夏极不情愿地坐在了上面，面露凶光地看着那些窃窃私语的旁听生们，如果可以她真想把他们全部轰出去，为什么交了八千大洋的学费享受的竟是如此待遇？

这节是影片分析课，放的片子是李安的《断臂山》。仲夏的同学们早就在第一时间通过盗版光盘的途径看过了这部片子，所以他们早就找好了消遣的途径，而旁听者们则第一次欣赏到所谓大师的片子，看得津津有味，乐不思蜀。

仲夏和他们都不一样，尽管片子她走马观花地看过一次，可是在老师眼皮底下，她实在不敢把书包里的小说堂而皇之地摆在桌子上，但昨晚熬夜赶作业又使得她困意难耐，仲夏只有侧过身支起脑袋，任由双眼皮打架。

昏昏沉沉的状态不知持续了多久，仲夏终于盼到了影片即将完结的那刻。

Jack与Ennis最后一次在湖边相见，Jack动情地说了句：I wish I knew how to quit you. Jack含泪的神情催人泪下，曾经那样明媚而鲜丽的眼神，却因多年的感情折磨从五月的春潮变成了十二月的迟暮，他对Ennis的爱是要轰轰烈烈相守终身的，而Ennis在社会压力下循规蹈矩地活着，卑微地爱着，所以他们注定无法在一起，所以死亡这个问号画得凄美却又合情合理。

正因为坚信死亡是美丽的，所以仲夏自始至终没有哭过，她想在对的时刻对的地点，又会有另一对 Jack 和 Ennis 相遇的。

可是仲夏非常恐怖地发现靠在墙角的那个男孩居然在主题曲的伴奏下慢慢摘下眼镜，用手背来回蹭着双眼。

“天哪！他不会是看哭了吧！”

这个可怕的念头冒出来时，仲夏差点昏厥过去，一个大男人居然因为一部电影而抹眼泪！到底是李安的电影太煽情了呢，还是现在年轻人的感情太脆弱了呢！

他不是仲夏班上的同学，那些同学们有的在睡觉，有的在看八卦杂志，有的在打游戏机，唯独没有听课的，看电影对他们来说已经不是乐趣而是一种煎熬。

仲夏很快投鄙视的目光给男孩，鄙视他蹭课的“卑劣”行径，更鄙视他当众落泪。

他们第一次相遇，仲夏就在自己心里画上了一个大大的红叉。

中午他们又在食堂遇见，冤家路窄、狭路相逢大概就是如此吧，可这是仲夏的一厢情愿，此时此刻男孩并没有对这个打了一节课瞌睡的姑娘留下什么印象，所以当仲夏狠狠地撞向他的时候，他一脸诧异。

“哗啦！”

热腾腾的饭菜倾倒在男孩白色的外套上，红色的印记和鸡蛋残留物让人很容易猜出仲夏中午吃的是鸡蛋西红柿。她是成心向他走过去，谁叫食堂上百号人她单单发现了他，可泼菜却不是有意，只怪仲夏一脚踩到了别人掉下的一团白花花的米饭上，身体立刻失去重心，迅速后仰，饭盆则划出一道完美的抛物线准确地砸在了男孩的身上。

他的鞋上沾满了白米饭，他的衬衫挂满了鸡蛋西红柿，衣角滴答着菜汤，连头发上都挂着菜叶。

仲夏也好不到哪去，一屁股坐在地上，裙摆散开，裸露的小腿上挂着菜汤，淑女姿态尽丧。她恨不得像鸵鸟一样把自己的脑袋埋起来，从未有过的狼狈感迅速爬上脸颊，她羞红的脸和地上的西红柿相映成趣。

周围同学一片哗然，有认识仲夏的人更是把它当则笑话看，很快校园的BBS上就会出现“文学系女生食堂狼狈实录”。

伸向仲夏面前的双手是男孩的，那双手上还沾着菜汤，让仲夏犹豫着是不是要握住。

她没有想到，犹豫不决地握住他的双手时，宣告的却是一辈子把自己交付给他。

在错误的时间错误的地点，他们遇到了彼此。（在正确的时间正确的地点，他们彼此错过。）

缺点二：沉默寡言，没幽默感，十足的闷瓜。

仲夏跟他说的第一句话是：“喂，你叫什么啊？”

男孩说：“安泽。”

很简单的两个词组合在一起，发音竟是如此地好听，舌尖顶住牙齿，“泽”这个音就轻巧地从齿间的缝隙蹦出来，留下一些尾音在口腔，等着慢慢弥散。

仲夏等待着他解释这个名字的来历，或者等着他问自己的名字，她甚至想好了如何介绍自己生在一个仲夏之夜，那晚的月光如何明媚，清醒的空气中还弥漫着香草的味道。

可是，安泽什么也没有问，他背过身去，假装看不见仲夏失望落魄的脸。

后来仲夏知道了安泽就是那种不善于表达自己的人，他很少说关于自己的事情，仿佛自己是刻意隐瞒身份的卧底。关于安泽的线索仲夏只有一点一点整理拼凑起来，云南人，在附近的一所重点理工科大学学习机械工程，趁着大四课少来仲夏的学校蹭课，喜欢看电影，喜欢读书，厌恶一切嘈杂。

渐渐熟悉以后，仲夏总会放弃梳妆打扮的时间，特地早早到教室占座。她总是占教室角落的两个位置，因为她不敢接近他，也因为她的余光刚好可以瞥到他。

老师经常会讲一些枯燥的电影理论知识，比如巴赞的电影美学，比如关于电影第七艺术的讨论，仲夏总是昏昏欲睡，初春时节阳光异常温暖，洒在她的身上就像披上了妈妈织的毛毯。来蹭课的人大多知难而退了，他们耐不住这份无聊，安泽是唯一坚持下来的人，他像这个班上的学生一样认真地做着笔记，仔细地观摩影片，虚心地请教问题，及时地复印学习资料，他会帮仲夏也复印一份，用荧光笔标注上重点，旁边还有手写体的一些心得体会。

这一切让仲夏开始觉得安泽才是真正适合学电影的人，而自己不过是老师眼中不学无术的典范。

仲夏感觉他们俩在一起是一件很闷骚的事情，他们从来不并排走，总是一前一后，仲夏趾高气扬，像个自信心膨胀的公主，而安泽则低着头，像个与世无争的王子。

巨大的反差，让人不敢相信他们居然会是朋友。

吃饭的时候，仲夏总是手舞足蹈地讲一些学校里的八卦消息，比如哪个明星回来了，比如表演系的谁被选去当女主角了，比如文学系的谁遭到别人排斥了，再比如哪个老师的课下课时教室只剩三个人了。每每听到这些事情，安泽总是抬起头来冲她笑笑，却不发表任何评论，他的神情好像在说那些都是别人的事，与自己无关。

只有在仲夏说到自己时，安泽才会显得有一些在意。

仲夏有次拿出一封情书给安泽看，一个管理系的男生大胆地向她表白了，火辣辣的词语比比皆是，感情炙热得像吐鲁番的太阳。

安泽很认真地看完了，一字不落，表情有些复杂，眉头皱成了一个“川”字形，让仲夏忍不住想伸手把那些褶皱抚平。

“你要答应他吗?”

安泽的话有些小小的紧张，看着对面女孩的眼睛，期待着自己想要的答案。

“当然不会啦，我怎么会喜欢谁呢，你看我一直一个人生活得很好啊!”

“嗯，这些事情还是考虑清楚了好。”

安泽的眉头舒展开了，额头平滑得像块玻璃，他低下头，继续对着面前的食物发呆。

仲夏紧握着的手心终于松开了，手掌里布满了细密的汗珠，一点一点浸透了信上的字迹。那封信是她自己写给自己的，她只是想证明安泽不是那种冰冷如霜的男人，起码他是在乎她的。

夜晚，仲夏必做的功课是给安泽发短信，内容都是她搜集到的一些笑话，她希望他能多笑笑，因为他笑起来是那么的好看。

“在一个精神病院楼下，总会有一个老婆婆举着把伞蹲在那里。终于有一天，一个护士去问她在干什么，结果老婆婆神色凝重地说：嘘，我是一朵蘑菇……”

“有个人长得像洋葱，走着走着就哭了。”

“有一个躲猫猫社团，他们团长现在还没找到。”

“从前有只小羊，有天它出去玩，结果碰上了大灰狼。大灰狼说：我要吃了你!!! 你猜，怎么着？结果大灰狼就把小羊吃了。”

仲夏不知道发了多少笑话，可是安泽从来没笑过，他回复来的只有一个字“嗯”，表明他收到了，也表明这个笑话对他毫无作用。

可是仲夏总是很委屈地想，他难道不知道最近流行的是冷笑话吗？他就不能假装幽默一下打两个“哈哈”吗？

缺点三：骗子骗子大骗子！

“安泽是个大骗子!”

仲夏很用力地在笔记本上写下这行字，连带下几页都印出了深深的痕迹。

“滴答。”

有颗不知名的液滴顺着仲夏的脸颊滑落，准确无误地滴到了本子上，“骗子”两个字顿时被浸得模糊不清，揉揉眼，已是一片辨不清的墨迹……

不知道为什么会单枪匹马地跑去安泽的学校，连招呼都没有打一声，仲夏就跳上了门口的2路汽车。天已黑，坐在公共汽车上，仲夏的脸紧紧贴着冰凉的窗户，向外望去，霓虹灯和夜色融合在一块，以不同比例混合着，每一片天都有它不同的颜色。

仲夏不知道为什么会突如其来地兴奋起来，内心有股东西如潮水般汹涌着，简直要把她席卷，她拼命地抓住座位上的扶手，唯恐随时都可能到来的沉沦。

理工大学的人都是被功课牵绊着的，每个人手里都捧着一本砖头般厚重的资料书，就像随时准备抄起家伙打架一样。

男生女生接头的暗号是一本 GRE 词汇和一本托福词汇，并肩走在林荫道上谈论的也是出国留学的事宜，这里的人们是不会被爱情冲昏头脑的，他们清楚除了恋爱，有更重要的事情等着他们做。

自习室里灯火通明，还有人因为没有占到自习的位置而沮丧不已，仲夏顿时觉得可悲，自己的学校偌大的自习室只有人在打游戏、看电影，学习对他们来讲仿佛是件很遥远的事情。

走遍了整个校园，仲夏才逐渐明白，她和安泽生活在两个不同的世界里。

发了消息给他，却得不到回复。兴许是没看见吧。仲夏安慰着自己，继续在校园内漫无目的地游荡。

树林的尽头隐约有音乐声飘来，开始只是吉他弹奏的简单旋律，过了半分钟才渐渐地融进了人声，纯净的人声如一张网把仲夏网过去，使她不由自主地寻找着声音的源头。那源头仿佛近在咫尺，却又远在天涯。

走着走着，仲夏开始恍惚起来，不知道方向是否正确，也不知道源头究竟会是什么，兴许只是个相貌丑陋的男生在孤芳自赏。

浓荫深处，她看见的是安泽。

她好像从未见过这样的安泽，穿黑色衬衫，深蓝色牛仔裤，表情略带忧郁，怀抱着木吉他，专注的神情令人不忍打扰，只有不安分的风拂过他的脸颊，带起鬓角的碎发随风飘逸着，飘逸着。

仲夏远远地站着，她听不清他唱的是什么，好像是云南的方言写成的歌词，旋律却异常地熟悉，仿佛早就在她心底扎根下来，挥之不去。

猛然，仲夏想起不久前在自己的生日聚会上，她包了一个房间通宵唱歌，其中也请了安泽，可是他总是安静地充当着听众，鼓掌或者微笑，话筒每每传到他手里，他都很客气地说一句“对不起，我唱歌很难听”推托掉。久而久之，连仲夏自己也相信了安泽是个唱歌跑调的男孩。

可眼前的情景只能证明安泽是个骗子，沉默寡言是他披上的一件外套，他只对别人沉默寡言，而对于自己却有很多很多的话要讲，那些话被译成密码嵌在旋律里，孤独地唱给自己的心听。

音乐戛然而止，安泽一下子惊呆了，没想到仲夏会突然出现在自己眼前，最后停滞住的那个音符弹劈掉了，发出很难受的声音。他的眼神有些黯淡，把琴放在一旁，轻轻地说：“你怎么来了？”那口气仿佛在责怪她突兀地闯进了他的生活。

“我正好路过你们学校……就……就进来看看……我……我给你发过消息了。”

一向能言善辩的仲夏变得结结巴巴的，双手不停地揉搓着衣角，崭新的连衣裙被弄得皱巴巴的。她觉得丑，又用双手挡住，整个姿势别扭极了。

黑暗里，安泽的手机闪烁着新信息提示灯，仲夏的短信果然完好无存地保存在他的手机里，没有被读阅。那盏灯散发出的微弱光芒折射在两个人的脸上，一个是紧张得不知所措，一个是无谓得飘忽不定，各怀心事。

安泽拉她坐在草地上，之前细心地铺上了自己的琴套，他的侧影在黑暗中是那么的好看，像艺术家手下浑然天成的雕塑作品，只能在博物馆观赏。所以仲夏有一刻是那么地想用手去触碰他的轮廓，把那线条勾勒在自己的心里。

许久的沉默被一句惊天动地般的话所打破，那句话从安泽嘴里说出来很轻很轻像细碎的绒毛，而到了仲夏的耳朵里却比泰山还要沉重。

“仲夏，你接过吻吗？”

“嗯……”

她回答得声音好小好小，如同失去了初吻是一件很罪恶的事情，可这个年纪的姑娘又有几个还能完整地保持住自己的处女之身呢？

“我没有。”

“啊！”

“仲夏，我们接吻吧。”

没等仲夏回答要或不要，安泽的脸就凑了过来，热热的鼻息扑面而来，让她觉得有些痒，想挣脱却又动弹不得，他早已牢牢地钳住了她的身体。安泽一寸寸地靠近，鼻息也越来越急促而温暖，他的轮廓已经开始模糊不清了，只是一团巨大的阴影笼罩在仲夏的上空，那晚，没有月光。

安泽的舌头轻轻地翘起她的唇瓣，又用舌尖打开了仲夏最后一道防线，整个舌头都伸进了她的口腔里，缠绵着，纠结着。是安泽口腔里的薄荷味道让仲夏彻底地放弃抵御，她慢慢跟上他的节奏，体味着这前所未有的新奇感。

后来仲夏才知道，那份新奇源于怦然心动。

一个简单而干净的吻，却让她口干舌燥起来，仿佛他的吻吸走了她全部的能量般，到最后仲夏甚至怀疑那嘴究竟是不是她的。

是怎样的一种魔力，才能让一个人觉得灵魂脱离了自己的肉身呢？

安泽送她去坐公车，再晚一点，公车就要没有了。并肩走在路上，两个人的身影被路灯拉得好长，他们还是一前一后地走着，影子有时会重叠起来，仲夏想他们的心有一部分也应该是重叠着的吧，可是谁知道呢？

“路上小心点，到学校发短信给我。”

安泽的话淡如止水，没有一丝波澜，好像在几分钟前他们什么也没有做过，没有那个吻，没有拥抱，一切都是杜撰的，是不真实的。

汽车启动的一刹那，仲夏扭过头去，没有电影里烂俗的手段，男主角会带着眷恋目送女主角离去，女主角会含泪跟他挥手告别，这是生活这不是电影。在仲夏扭头的刹那，才发现安泽早就消失在视野中了，他走得是那么的坚决，毫无留恋。

再次选择了靠窗户的座位，再次把脸贴到了冰冷的玻璃上，再次看遍霓虹灯闪烁，可心境却与去时大相径庭，心里那股涌动的潮水一下子被浇灭掉了，变成摊死水在心底沉着，把高涨的心情一点点地拉到水平线下。

仲夏回味着刚才那个不真实的吻，用舌头捕捉着嘴里留香的薄荷，可是她要如何相信安泽的话，他像个熟练的接吻高手一样轻而易举地翘起了她的唇瓣，可他却告诉她这是他的初吻。仲夏轻轻地说：“安泽，求求你下次编个不要被我识破的谎言好不好？”

她情愿被他骗，心甘情愿的……

缺点四：对感情迟钝，比猪还要笨！

爱情是从什么时候开始萌芽的，连仲夏自己也记不清了，想找个纪念日纪念一下，却对着日历踌躇了半天，究竟从什么时候开始，她的心里有了他呢？

开始发些莫名其妙的短信给他，开始胡言乱语说些不着调的话，开始胡乱编个借口去找他，开始赖在他身边不走。

这一切变化都是从什么时候开始的呢？

吃饭的时候仲夏不再手舞足蹈传播八卦，她甚至不敢抬头看他的脸，看见他坚毅的轮廓时，她心里会一阵冰凉。安泽总是那副与世隔绝的容颜，连她也要保持几分距离。

她刻意与他接近，走路的时候不再一前一后，而是并排走在他身边，不经意间她触碰到他的手，冰凉的，令人抗拒的。仲夏随口爱哼些歌曲，以前尽是欢快的旋律，不知何时却开始越来越惆怅了，全是些悲苦的情歌，她总是期盼着安泽能懂歌词背后的意义，能在路的尽头突然抓住她的手，搂住她的腰，把嘴唇轻轻地贴在上面，不要缠绵悱恻，只要两唇轻轻地靠近就好。仲夏知道真正靠近他，是件极其不易的事情。

有次他们逛街，是仲夏强行拉着安泽陪她去给同学挑选生日礼物，顶着太阳逛了许多的店却依然一无所获。初夏的阳光就开始毒辣，射在皮肤上像针扎般刺痛。仲夏开始后悔今天穿了一件无袖的连衣裙，她忘记了自己紫外线过敏的事实，左手手腕上已经开始被阳光灼烧出一个又一个红色点点，用手挠挠，只能使瘙痒加剧。

她脸色有些难堪，浑身上下却找不到能遮盖住手腕的东西，于是很不自然地把手背向身后，别别扭扭地走着。

还是被安泽发现了，他抓住她的手腕，仔细察看，用手指在红肿的地方来回抚摸着。他的手指冰凉，自然达到了降温的作用，很快痛痒感渐渐地缓解了。仲夏感激地望着他，意外捕捉到了他脸上关切的神情，再也不是拒人千里之外的冷漠。

“你的皮肤太敏感，以后还是多披件外套吧。等我回云南，给你带种专门防晒的草药。”

“嗯，谢谢你。”

那是安泽嘴里第一次提到云南这个地方，如果不是仲夏翻过他的学生证，她还以为他是地道的北京孩子。云南在仲夏心里是个遥不可及的地方，远离喧嚣浮华，有的只是宁静与祥和，是安稳的栖息地，也是最适合疗伤的地方。

从那里走出来的人，也应该像安泽一样，都有一副坚毅的面孔吧？

路过一家卖银饰的小店，她兴奋地拉他进去，面对五花八门的银饰，仲夏挑花了眼，拿起这个又不舍地放下那个，总觉得哪个都是自己想要的。

没多久，仲夏的十个手指就戴满了各式各样的戒指，手腕上也叮叮当当挂满了银镯子，彼此间发出清脆的碰撞声。

她兴奋地跑去给安泽看，让他帮忙取舍。

“我不了解你的朋友，还是你自己选吧。”

“那你看哪个适合我呢？”

安泽仔细看了看，最后挑出一对螺旋形状的镯子，他说：“这个吧，显得你手腕很细很白。”

仲夏翻开后面的价签，是一个不大不小的数字，她买得起却要为此付出吃萝卜青菜的代价。

“好贵哟！”

她怀着期待的目光望着安泽，再强烈不过的暗示了，她不要他付钱，只要表达出想送给她的意愿就好。

“那就不要买了，以后喜欢你的人自然会买来送给你。”

安泽好像根本就与仲夏处于不同的磁场，她说什么他都不懂，无论她做着怎样强烈的暗示，他的天线始终处于关闭状态，拒绝接受她的一切信息。

仲夏委屈地想，为什么喜欢我的人不是你呢？

走出小店，仲夏手里拿着的是一对普通的耳环，相比那个镯子，真的是黯然失色很多很多，那是买给同学的生日礼物。临走前，仲夏又看了一眼锁在玻璃柜里的银镯子，她发现自己难过的不是得不到它们，而是得不到他的心。

毒辣的太阳依然孜孜不倦地散发着热量，刚刚消退红肿的手腕眼看要再次被灼伤。

安泽第一次拉起了仲夏的手，不是十指相扣，而是用自己的手掌护住了她的手腕。他抓住她就像爸爸抓住女儿，霸道地，不容反抗地。

可就是这么一个微小的动作，也能让仲夏脸红心跳，那是两个人第一次有肌肤上的亲密接触啊，他掌心的冰凉中和她手腕的炙热，一股说不出来的清爽感在仲夏的身体蔓延着，她真想一直被他这么牵着往前走，走到世界的尽头去。

突如其来的大雨浇熄了仲夏的美梦，那雨来得没有一点前兆，仿佛是上天随意泼下的水。他们跑到屋檐下躲雨，仲夏做的第一件事情是用右手整理自己被浸湿的衣服，而安泽做的第一件事情是放开仲夏的左手。

雨点大滴大滴地落在地上，像断线的珠子，像散落的水晶球。

仲夏慢慢地闭上眼睛，耳边是安泽轻柔的呼吸，伴着那匀称的呼吸声，一滴水珠滑落到仲夏的脚面，她知道，那是眼泪。

缺点五：吝啬鬼，离开的时候连“再见”也不肯说一句。

那天回来，仲夏就彻底地病倒了，整个人瘫在床上不想吃也不想喝，额头上的温度急速攀升，滚烫得可以煮熟一个鸡蛋。等到父母强行把她架去医院的时候，她的枕头已经印满了泪痕，以至于那个枕头无论怎么清洗，也都带着一道道蜿蜒的痕迹。

在医院的病床上浑浑噩噩地躺了三天，仲夏每天都感觉有液体顺着细细的导管注入自己的身体。血管被这些液体撑得发胀，爆裂般的疼痛伴随着她。她说不出话，每天只能吃一些流质的食物，视线也是模糊不清的。朦胧中她看见自己的病床上围满了人，可稍稍把眼睛睁开一点，那些人又统统消失不见了。

仲夏经常想，就这样一直烧下去吧，管它38℃还是40℃，总之神志不清的状态最好，可以不去想一些人，可以忘却一些事，可以没心没肺地睡到天亮。

这样，多好。

可当人清醒了，那些繁杂的事情就又接踵而来了。在仲夏重返课堂的那天，她意外地没有看到安泽，从来雨打不动来蹭课的他竟然莫名其妙地消失了。整堂课仲夏都心神不宁，她的眼睛会不由自主地斜向45度角，因为那个位置坐着一个让他牵挂的人，可片子放完了，眼睛揉肿了，杯里的茶凉透了，他也没有出现。仲夏想着是不是要发个消息问候一下，可是端起手机却连个完整的汉字都输入不了，她的手指是颤抖的，不听使唤的。

安泽的失踪不是莫名其妙的，而是一场计划周密的预谋。老师下课留住了仲夏，在递给她一摞厚厚的学习资料之外，也递给她了一个白色的信封。

“是安泽让我交给你的，他前天回云南了，他说你可以写信给他。”

撕开信封，白色的信纸掉在地上，除了一个地址，没有只言片语，他留给她的只有一个地址和一信封的空气。

仲夏颤抖着捡起信纸，然后跌跌撞撞地冲出了教室，那一刻算得上落荒而逃吧。

走在熟悉的路上，仲夏眼前总能浮现出她和安泽在一起时的片断。他们一前一后，保持着固定的距离，那距离是永远逾越不了的，是哪怕他们手牵着手，也会存在的鸿沟。

在阳光下哭应该是件很丢脸的事情吧，但仲夏真的丢了一次脸。她缓缓地蹲了下来，双手掩面，在绚烂阳光的照射下，她泪流成河。

安泽是来医院看过仲夏的，只不过她不知道罢了。

辗转打听到仲夏的病床，安泽目送她的父母离去，然后悄悄地潜了进来。他知道如果今天再不来看她一眼，以后也许就再也没机会了。刚打印出来的机票就放在上衣的口袋里，是一张全价机票，他明天就要离开北京，迫在眉睫。

仲夏睡得很香，看惯了她平常咋咋呼呼手舞足蹈的一面，再看她那么安静地躺着还真有些不适应。她把身体蜷缩着，如母亲子宫里的婴儿，寻求庇护。她好像很冷，身体还在不住地颤抖着，连长长的睫毛也在忽闪忽闪的。安泽把手放到了她的额头上，滚烫的温度把他也吓了一跳，她病得竟是如此的严重。

是普通的淋雨着凉吗？安泽自己心里清楚，她有的是心病。

把唇凑上去时，安泽的眼里充满了怜惜的神情，他不是能度她的佛，他保护不了她，甚至还要残忍地离开她。而现在唯一能做的就是用自己冰冷的身体去替她降温，哪怕只是暂时的，他心里也会好受些。

终究还是要离开，离开北京，回到云南，那里才是他的土地。尽管心中千般不舍，舍不得大屏幕上那多姿多彩的世界，也舍不得眼前这个总是精力过剩的女孩，可还是要走。他不是没有努力过留下来，投出的一份又一份简历都石沉大海，面试的一家又一家公司都被拒之门外，北京始终是容不下他的土地，而她始终也不是他能照顾的人。

安泽走的时候，趴在仲夏耳边对她说了四个字，没有人听清那四个字究竟是什么，连老天也不知道。

走出医院，正是正午时分，明晃晃的太阳让人头晕目眩。

有颗钻石从安泽的眼角滑落，滴在地上很快就消失不见了，连痕迹都寻觅不到。

缺点六……

缺点七……

缺点八……

仲夏在自己的本子上把安泽的缺点列了很多很多，甚至连爱穿白衣服爱喝冰水说话声音小的生活习惯也变成了他的缺点。

可是有一天，仲夏发现两页纸密密麻麻地写满了，她还是忘不掉他。

女作家给仲夏的邮箱里回复了信件，她说：如果那个人已经深深地扎根在你的心里，他的呼吸已经和你的脉搏保持着相同的节奏，那么无论用什么方法，你都忘不掉的。

那种感觉，叫做刻骨铭心。

仲夏一直喜欢去那家24小时营业的书店度过周末的时光，在离开安泽以后更是如此。

午后，阳光慵懒地洒进书店，女店员靠在男店员的肩膀上，趁着顾客不多的空当悠闲地打了个盹，她长长的睁子上被阳光涂抹上了一缕金色，一闪一闪的，甚是好看。男店员右手手指与她紧扣，左手则翻看着原版的画册，表情温暖而纯真，像初秋最炫目的那道光亮。

店里放的是《断臂山》的原声大碟，仲夏清楚地记得遇到安泽那天，课堂上放的也是李安的《断臂山》。她记得那句煽情的台词出现时，她竟然没有哭，而是眼睛直愣愣地盯着角落里的那个男孩子，因为他摘下眼镜，用手背拼命揉搓着自己的眼睛。

直到分别，仲夏也没机会问安泽究竟那天他是不是在哭，这个问题仿佛已经不再重要了。

而重要的是，在这个初秋时节，她迫切地想知道："I wish I knew how to quit you."

我希望我知道如何戒掉你。

故事的结尾，依然是发生在一个阳光明媚的午后，不知道为什么今年北京的秋天一直没有转凉，太阳孜孜不倦地工作着，冲人们展露他最绚烂的微笑。

包裹是室友拿回来的，放在仲夏的桌子上，箱子有些破破烂烂了，一看就是经历了长途跋涉才到达仲夏的手里。

仲夏找来剪刀，小心翼翼地拆开包裹，里面一层又一层包得结结实实，最后连她都失去了耐心，以为这不过是一场恶作剧。

拆到最后，展现在眼前的只是两件很小的东西，一件是散发着浓郁中药味道的晒伤药膏，而另一件是对螺旋形状的银镯子，和仲夏曾经中意的那对一模一样。

包裹的邮戳盖的是云南一个从没听说过的城市，邮票是颠倒着贴的，仲夏的眼泪不争气地又涌了出来，滴到那对镯子上，发出细微的笑声。

很久很久以前，仲夏曾经在一本书上看见，邮票颠倒的意思是：我喜欢你。

麻宁◎锦瑟

Résumé

麻宁，女，1985 年生，第五届全国新概念作文大赛一等奖获得者。毕业于中国传媒大学播音系。北京大学新闻传播学院硕士研究生毕业。现供职于北京交通台。

出版有个人作品集《教室朝南　没有风筝》和《年华，恍然》。兼具金牛座与白羊座性格的矛盾女子，喜欢阅读与行走，始终相信生活是明朗而美好的。

锦瑟是我一个最要好的朋友，我们在大学的选修课堂上相遇。

今生似是不会忘记锦瑟的那个亮相了。彼时年迈的教授在讲台上唠叨，所有人都听得昏昏欲睡，连教授自己也是一样。恍然间大教室的门被推开，有个女子裹在一片弥漫的酒红色中利落地闪进来。学生们，连同教授，一起抬眼看她，却都被刺得睁不开眼——原来这个尤物竟然在颈上系了一条翠绿色的丝巾。这样艳丽莫名的颜色搭配在这个女子身上居然有如许好看，我垂头丧气地伏在桌上，想：如我这般蠢笨的女人大概一辈子都穿不出这样的效果了。

现下大学生的眼光一定是放肆的，那女子就在众人的睽睽注目之下穿过过道款款走进听众席。一根水葱似的手指递来一支七星："抽烟吗?"不想竟在我身边落了座。

漂亮的女人往往要找一个陪衬，以衬得她更漂亮。我不幸沦为这个陪衬。

我不抽烟，可还是接了她的烟。兴许这就是美的力量，叫人心甘情愿地做没想到要做的事。我尚且如此，何况男人。我猜一百个男人九十九个见了她抬不动腿。

你拿烟的姿势很不专业。你不会抽。卖我面子？她眼光好生锐利。

我潇洒地笑笑，自己就这点好，或者就这点不好，天生不知道脸红。换是别个女人这时早窘得两腮红红，我不同，家明说我大抵不是女人。

然后我更潇洒地对她伸出手，不过还是谢谢你的烟，我叫索谓。

索谓？这是你的全名吗？你不姓吴？她打量我，一面机灵地应对。我叫锦瑟。

世人都想让自己的儿女与众不同，绞尽脑汁给孩子起种种特立独行的名字，身边这一位大概有对好学问的爹妈，清高兮兮地给女儿起了这么一个大有古意的名字。其实我又何必取笑他人，自家爹妈还不是一样，巴巴取了一个“谓”字，和我那不算太多见的姓组成一个词，摆明要让听到的人联想几句。

锦瑟很聪明，见我对她的幽默不买账，第一时间转换话题说，你觉得这老头子讲得有趣否？

现在哪有什么真正有趣的课？偏生这老家伙的课最是乏味又听者众多，不过贪图这门学分比较容易拿而已。我说的倒都是实话。

我们相视而笑。

下课以后锦瑟约我喝咖啡。

选在一处学院派气息很浓的地方，她的主意。

我们坐定，侍者还没过来我先看着她笑。

你这么奇异的一个人，竟然也选在这样的地方约见朋友。我讲话一向犀利。

她没什么表情。不过图方便罢了，这间 càfe 是我开的。

MENU 上来，她点鸡尾酒，我点爱尔兰咖啡。都是顽劣的女子，喜欢的东西都有酒精的成分。

初逢的人往往没什么好聊的，扯来扯去不过是学校里面的人和事。我是懒散的家伙，素日对这些不怎么上心的，锦瑟却知道得很多。学校里的争端，黑幕，艳闻，她通通讲得头头是道。

我诧异：锦瑟，这所大学也是你开的？

她鬼机灵一笑。当然不是，不过家父在这里教书。

是哪位教授？教什么课程？

她再笑，就是那个学分最好修的老家伙。

一生没这么狼狈过。我自以为是慧黠的女子，嘴上向来也不饶人的，今天却被这小妮子弄到这等尴尬的境地。不是一时，倒是几时都想不起来说什么好。

你不用窘。我也一直叫他老头子的。

我只好索谓当成无所谓。胡乱笑笑，低头喝自己的咖啡。

问你个私人的问题，每天下午开宝蓝色跑车来接你的那个是你未婚夫？

我扬扬脸，何必说得那么郑重，男朋友而已。

叫什么名字？

严家明。

你们这伙人的名字都很奇怪。严家明，好像他爹妈认准了自己儿子日后要做官似的，拼命表白自己有多严谨清明。

不是吧，什么叫“你们这伙人”，拥有高雅名字的锦瑟小姐，那你跟我们也是一伙的吗？

她笑得愈加灿烂，你不晓得这名字给我带来多大麻烦。旁人一看这名字，以为是个又美貌又忧郁的旧式女子，成日价“一弦一柱思华年”，印象先深得不得了，心里也就对我要求先高上了三分。等熟悉了，发现竟然是这般刁蛮野性的一个丫头，不免要大大失望了。末了还连累了我家那老头子：曾教授家的千金怎么被教育成这个样子！这所大学倘真是我家开，冲我这反面例证也早倒闭了。

我欣赏地瞧着她，真是好可爱的一个性情中人。心里方才想到可爱，嘴上就问出来，那野丫头有男朋友了没有？

追的人倒是很多，我还没确定呢。反正自己年纪不大，自恃年轻，先挑挑拣拣再说。

我喜欢她的率真可爱，其实跟自己性格里的很多成分相似呢。

咖啡喝到凉也没喝完，此时手机忽然急火火地响了。

不用看也知道是家明，他心焦地朝我喊：索谓你跑到哪儿去了？我等你三个小时。

我这才看表，可不是嘛，原来时间已经过去那么久了。

家明的车到 càfe 门口的时候，锦瑟和我道别。

我心里竟然有不舍。

车上家明问我整个下午到底和谁在一起。

我说锦瑟。

曾锦瑟？那个本校古汉语曾教授的女儿？你最好少去招惹她。

为什么？

传闻她是利用女人和玩弄男人的行家里手。

那也不过是传闻。

你还记得我那室友小许否？一度犯在她手上。

何必说得这么难听。像我这样的一个人，她图谋我什么？我嫌家明紧张兮兮。

再一次见到锦瑟是在学校的图书馆门口。她换了新的发式，一头直发烫成大波浪，越发地艳丽非凡。

明晚学校有个舞会，你要参加吗？锦瑟带来的全是新消息。

好好的，又为什么办起舞会来？

给一批即将出国留学的校友送行。晚上 8 点东区大礼堂。

好的如果没什么事我就过去。

是晚，把舞会的事情告诉家明。可有兴趣参加？我问他。

无所谓。你要去的话我就陪你。素来是家明的语言风格。没有丝毫性格没有丝毫脾气的温吞水。当年却也是爱上了他这点。

反正晚上没活动。不如过去消遣？

好。依然是家明素来的语言风格，简约到不愿多费片言只字。

因为是不经意间决定要去参加舞会的，所以并没有刻意打扮。随手从衣橱里抓了条黑色的纱裙套上，搽点 DIOR 的口红便出了门——要穿什么来搭配家明是不用考虑的——他永远有 N 多颜色款式各异却总是中规中矩的西服用来出客。

家明开车来接我。8 点 15 分，我们来到大礼堂。

门口停着的车子多得出乎我的想象——难道现下的准留学生已经腾达到这地步，可以人手一部宝马奔驰劳斯莱斯？看看家明那部车子，我觉得我们算是老土了。

奇怪的事情好像还不止这些——走进礼堂，一干风度翩翩的银发老者在舞池中起舞，舞池边站着笑容可掬的曾教授，边上俏生生立着笑靥如花的锦瑟。

索谓，你终于来啦。难得你肯赏光给爸爸祝寿。锦瑟执起我手拉我过来。

爸爸，这位是索谓。我跟你提过的，我最好的朋友。

不是说出国留学校友欢送会？怎么变成给这老头子祝寿的庆生会？我一头雾水，忍不住瞥向家明。

家明朝我使眼色，示意我既来之则安之。

何况那边老头子已经伸出手来："你好，索小姐。经常听小锦说起你。很高兴认识你啊。我们小锦很欣赏你，能让这丫头欣赏的人不多呢。"

我硬着头皮笑："曾教授您好。锦瑟她确实很……出众。我也很欣赏她。"

那天的舞会事后回想简直是我的灾难，曾书伦——就是那个老头子居然邀我跳舞。我不好回绝，只得应了，谁想老家伙抱着我跳了一曲又一曲。

看看站在一旁郁闷已极又无计可施的家明，我心里只能三呼抱歉。

还好锦瑟比较有眼光，拉过尴尬无聊的家明共舞。

曾书伦很健谈，不停地给我唠叨着他的家事。从这唠叨中我断断续续听出，原来锦瑟幼年丧母，曾书伦一直未曾续弦。锦瑟的特立独行也多半因这自小丧母而来。

在舞池中与家明和锦瑟划到一处时我拿眼角打量他们，两个人倒是话很少。家明脸色严肃，想是生了我的气。

那天散场发生了一点意外，就是家明醉酒，那辆跑车是万万不能经他的手了。锦瑟安慰我别急，让曾书伦先用他的车子载我回家。至于家明，她说她会安排人另外送回家。

我有点不放心，他醉得好像很厉害，可是想不出更好的办法，况且曾书伦已在一旁垂手等候。

于是我先上车，临走前叮嘱锦瑟，叫他们照顾好家明，弄点东西给他醒醒酒。

那天过去是周六周日，我累得不轻，回去后竟然抱头大睡两天之久。

周日上午醒来，才想到家明。于是打电话给他，问问他好不好。

听电话的是家明家里的菲佣，撇着不标准的国语告诉我家明一早出去了。

打他手机，是通的，但是始终没有人接听。

心烦意乱间有电话进来，却是曾书伦。

小姑娘，你睡了这么久。

?

我打电话给你，问候你的小朋友。你家人告诉我你在大睡。没想到一睡就是这么久。

曾教授，我联系不到家明。他手机开着但是没人接。我现在很担心。

呵呵，别担心。年轻人嘛，在嘈杂的地方玩也是有的。听小锦说你喜欢晏几道的词，我这里有本《小山词》，如果你有兴趣，可以拿给你看看。不知道你现在有没有时间啊？

曾教授，我……

如果你现在不方便的话，我抽时间开车给你送去也可以。

曾书伦话已说到如斯地步还让我如何回绝，于是我对着话筒一字一顿地答：“好的曾教授，一小时后我到您那里取。”

起床，洗脸，梳头，化妆，找衣服——想到是去曾书伦家只好把装束准备得学生气再学生气，选了条天蓝色棉布长裙，头发规规矩矩地扎成马尾，一副低眉顺眼的乖孩子状赶去见老师。

居然不堵车，比我预想的还要提前十分钟便赶到曾书伦家里。

我以为开门的会是曾家的用人，不想竟是曾书伦亲自来开的门。不免有些不好意思："曾教授，这么晚又来打扰您，真是过意不去。"

"哈哈哈，小姑娘会说话得很哪。是不是被我这老头子扰到了，心里面大大地不开心哪？"

曾书伦是厉害角色，跟他过招硬接无异于找死。于是转换话题："曾教授，锦瑟没在家里吗？"

"跟一帮小朋友出去了。小锦这孩子生来喜欢乱跑。也是她母亲不在得太早，我没将她管教好。十天里倒有八天不见人影。"曾书伦说着又说到我身上，"若是似索小姐这般温文娴静，也可省去我不少操心。"

怕怕怕，最怕曾书伦这奇奇怪怪的腔调！素日在课堂上从来听他一副古声旧气，死板单调到台下睡倒一片，却从不知这老头子也可以这样活跃到不正常。

愣神间还是曾书伦笑着打破尴尬："看我这记性，巴巴地把索小姐这般叫来，却忘了将书备好。不过《小山词》就在书房，倒也现成。索小姐，你随我到书房来。"说着将我让进书房。

曾书伦的书房在宅子的最内部，须穿过一条幽深的走廊方能到达。这是第一次到曾家来，一面走一面打量，是复式结构，二层，房子大约有 300 平方米，装修成古香古色的中国气派，秀雅的花木，红木的明清仿古家具，形形色色的名人字画，书卷气浓之又浓。

不错。我在心里跟自家那幢 200 平方米的宅子一番比较，不得不承认曾书伦家是我看过的最气派的房子之一。

这小老头，看不出倒很有钱呢。一般教授哪里住得起这样考究的别墅？

环顾了一圈曾家的房子，最后进得书房。

曾书伦的书房很大，光线有点暗，不过相当安静，倒是个能让人清心寡欲做学问的地方。

"进来吧，小朋友。老古董的书斋，想必让你见笑了。"曾书伦把我让进书房。

书房里四壁的书惊呆了我。50平方米的房间里每一面墙都陈列着一字排开的十几个书柜，书柜里满满登登装满了书。线装本，精装本，平装本，中国的，外国的，名家的，不知名的作者写的，古典的，近现代的，曾书伦自己的，学界人士赠与的……林林总总，形形色色，数不胜数。我向来以为自己家藏的那七架书算得上多了，今天看来竟然不及曾书伦藏书的一个零头，真是汗颜。汗颜的同时又对曾书伦生出几分另眼相看：这么多的书，即令是买来不看装装门面，也是件难事呀！曾书伦这老头子，不过是寻常一所大学教授，居然可以藏书如许，真真令人震惊！

书虽多，却理得井井有条。曾书伦只一眼扫过，便麻利地从东墙左数第四柜中抽了那本《小山词》出来递与我。

我接了书，却一眼看到书房内曾书伦桌上摆着的照片。

是张合影——锦瑟和一个妇人。在一池碧水边上，眉眼间尚显稚嫩的锦瑟搂着一个妇人笑靥旖旎。那妇人眉目清秀，意态高雅，端然立在美丽的锦瑟边上竟不觉得逊色。

“这是……锦瑟的母亲？”我转头问曾书伦。

“是。”曾书伦默然许久，“内子相当温柔美丽，只可惜早逝。若她在，当可将锦瑟教育得如索小姐你这般优雅大方。”

我也是一阵默然。看面前这已然垂垂老去的男人，再想不到也曾经有过如许貌美的妻，再想不到也曾经是如斯幸福的一个人。可叹世事难料，人生之不如意者十之八九。

从曾书伦家拿了书出来天色已经全黑了，曾书伦摆摆手：“老肖，备车。我要送索小姐回去。”

我连连推辞说不必了，现下公交地铁都便利得很，何况天色虽黑，时间尚不算晚。无奈曾书伦执意要送，不得已我只得再次麻烦老先生。

曾书伦的车子开得很稳健。毕竟是上了岁数的人，不疾不徐，平稳匀速，坐起来甚是舒服。车子一路朝我家方向行驶，曾书伦在车上与我聊天：“小朋友，你们现在的年轻人通通不喜欢听我的课，却又集体跑来上，为的是学分比较容易拿吧?”

死定了。就猜锦瑟已然把这番话原封不动地学去，只得硬着头皮答了：“算是吧。不过曾教授您别生气，我们不是讨厌您的课，大学生嘛，对什么课感兴趣呢？再精彩的课程也赶不上恋人的一个拥抱来得有吸引力吧?”

曾书伦哈哈大笑：“索小姐聪明之至，三句话接得滴水不漏!”末了又问:“对了，索小姐明天该惦记着你那小朋友的一个拥抱了吧?”

我颔首。说话间车子已经稳稳开到家门口。我推开车门与曾书伦作别：“谢谢曾教授。谢谢您的书。谢谢您给我这美好的一程路途。”

第二天自然是周一，这一贯惹人讨厌的日子——过惯了周六周日的自由逍遥，大清早被从被窝里拎出来跑去上课的滋味可着实不好受。

穿了件桃红色的衣服去见家明，去跟他讨那一个拥抱。嘿，曾书伦说得可一点没错呢。

一进校门就匆匆朝三教跑，今天的第一节是大课，我得留神帮家明占座呢。

急急奔跑间便撞上一个人——葱绿色的缎子面上衣，同色的九分细脚裤，水嫩嫩俏生生立在那儿，招摇地吸引着人的眼球——不是锦瑟又是谁呢?

我摸摸撞得生疼的脑门，一扬脸要跟锦瑟打招呼，却不由得愣住——锦瑟边上那玉树临风的，不正是我要讨拥抱的那个人吗？站在那儿还是那么气宇轩昂，还是那么好看，可怎么这般陌生了呢?

三个人面对面硬邦邦成三角状立着，三双眼睛直愣愣对视着。这三个人的世界静到不能再静。

终于还是家明打破了沉默：“索谓，我还没来得及告诉你，我……跟锦瑟已经在一起了。”

我扬手甩给他一个耳光，想都不用想的，快到令人猝不及防。

锦瑟还是不动声色立在边上，脸上是阴恻恻的笑意：“索谓，出来玩就要玩得起。别说你跟严家明没有登记，即便结了婚他也不是你的私有财产。”

这个女人笑起来像只猫，像只暗夜里躲在弄堂尽头冷不丁蹿出来咬人一口的猫。家明说过什么的，我还不信，她是利用女人和玩弄男人的行家里手。瞧，我现在还不是一样给她利用。家明，我的家明，也给她这样轻易地玩弄了。

一个上午在一种叫做“悲愤”的情绪里度过，书念不进去，课听不进去，就连旁人热情的招呼，听在耳朵里也好像浮云一般。

一幕一幕在脑子里浮现的全是从前跟家明在一起的场景。家明在餐厅里帮我吃我讨厌的芹菜；家明背我爬阳明山，家明像只小熊一样蜷缩在我怀里赖着不起来……家明，家明多么好。我怎能失去家明。

中午只能独自一人下课，回宿舍的路上经过食堂，全然没有进去的欲望——我的家明都被别人一声不吭地抢跑了，还吃什么东西？

徒然停在食堂门口望一望，想想跟家明一起在里面吃饭的旧事，摇摇头从食堂前面走过去。

一辆白色 BMW 停在我面前，是这几日熟悉的车子——又是曾书伦。

小姑娘，学习再紧张也不能不吃饭。曾书伦从车里探出头对我笑。

老天怎么安排我遇到这人。我望着车里的他，眼睛急速红起来。

不理会他，继续走我的路。

曾书伦的车追上来：“小姑娘，约你共进午餐怎么样？”

共进午餐？难为他还在这里做没事人状。好吧曾书伦，你那宝贝女儿的账暂时记在你头上好了。这样想着我一口应下：“好，去俏江南。”

学校附近最高档的餐厅，一家连锁川菜馆。从前和家明在那里吃过几次，味道非常不错。

曾书伦一口应允：“上车。”

一气点了很多菜，指着 MENU 让服务生跟着我不迭地记记记记到手软。大约这服务生也惊骇这样一个柔弱的小女子怎么能吃得下这么多东西。

曾书伦倒很高兴，在一旁笑意盈盈地看着我点。

我点到大脑缺氧，把 MENU 一把甩开：“是不是你们曾家的人从来不会不高兴？”

“小朋友，你情绪这样坏。发生了什么事情？”

什么事情？我简直要气炸，再顾不得什么礼节规矩，食指伸过去冲着曾书伦的鼻子尖：“你的宝贝女儿无声无息地就抢了我的男朋友。天下男人多的是，她为什么偏偏来招惹家明！”

曾书伦十分惊诧，那惊诧不像是装出来的：“索谓，你说小锦做了这样的事情？”

“我恨死了你们。曾书伦，你整日都忙些什么，怎么不看好你的宝贝女儿，她这样嚣张这样狂妄。家明原本是这么老实的男孩。”我再也说不下去，眼泪簌簌地落下来。

曾书伦居然从桌子对面穿过来，一把抱住我：“小姑娘，哭吧，哭吧。女孩子遇到不开心的事是应该哭出来的。”他就这样任凭我的眼泪洒在他那身几万块的GUCCI上。

曾书伦的肩膀十分温暖，是个适合在上面哭的理想港湾。

我哭够了，把深埋了许久的头抬起来，眼前是一条干净的手帕。

蓝白相间的图案，简单素净。手帕上有淡淡的青草香味。是KENZO那款青草香水的味道。

这个城市里用手帕的男人已经不多，用KENZO青草味香水的男人更少。

可是曾书伦，面前的曾书伦——他用。他总是有旧式文人的闲雅与风度。

我能看出曾书伦对锦瑟的事确实是毫不知情。他但凡对这件事情知道一星半点，在我面前就不会有那般清澈干净的眼神，哪怕他是个再好的演员。

用曾书伦递来的手帕擦干净眼泪，又接受了他的建议：“去找家明谈一谈吧，这事总该是有原因的，不能说分手就分手，说有新欢就有新欢。”

下午在自习教室里抓到家明。他脸色很差，头发乱糟糟的，眼睛里都是血丝。

“家明，你昨晚没睡好。”原本质问他的心思顷刻间全部烟消云散，只剩下心疼。

家明看到我“哇”的一声就哭了，像个做错事的孩子。“索谓，我对不起你，我真糊涂，我这一世都对不起你。”

家明。

我抱过他的头，我怀里的小熊哭得那么伤心。

“可还记得那晚曾书伦的庆生会？锦瑟开车送我回家。我喝得太多了。索谓，我醉得厉害，做了对不起你也对不起锦瑟的事情。你知道我得对这一切负责。”

家明的神色那么痛苦，那么凄然。我望着他心都碎了。

我们遇上了几乎无法解决的难题。

真的，人生不如意者十之八九。有太多的事情不是我们可以预料，也不是我们可以解决的。人在命运面前往往非常渺小，非常无奈。

我还能说什么呢？我只能面对家明惨然地坐下来：“家明，没有关系的，通通都没有关系的。”

此后很长一段时间内我不见家明。也许是他刻意躲着，也许大家彼此都忙——还有三个月就毕业了，日子已经不像从前那么悠闲。

其实见又如何呢，还不是一样的尴尬，一样的感伤，一样的无话可说。

锦瑟依然是学校里的风云人物——搞画展，排话剧，组织什么行为艺术周，终日忙得风生水起。

这段日子倒是常能见到曾书伦。我知道他是有意抽时间陪我，或许是看我可怜，或许是觉得欠了我的，替他的宝贝女儿还债。

有时候是去听交响乐。有时候是请我吃东西。有时候甚至一起去放风筝。

还有的时候，如果没有什么安排，就干脆脱了鞋子盘腿在草地上坐下来聊天。

那一日曾书伦又约我到俏江南。

熟识以后再没有宰人的居心，我点的菜很适量，现在那个服务生已经开始用比较正常的眼光看我了。

这日只点了三个菜，一份水煮鱼，一份夫妻肺片，一份西芹百合，还叫了一份汤。

除了西芹百合，这日的菜集体做得奇辣无比。曾书伦终于扛不住，吃到涕泪交流。

我拿纸巾给他。看他那副样子——一个小老头儿，鼻梁上架着斯文的金边眼镜可是鼻头给辣得通红，还拼命地眼泪鼻涕一起流，着实好笑。

于是“噗嗤”一声笑出来。

曾书伦也笑了：“小谓，你不怕辣?”这些日子以来他对我的称呼已经变成了“小谓”。

我挥着手里的筷子，一点顾不得吃相：“有的人是不怕辣，有的人是辣不怕，我索大小姐是怕不辣。”

曾书伦饶有兴味地笑了：“小谓，知不知道你很可爱？有时候就这样看着你吃，看着你笑，心里想的是能够守护你一生一世。”

我简直要呆掉了——我，曾书伦，我们两个这样坐在餐厅里，所有人都会以为是一对幸福的、让人羡慕的父女。可是现在，他竟跟我谈一生一世。

我摇摇头：“曾教授，这……”

曾书伦摆摆手，示意我停止说下去：“我知道小谓。你不必答应我，可是请你现在就答应我，以后不要叫我‘曾教授’，可不可以叫我书伦?”

我夹一筷肺片给他：“不是所有一起吃夫妻肺片的男女都可以成为夫妻。”然后突然黯然起来，“就好像从前我跟家明，也曾经不止一次地一起吃这个菜，可是你看，我们终究成不了夫妻。”

三个月的时光真是一转眼就过去了。毕业典礼一举行完同学们各奔东西，各就各位——该就业的就业，该读博的读博。好像是一眨眼间，昨天还没有着落的人突然就有了着落，这个世界只剩下我一个浑浑噩噩的家伙。

书是不想再念下去。于是父亲给我联系了一家公司，老板是父亲生意上的朋友，不过卖父亲一个面子要我。于是我可以依然像大学里那般懒懒散散终日东游西逛。人家都拿我当 OL 看，我算是 OL 吗？怕只是个没长大的孩子吧。

突然有天接到家明的短信：“索谓，一直不知道这个消息该不该发，怕引起你的不快和我们之间的尴尬。我和锦瑟要结婚了，下周日。不敢向你发出邀请，就当是通知你一声吧。”让我鼻子一酸的是当初把家明的号码存在手机里时我用的是“亲爱的家明”，这么久了都没有换，其实是天真地期待着还会有峰回路转的那一天。可是这个梦就做到今天为止——我亲爱的家明就要成为别人的新郎了。

我删了那条短信，连同家明的号码。

考虑了很久还是决定不要去参加家明的婚礼——那种场合太尴尬，我真的不知道该怎么面对他，还有锦瑟。

曾书伦适时地约了我，在那家以前我和家明常去的叫BACK的BAR里。BACK，BACK，看到它的牌子时我难过地想，一切真能BACK吗？

“小谓，下周日家明和锦瑟要结婚，你看要不要去。”曾书伦果然是曾书伦，我能想到的问题，他跟我同时，甚至是先我一步便想到了。

我搅搅杯中的咖啡，轻轻吐出一句话：“曾书伦，你愿意娶我吗？”

家明跟锦瑟的婚礼我最终还是没有去。他们结婚那一日我已经在一间很有名的婚纱店里试婚纱了。

选的是一款简约大方的，纯白的，有很多蕾丝的花边。那是我第一次穿婚纱，穿上它我真的像个公主，可是我以前从来没想过自己的王子会不是家明，更从来没想过自己的王子会在我试穿婚纱的时候跟别人举行婚礼。

真是天大的讽刺。

选中了心仪的款式便付款，取货——没时间可以拖了，曾书伦说婚礼就安排在十天之后，我们还有很多事情没有筹办。

多搞笑，父亲和女儿的婚礼前后只差十天。

十日后我嫁了曾书伦，这大约是普天下最最惊世骇俗的一桩婚事了。二十六岁的索谓就这样无所谓地嫁给了六十二岁的曾书伦。

嫁给曾书伦……谈不上幸福，也谈不上委屈。曾家很有钱——曾书伦早年一直经营实业，大发一笔后才急流勇退，进了大学教书。曾家的财富不是我可以想象的，尽管第一次步入曾家时我就为曾家的财富大大惊叹了一番。

况且曾书伦对我很好，婚后不久他退休，我也辞去了工作，两个人就这么成日价相对着傻笑。

比较难堪的一点是有时候锦瑟跟家明夫妇过来探望曾书伦，竟不知该怎生称呼我。曾书伦了解我的心思，他说他们只要对我直呼其名就好。

锦瑟婚后自然搬出去与家明同住，我们之间都很少见面。

第一次一起出去玩是曾书伦生日，全家一同去黄金海岸日光浴。

锦瑟依然是上蹿下跳的样子，一路上笑声清脆，眼波流转。

曾书伦笑盈盈地任由着曾锦瑟手舞足蹈。

家明依然是很沉默，一副心事重重的样子。

在阳光灿烂的海边，锦瑟撒娇地要家明与她一同下水嬉戏。家明似乎是提不起精神，几次都拒绝了。

曾书伦到底是父亲，不忍女儿就这样扫兴。豁出老身子骨下水与女儿同戏，享受这难得的天伦之乐。

在喧嚣而又宁静的海边我自婚后第一次有了与家明独处的机会。

阳光明媚，水清沙白，椰林树影。这人间的好景致。

家明却无心欣赏，他突然一把抓住我的手，情绪很是激动："索谓，我们被曾锦瑟骗了。"

?????????

"什么酒后乱性，什么不由自主都是曾锦瑟的胡编乱造。根本就没有过那样的事情，通通没有过！我跟她，那天晚上什么都没有发生。"

"家明，这样的话要想清楚再说，开不得一点玩笑。"我突然觉得浑身冰冷。

"我是她丈夫，我最了解这一点，也最容易发现这一点。新婚之夜曾锦瑟她什么都承认了！索谓，我们就这样被曾家那两个人给骗了，你，还有我。这是个设计好的圈套，真够歹毒。我们全是傻子，当了那么久的傻子。索谓，现在我们不能再这样忍受下去了。我们报复吧！"

第一次看到一贯沉着的家明如此狂暴和急躁。而我，而我的大脑几乎有些转不过弯来。

家明是我那么亲的人，他说的当然都是真的。可是如果家明说的是真的，这里隐藏的简直无异于一个天大的阴谋。

曾家父女，到底是什么样的人？

那日以后的报复正式展开。做到这一点并不难——曾书伦已经年迈，家里的经济全部交由我打理，他也乐得逍遥。曾书伦名下财产数额惊人，我一点一点地施展手脚，逐日来曾书伦名下的巨款一笔笔朝索谓名下转移。看着银行账户我名下的财产数额一路激增，曾书伦对这一切从来不闻不问，有的时候我会有愧疚。

索谓，曾书伦他待你不薄。我常常这样告诉自己。

直到现在我也不能而且不愿相信所有的事情都是曾家父女设计好的套，等着我和家明这两个傻子往里跳。曾书伦，这个到现在还使用蓝白手帕的男人，这个藏有多到令我惊叹的书籍的男人，这个用 KENZO 香水点染的男人，这个瞧着我时眼睛里都是纵容和爱意的男人……我无论如何不能相信他曾经参与布下一个精心的圈套。

曾书伦还是一贯地宠我。我说的话他从不反对，我提的要求他从来接受，我的所有无理取闹他从来包容。或许他本来就拿我当女儿看，就像一个父亲看着他最疼爱的小女儿任性胡闹那样。

只是他的身体也一点一点地不如从前。无论这个男人曾经多么精致过，神气过，飞扬过，可他终究是一天天地老了。我看他一日日踽踽地踱到阳台上，给花浇一点水，或是喂一喂埃及艳后——他心爱的几尾热带鱼，他的步子、神情、体态、动作都让我一次次地想起“老态龙钟”这个词。他已经越发像一个老人了。

还有每一个夜晚他抱着我入睡，我能感受到他松弛的皮肤充满了衰颓的气息。有时候他用手一寸一寸地掠过我的肌肤，他说索谓，年轻多么好，有这样丝缎一样光滑柔嫩的肌肤。我听得出他言语中的羡慕和无奈。

阳光很好的时候我们搬两把摇椅在阳台上聊天。就那样懒洋洋地坐在那里，一聊就是一个下午。一次我问他关于锦瑟。书伦，能不能告诉我，锦瑟到底是怎样的一个女孩子。

曾书伦眯起眼睛笑了。那一刻我终于明白我跟锦瑟在他心里的区别——我一直以为他不过拿我同锦瑟一般看待的。其实不是的，曾书伦谈到锦瑟时眼睛里的满意、幸福，还有那一点点耐人寻味的光芒才是一个父亲谈到女儿时应该具备的。而我，注定只是被他看作他的小娇妻。

小锦很聪明。从小就鬼灵。她小的时候我不让她整日看电视，她就趁我不在的时候偷看，然后还知道用风扇把电视吹凉，以免它散的热被我跟她妈妈看出破绽。呵呵。小锦素来是这样精灵的小孩子。阳光洒在曾书伦身上，为他勾出一丝一缕温情的金边。我看着他的侧影，想，他是多么安详多么慈和的老人。

她小的时候不爱念书，可是成绩照样好得出奇。学校里的老师都拿她没有办法。四岁以前——那个时候她母亲还在世，每天把她打扮得如小公主一般。她就整天整天结着粉色的蝴蝶结，穿着长长的有很多纱纱和花边的公主裙去上幼稚园。后来她母亲不在了，小锦不再那样打扮，可是她继承了她母亲的好眼光，总能挑来很多乍一看让人觉得不可思议的服装穿在身上，搭配起来却又非常好看。她最像是她母亲的女儿。

她的朋友多吗？我问道。

似乎很多，又似乎没有什么特别稳定的。小锦从小喜欢和男孩子玩，不喜欢跟女生交朋友。不过我现在老了，没有心力关心她和她那帮小朋友啦。

印象中那是最后一次那么顺畅地和曾书伦聊天。当天晚上曾书伦的情况不好，突发性脑梗，开始持续昏迷。我手忙脚乱地打电话叫来锦瑟和家明，慌慌张张地把他送到医院去。

他的状况非常糟糕，已经不可救。唯一的悬念是能否再次醒过来。

锦瑟守着他，一天一夜不曾离开半步。

我坐在他枕边端详这个老人，他像是睡着了，呼吸如婴儿般均匀纯净，脸上还挂着入睡时惯常的笑意。突然感到难以言说的心酸。

他是台曾经运转如飞的机器，可是现在终于油尽灯枯，再也转不动了。

第三天清晨曾书伦悠悠醒转，彼时锦瑟已经困顿已极，沉沉睡去。我在边上守着，问他需要什么。

曾书伦轻轻摇摇头，脸上是最最慈祥平和的笑容：“小谓，我还记得在舞会上第一次见你，你着一条黑纱裙，只有唇间一抹亮色，明丽不可方物的样子。”

我强忍着悲痛握着他的手笑，欲张嘴却说不出半句话。

“我真的很羡慕你，还有小锦，还有家明。你们那么年轻，那么好。”他的眼睛异常地通透明亮。

我只能握紧他的手：“书伦……”

曾书伦把另一只手覆盖在我的手上，再一次用指尖掠过我手背的肌肤：“小谓，我名下的财产全都归你所有。小锦那里我早给过她几处产业，她应该可以过得很好。”

我努力地摇头：“书伦你听我说……”

他打断我：“小谓，谢谢你给我最后的也是最美好的这一段时光。代我照顾好小锦，她任性惯了，从来不会照顾自己。”

我点头的那一刻曾书伦的眼睛安详地合上了。即令到那个时候他还死死攥着我的手。

曾书伦的丧事料理完忽然觉得心力交瘁，忽然在想谁可相倚。

于是方才意识到曾书伦已经在我的生命里占据了那么重要的位置。不管我对他有没有爱，我都得承认我们之间已经有了深厚到连我自己都不曾发觉的感情。那个也许是世上最疼我的男人，许久来我拿他当什么，老师、父亲、丈夫，抑或是朋友？而当我终于发现他在自己心里的地位时，这个男人却竟然永远地去了。或许曾书伦就是这样一个命里注定要在我生命中不露痕迹安然划过的灿烂流星吧。

家明过来陪我，我拒绝了。我说你应该多陪陪锦瑟，现在她需要你，需要你的安慰，需要你的照顾。

可是锦瑟永远都不是在我们想象之内的角色，料理完曾书伦后事的第二天她便来同我们告别。

索谓，家明，对不起我欺骗了你们，而且那么久。她脸上有悲戚，但不是悲哀。她依然是那样活色生香美丽逼人的女子。

我默然——眼前这个女子，她骗去了我生命中的好年华，可是她又还给我一段最温暖的际遇，还给我一个天下无二的曾书伦。我该恨她，还是谢她?

索谓，我想有些事情必须交代给你。其实是爸爸先爱上了你，那日一夜共舞，他倾心于你的大方清丽。于是我只能去欺哄家明，为的是把你逼退至爸爸的怀抱。可是有一点我和爸爸都不曾骗你，那就是他的确很爱你。

我继续默然——面对这样冰雪聪明的女子有时候我觉得自己是被掌控中的棋子，不知道该说什么，能说什么。

于是和家明都不做声地任锦瑟离去。

日子就这样过去，我没有再嫁家明。家明也不曾提起这件事情。安闲的时候我会时常想起曾书伦，想起如果他在我们可以做些什么，想起他待我原是这样好。

九个月后得到消息，锦瑟产下一个男婴，神情五官都酷似家明。而彼时她已是本市一位享有盛誉的服装设计师。

在最有名的大报上看到关于她的报道，清瘦许多，但是眉宇之间越发干练锐气。只有那双眼睛，明澈通透得让人恻然。

读到她接受报社采访的话语："我爱这个孩子，他是我在这世上现今唯一深爱的男人；我今生唯觉对不起一个女子，因了我的父亲，我生生抢去了她至爱之人。可是有些事情是无奈的——彼时已经得知父亲时日无多，唯一心愿是赢得那个女子。父亲是我养父，我欠他甚多，却已无其他机会可以补偿。于是只能负那女子，难为她当我是挚友。"原来锦瑟不是曾书伦亲生。我看不透这对父女，我永远都看不透这对父女。

读着那则报道，突然心下一片怅然。

只觉照片上锦瑟的眼睛明亮到刺目。于是转过头对家明说：

十年曾锦瑟，媚到极致是清澈。

我想我原谅了她，永远原谅了她。

家明冲我点头，我知道他是知道我的。

章　元◎什么是最重要的事

Résumé

章元，女，1979 年生于天津，天津文学院签约作家，中国作家协会会员。鲁迅文学院第七届全国中青年作家高级研讨班学员。

2001 年大学本科毕业。2002 年以《我不是你的虾米》步入文学创作，于今已发表各类文学作品近 500 万字。代表作有长篇小说《我的痛已绝版》（长江文艺出版社）、《20 年后没有初恋》（春风文艺出版社）、《1979，你让我抱一抱》（文化艺术出版社）、《空窗》（四川文艺出版社）、《我们不能白头偕老》（21 世纪出版社）、《我这样美丽的女子》（新华出版社）、《如此性感》（新星出版社）、《给我一把椅子》（湖南人民出版社）等。其小说等多次在国内外的文学奖项中获奖，有多种作品被译介海外。

第二只小鸡是自杀的

我把我的小鸡崽子们放在阳台沿儿上教它们学鸡叫，这活动让我觉得当周扒皮也需要一定的专业技巧。窗外刮进来暖暖的风，月明星稀。我得说，四月的确是一个不错的季节，适合结婚。

小区里很静，大概都睡了，除了隔壁的蕾莎家。她今天当新娘。我模仿的公鸡打鸣声穿越了她家的人声鼎沸，进入某只狗的耳朵里，引得它狂吠不已。可蹦蹦它们仨始终不肯发出一点声响，我怀疑现在剩下的这三只全是母鸡。也许我该教它们“咕咕嗒”？这个问题有点让人头疼，日后当它们开始展示旺盛的繁殖能力时，我该如何处理那些未受精卵？是自己吃，还是敲开蕾莎的门与她一起分享？她恐怕会觉得我这样做是别有用心。

隔壁的喧闹差不多平息了，只要我假装毫不在意地稍微歪一下头——从我的阳台就能看到蕾莎的窗子，那里人影绰绰。我看不太具体，他们拉着窗帘呢。窗帘是我陪蕾莎买的，为他们的卧室锦上添花。而这个锦上添花后的洞房和我的卧室只有一墙之隔，好暧昧的距离。

我是一个没什么好奇心的人，换句话说就是冷漠，尽管从没有人这么说过，但我知道他们就是这么想的。可是今天我早早地来到阳台打开了窗子，还把三只小鸡摆在这里当道具，就是想听听隔壁那些乱七八糟的声音。如果蕾莎不是碰巧看到她的丈夫从我的卧室里走出来，也许此刻我会以伴娘的身份出现在她家，看别人闹洞房。我真的很想看看，看看马斯是怎么当着我的面亲吻他的新娘蕾莎。

“咕咕哏儿”、“咕咕哏儿”、“咕咕哏儿”，我一遍一遍地叫着，那只狗在我停顿的间隙发出“汪汪汪”的呼喊与我遥相呼应，我的鸡还是没有动静。

隔壁的灯还亮着，不是说新人一定要在午夜12点前入睡的吗？似乎这样有利于传宗接代，而且还是生儿子。

蕾莎来关窗户了。

“咕咕哏儿、咕咕哏儿、咕咕哏儿……”我赶紧说。

那扇窗子里的灯光从强烈的黄色转变为昏暗的黄色，他们一定是关了天花板上的意大利吊灯，打开了床头那盏牛角台灯，底座还是黑色的。我对蕾莎的家真的很熟悉。

灯光噗的一下又从那扇窗子里喷出来，还有马斯洪亮的声音：“那帮孙子肯定蹲咱们窗户底下‘听墙根儿’呢，看我不拿尿浇他们的！”

我听见了蕾莎的笑声。马斯肯定是喝多了。我们住在六楼，除了蜘蛛侠，谁有本事去听他的“墙根儿”？我也笑了，笑马斯的孩子气，我要使劲忍住才能不扭过头去看他可爱的模样。别的男人喝多了通常都没他这么可爱。

淅淅沥沥的水声断断续续地传来，我实在无法相信马斯真的去干了！在为数不多的好奇心的驱使下，我猛地扭过头去——

我相信有很多人都目睹了那一幕，因为当马斯落地时，我听到了很多声来自远方的惊呼。

马斯摇摇晃晃地站到了窗台上，动作异常笨拙地解开拉链，拉链没有完全解开，一股液体就顺着裤腿流淌下来洒在窗台上，似乎还隐隐散发着热气。我倒不是对他身体的某些部位感到好奇，我只是想知道一个男人喝醉了究竟会醉到什么程度？可他显然没有意识到自己干的蠢事，依旧不屈不挠地解着拉链，液体一个劲儿地顺着裤腿流淌。这个过程他始终十分放松，胜似闲庭信步，他也终于勇敢地往前跨了一步……

他来不及叫喊一声就落地了，胸前那朵写着“新郎”的玫瑰花花瓣在空中散落飘扬，很像李少红拍的那些唯美镜头。

酒精总是这么可爱，让人连死都可以死得这么凄美，这么浑浑噩噩。

我静静地凝视着地面上马斯弯弯曲曲的身体，看不清是否有血流出。这样看了一会儿我忽然觉得有点无聊，视线转到案发第一现场——那个窗子。蕾莎的眼睛怔怔地看着我，也不知看了多久。

我叹了口气，有些无可奈何地说：“我去帮你叫救护车。”

“你也知道他是我的丈夫是吗？他摔下去了你才知道他是我的丈夫是吗？我没有了丈夫现在很可怜是吗？我需要你来同情我安慰我，我需要你去帮我叫救护车来看看我的丈夫是不是还活着是吗?！我……”

开始蕾莎说得并不快，是一字一顿慢慢说的。可是后来她越说越快，声音也越来越大，好像在和一张看不见的嘴进行比赛，看谁先把这些话说完，就可以得到一颗起死回生的药丸让马斯吞下。终于，她停了下来，用手在嘴上抹了一下，看着自己的手，我也在她的手背上看到了从她的嘴里流出来的血。一定是她说得太快，迫切地想要表达自己的愤怒或者别的什么，所以咬到了自己的舌头。这种情况以前也发生过，是她和马斯吵架，我妈给他们劝架回来告诉我的。我妈说蕾莎是一个爱激动的人，这样的人通常比较脆弱，很容易受到伤害，她老人家说得没错。但是，我不知道马斯失足坠楼和我有什么关系？也不知道蕾莎为什么要向我发火？不过我想我可以试着去理解她。她失去的是丈夫，而我失去的只是一个情人而已。哈，只是一个情人，还是“而已”！

我平静地看着她。

“你的鸡……”

蕾莎说得很慢，许是舌头上的伤口影响了她的语速。她的眼睛睁得大大的，一丝含糊不清的幸灾乐祸弥漫其中。顺着她的目光望下去，你会看到我的鸡会飞了。

我的鸡会飞了，准确地说，它以为它会飞，它以为它纵身跃出窗子它那对通常称为翅膀的东西就可以带着它在空中翱翔。它并不会飞，扑腾了几下就成了自由落体，那身淡黄色的小毛不一会儿就消失在我的视野之外，我猜它可能落到马斯身上了。马斯穿着米色衬衫，是我送他的生日礼物。我喜欢那鸡。

“还是我帮你打电话叫救护车吧。”隔着窗子，蕾莎冷冷地说，“马斯对你比对我更重要。没有他，我还有爸爸妈妈，还有同事同学朋友，你却什么都没有了，可怜虫。”

她一直望着无尽的夜空，好像她能看到天的尽头有没有彩虹。

“不过……”她故意顿了一下，转过头看着我，我从她的脸上找到了最平静的笑容，是笑容，那神情简直就是得意！“他的葬礼你要以什么身份来参加呢？你有资格在他的墓碑上写字吗？我哭的时候还有人来安慰我，你呢？你有资格哭吗？你有资格为他哭吗？”

如果说马斯的死是蕾莎对我的惩罚，我想她错了。他死了，我们谁都得不到他。而只要他还活着，他就是蕾莎的丈夫，与我无关。蕾莎是一个傻瓜，比傻瓜还要傻。

我静静地看着这个傻瓜，发现自己并不像想象中那么悲伤。她想刺激我？她错了。我一点也不想哭，更不打算思考葬礼上的那些问题。结束了，都结束了，随着那一声沉闷的落地，一切都结束了。

“说真的，我现在忽然不那么恨你了。”蕾莎长舒一口气对我说，脸上甚至还露出一个真诚的微笑，“我……们，去看看他，好吗？”

我“嗯”了一声缩回身子，走出卧室打开单元门。蕾莎的门还没有开，上面的大红喜字显得特别刺眼，里面不知会喜气成什么样子，肯定挂满了两个人甜甜蜜蜜的婚纱照。我硬着头皮走到那扇门跟前轻轻敲了几下。我对自己说：“蕾莎，我给你三秒钟，我只给你三秒钟！你不来开门我就回到卧室在阳台和你说话，我宁可那样！”

蕾莎的门开了。

“今天我们结婚……”

她打扮得果然像一棵俗艳的圣诞树那样喜庆，此刻却尴尬地站在门口，两只手绞在一起，对着我迅速地笑了一下。那个笑容很难看，非常难看。

“他却，他却……”

她哭了，哭着扑进我的怀里，迅速且毫无芥蒂。我像以前一样把我的肩膀借给她，像以前一样，什么都没有想。她是需要眼泪的，而我——正如她所说，我有资格哭吗？我有资格在一位妻子面前为她的丈夫流泪吗？

“你说，他疼吗？”

蕾莎抬起头望着我，语气异样温柔，仿佛我的答案会像政府工作报告那样可靠。我看着她泪水模糊的小脸，新娘妆被她哭得一塌糊涂，插在头发里的玫瑰花掉了一片花瓣。

他疼吗？他疼吗？他疼吗……我希望回答这个问题的人是他。

“宾娜，你要是想哭就哭吧，真的，你要是想哭就哭吧！”蕾莎哽咽地鼓励我，激动地抓着我的肩膀使劲摇晃，“你哭吧，你哭吧！真的！你要是想哭就哭吧！现在……我们都……没有了……”

我咬住嘴唇，我没哭。

马斯没死，全身206块骨头，他只断了70多块而已。至于他都受了什么样的内伤，恕我不能一一描述（我对医学实在无知得很，那些术语令人恶心），但是他那本厚厚的病历却可以证明一个医学奇迹——他还活着。

他还活着，但这只是医学上的叫法，在我眼里，他已经是一个死人了。浑身缠满了绷带，像个木乃伊。医生不知是乐观还是悲观地向我们宣布，如果（他是说“如果”）马斯可以苏醒的话，那么他会高位截瘫。这种苏醒的几率并不是零，但以我的个人经历来看，目前仅在影视作品中看到过。如果（他还是说“如果”）上帝愿意再创造一个奇迹，那么马斯可以恢复成一个健康的正常人。因为他的颈椎严重受损，被损害的程度足以让人们对他的苏醒以及恢复健康完全丧失信心，但是马斯并没有“脑死亡”，所以他还是有希望的。只不过这个过程大概需要一个月、两个月、一年，也可能是十年，更有可能是一辈子。但是我们应该看到，马斯从六楼摔下来还能活着，还能呼吸，这已经证明了医生的医术高超，可惜他们不是兽医，不然就算我的小鸡成为一只“植物鸡”，我也愿意给它养老送终。

马斯安静地躺在病床上，身上插满各种管子，心脏准确无误地跳动着。蕾莎抱着他唯一完整的左脚，给他按摩，帮他取暖。那里插着一根输液管，一个月来从未被取出过，五种甚至更多种液体通过那根管子流进马斯体内。

“你见过这个疤吗？”蕾莎指着马斯脚底板上一个圆形的小疤问我。

我当然知道那个疤，那是马斯上大学时留下的，成因是鸡眼发作——处理不当——感染——留疤。他是疤痕性皮肤，很容易留疤。我笑了他好长一段时间。他却很严肃地对我说：“你要对自己多在意一些，不要太不把自己当回事了，一点小事可能会引发很严重的后果。”他说的没错，鸡眼可能导致疤痕，胃疼可能是胃癌的先兆，我的一个眼神可能会让蕾莎察觉出我和马斯的秘密，蕾莎可能会因为这件事自杀，或者和我妈一样——疯了……

“这是他上大学时踢球留下的。”蕾莎无比慈祥地抚摩着那只脚，仔细端详着那块疤，好像那是一朵花，温柔的花。她继续说：“当时他们正在和高年级比赛，打平了，还有五分钟结束。他接到了球，就从他们那半场一直带着球突破到禁区——是叫‘突破’吧？对方有四个人拦着他，把他逼到一个小角儿，一点办法都没有。突然他好像踩到了什么，脚底板一阵疼，都没办法形容那种疼，眼看就要摔倒了。可他那么一晃，竟然闪过了对方的那几个人，连守门员也被他晃过去了，他一踢——球进了！他们赢了。后来他才知道，他踩的是一个大钉子，医生帮他拔钉子的时候他疼得差点没晕过去。医生让他注意点，别沾水。你也知道他这个人，有时有点大男子主义，不过挺可爱的。他觉得一个钉子算得了什么？照样去洗澡，结果就感染了，留下这么一个疤。他是疤痕性皮肤，很容易留疤……”

蕾莎的脸迎着窗子，一脸幸福的玫瑰色光晕把天空都照得灿烂起来，心中藏着深不见底的柔情，仿佛马斯起脚射门的经典场面是她亲眼所见。在她的脑海里，马斯的那个疤标志着一段美好的回忆，记载了一个男人少年时代的英雄篇章。我到底该相信哪个版本？

我看着马斯紧闭的双眼，祈祷它能眨一下，哪怕睫毛被风吹过，抖动一下也好啊！睫毛当然没有动。睫毛若会动的话，马斯也会动了。五月了，五月了，越来越热的五月了，他又该嚷嚷着去游泳了，然后偷偷地溜进我家，像个孩子似的，像个小偷似的，像个永恒的爱人似的走到我的面前……

“他和你讲过了，是吗？关于……这个疤？”蕾莎不知什么时候回过头来盯着我一字一顿地问，她那双水汪汪的眼睛此刻再次溢满清泉。

我无法回答。老实说，我很怕她这样。我不怕她的刻薄，她愈是刻薄，我就愈可以用我所谓的博大胸怀来理解她、包容她。可我怕她的眼泪，我怕她的软弱，我怕她这副楚楚可怜的样子！她这个样子会让我觉得自己是一个罪人！我猜，马斯和我想的一样，所以我们不能像我爸和那个女人那样私奔，我们不能伤害她。噢，伤害！

“他连这件事也对你讲了？”她的声音微微发抖，含在眼睛里的泪也在这磕磕巴巴的问话中悄然抖落。一秒钟，最多一秒钟，她却陡然变了一张脸。“他还有什么事没跟你说过？我们家的存折在哪儿你知道吗？把你的手拿开，把你的手从我肩膀上拿开！你别碰我！别碰我！我不是你的朋友！你们在一起到底有多久了？你们到底骗了我多久！他怎么连这件事也告诉你了？你还知道什么？你知道多少我不知道的事？你别坐在床上，我不许你坐在他旁边！他是我的丈夫！我的丈夫！”

凄厉的美。

如果她总是这样的话，总是这样强大，总是这样充满力量，马斯没准就会下定决心离开她。

我咬着嘴唇走出病房，把她的丈夫留给她一个人。她的丈夫。她一个人。

“宾娜，对不起。”蕾莎悄悄地来到我身边，和我并排在楼梯上坐下，“我刚才太激动了。对不起，真的很对不起。”

她抓住了我的手，手指冰凉。我笑了笑，觉得她根本没必要向我道歉。这些日子，她那著名的“激动”我已经领教过多次，都习惯了。如果我是她，没准我会比她更“激动”。所以，没关系，真的没关系，这是你应该做的，千万别客气。

“刚才医生来过了，说再过一个礼拜他就可以出院了。”

“这么快？”我问。

“我不知道，医生的意思大概是……”她的话没说完，我感觉她快要哭了。医生的意思大概是马斯这样躺在医院里也是浪费钱，不如索性回家等死……

“蕾莎，没事的，马斯福大命大，从那么高的地方摔下来都没事，他会好的，一定会好的！”

听了我的话，蕾莎特别凄惨地冲我笑了一下。

“你相信吗？”她问我。

我不知道，我既不知道自己是否相信这个美丽的期望，也不知道该怎样回答她。她是一个定时器坏掉的定时炸弹，不知什么时候就会在我身边引爆。但是我们现在偏偏相依为命，时刻都要互相折磨。

“宾娜，你知道吗，昨天，我婆婆给我来电话了，她要把马斯接回老家。她还说……你能给我一支烟吗？”

她是从不吸烟的，第一次吸烟理所当然地被呛到，然后，泪水决堤，一滴滴落在台阶上，落在她的两脚之间。我忽然意识到，女人脆弱时连一支烟都要比她强大，需要靠烟来给自己一点力量。6点钟的夕阳火红得犹如白洋淀鸭蛋的蛋黄挂在窗前，她却被烟雾镀上了一层冰冷的蓝灰色。她并不熟练地吞吐着烟雾，大口大口地吞掉马斯的背叛，然后大口大口地吐出她的悲伤，烟拿在她的手里比拿在我的手里更显得理直气壮。从此以后，我觉得烟多了一股咸咸的味道，我想我应该戒烟。

“她说我‘克夫’，说马斯刚结婚就成这样是被我克的……她还说，我把马斯接回家就会虐待死他，那样我就可以改嫁了……宾娜，你说我会吗？我会那样对马斯吗？他是我的丈夫啊！不管他是病了、傻了、瘫了、瘸了，还是一辈子都这样，我都不会嫌弃他的！他是我的丈夫啊！我爱他！要不然我为什么和他结婚？我都看见你们……我为什么还要和他结婚？我知道你也是真心喜欢他，如果不是，哪个女孩愿意跟他这样不明不白的？他要钱没钱，要名没名，你跟他在一起不就是因为你喜欢他这个人吗？我理解你对他的感情，真的，我理解！可你也得理解我呀！别怪我那样对你。如果我不是真心爱他，我早就离开成全你们了，我就不会对你那样了。我是真的爱他！我真的舍不得他！不管他成什么样了，只要他还躺在那里……我就知道还有人爱过我。这个人逗我笑过，我生气时哄过我，还背着我上过楼，挠过我的脚心，早上起来和我抢过厕所……”

那个人逗我哭过，我生气时他不理我，我看见过他背蕾莎上楼，我不知道他喜欢挠别人的脚心，我没见过他早上起床的模样……可我为什么爱他？我为什么要爱上我最好的朋友的丈夫？

这一次，我终于有了一点要哭的感觉。原来想哭的滋味是这样的啊！可我还是没哭，我拿不准该不该为无聊的嫉妒而哭。

“我们，去看看他吧。”蕾莎踩灭烟蒂，“他看不见我们会害怕的。他们都说对昏迷的病人说话管用，可以帮助恢复，电视上都这么干。你说，他真的会有感觉吗？不过他肯定想不到我们两个会一起去看他！”蕾莎调皮地说着，“他还以为我们是情敌呢！他忘了我们以前是最好的朋友！”

我想，跟马斯说话未必会比把辣椒酱塞进他嘴里更管用。他最讨厌吃辣的，就连麦当劳的炸鸡翅都可以把他辣出眼泪。他经常说：“打死我也不吃辣！”如果把他最讨厌的辣椒酱抹到他嘴里，没准他一生气就醒过来了？

“我们去买碗冷面吃怎么样？”蕾莎突然问我，“他最爱吃冷面，我们只要懒得做饭他就买冷面回来吃。这次我们故意当着他的面吃，还不给他吃，他一看自己最爱吃的东西就在眼前，自己还吃不着，一着急，没准就醒了。你说是不是？”

蕾莎的想法幼稚得可以进幼儿园学习，但我可以说“不是”吗？

马斯头上的纱布终于拆下去了，我一直担心这将近两个月的捆绑会把他的脑袋挤成方形。很高兴他的头还是圆的，只是头发刚刚长出一层青茬儿。为了缝补那些伤口，医生曾经给他理了一个光头。我抚摩着那些刚长出来的小绒毛，像以往一样想要把它们弄乱，可不管我怎么摆弄，它们还是那么倔强地挺立着。我笑了，这是我早就料到的，我的包里装着发胶，可以给马斯的短发强行分出一个印儿。哦，我当然要给他梳一个中分，这是我多年来的梦想。我和马斯当时都曾毫不犹豫地把中分造型送给屏幕上的汉奸，现在我终于有机会和马斯开这个玩笑了，尽管他百分之百地不会知道我的阴谋已经得逞。

这是一个难得的时刻，我必须抓紧每分每秒。为了这个时刻，我甚至准备了一个超级大包，里面除了发胶、睡衣、梳子，还塞了好几个文件夹，空白的 A4 纸上写满了乱七八糟的符号。我必须伪装。我不能让突然来到的宾娜发现我是专程来给马斯梳头发的。

我给马斯梳了头发，得意地欣赏自己的手艺，还给他拍照留念。强烈的闪光灯对着他猛闪，他连眼皮都不曾眨一下，多专业的模特啊！我还给他换了睡衣，白色的，上面印着天蓝色的小狗熊。老实说，马斯的身体和尸体一样沉重，除了体温正常之外，我甚至能从他身上闻到福尔马林的味道。

哦，够了，够了！我不能再玩了，我不能再耽误时间了，我不能再与他单独相处了！这个时刻结束了！蕾莎就要来了，我不能让她看见我比她早到，我不能让她知道我在想方设法地与马斯单独相处！马斯清醒的时候我们可以这样，那代表了两个人的意愿；他昏迷的时候我们却不能这样，因为我没有征得他的妻子的同意。

这是什么该死的逻辑啊！他已经成了植物人，我却还要征得一个植物人的同意吗？为什么本来可以让人随心所欲摆布的植物人，忽然成了世界上最不容侵犯的国王？为什么一个丧失了一切能力的人，反而得到了更多的权利？马斯，你告诉我这是为什么！我在问你话呢！你愿不愿意单独和我呆在一起，完成我们共同的欺骗与背叛，对蕾莎的欺骗与背叛？……什么？你说什么？你让我去问蕾莎？因为她是你的监护人，她将对你的一切负责……

“来看你表哥了？”护士不知什么时候走了进来，亲切地问我。

哦，是的，是的，当然是这样的。

“你们兄妹的感情真好！”她在按照惯例检查所有的设备是否运转正常。

哦，是的，是的，当然是这样的。

“你表嫂还没来？”她在帮他量体温。

哦，是的，是的，当然是这样的！

“回去以后你们要经常给他按摩，要这样按……哎，他脚底的疤是怎么弄的？”她在检查输液管。

“踢球时扎的！”这话说完时，我已经站在走廊里了。

要躲过蕾莎，没有什么比“更上一层楼”更安全的了。我默默地抽了五支烟，计算着蕾莎达到医院的时间，算计着我还能再看马斯几秒。

他就要离开医院回家了不是吗？他就要回家了！家！他和蕾莎的家！那时我还有什么理由、用什么资格去看他呢？我真后悔当初把我家的钥匙交给他时，没有找他要一套他家的钥匙作为交换，我就不信蕾莎会每分钟守在家里。哦，天哪，出院！回家！该死的！

“嗨，蕾莎，你早来了？”一进门，我就故作热情地和蕾莎打招呼，“我要去找毕导演谈剧本，顺路过来看看。”哦，我真是一个大骗子！“东西都收拾好了吗？”我假装若无其事地问她。

“你要去找毕导演？”她一本正经地问我，我忐忑地点了点头。

“什么剧本？”

我没料到她会刨根问底，捂在包上的手有些不知所措。“《今夜无法入睡》。”我随口胡诌了一个名字。

“是新剧本？”

“对。”

“我想也是，马斯以前没跟我提过。你和毕导演很熟吗？”

“还行吧。”

“马斯和他的关系很好，好像还是他介绍你和毕导演认识的吧？”说着，蕾莎走到马斯身边把我精心梳理的那个中分发型恢复原状，手上着实使了几分力气，弄得马斯的头都快成拨浪鼓了。那动作看似漫不经心，实则充满挑衅。我在心里骂了自己无数次“该死”，可表面上还得平静地回答“是”。

“在我们家吃饭那次？”

“对。”

“毕导演一会儿过来接马斯出院。”蕾莎飞快地说完这句话，然后死死地盯着我的脸。我知道我的脸上写着什么，当然是谎言拆穿后的那种惊慌失措，她要看的就是这个！可她显然不打算就这样放过我，接着说：“有人来帮马斯梳过头发了，你说是谁呢——你是什么时候来的？”

我真害怕蕾莎这样的眼神，我是真的怕，那是母兽般的凶狠。“也许是他自己吧。”我小心翼翼地说，说完立刻后悔了，这个玩笑实在太蹩脚了！

“哦？是吗？这么说，他这身睡衣也是他自己换的喽？”

蕾莎哗的一下掀开了被子，马斯身上那身曾经让我自鸣得意的睡衣此刻却可笑地呈现在我面前。我是一个笨蛋，不是吗？

“宾娜，知道我想对你说什么吗？”

我无数次说过自从马斯失足坠楼之后我怕蕾莎，现在我却比以往无数次更怕她。

“我想告诉你……”她转了一个身，迈着华尔兹舞步走到我跟前，突然对我粲然一笑，凑到我耳边说，“我根本就不认识毕导演。”

第一只小鸡淹死在饭盒盖里

两年前我爸跟一个女人跑了，我妈进了精神病院，我这才把蹦蹦它们四个抱回家。当时它们呆在一个小纸盒里，唧唧喳喳地叫唤，头和屁股挤在一起，一个还在往另一个身上跳，活得那叫一个欢实。我看着它们弱小的身躯——由两个不同型号的乒乓球组成的圆嘟嘟的身体，体内忽然涌现出一股前所未有的柔情——它们是多么需要我啊！

可惜好景不长，这些小鸡崽子根本没有小贩描述的那么坚强。面对生活的摧残，它们接二连三地倒下了。第一只小鸡的头歪歪地扎在饭盒盖里——淹死了。我简直不能相信，一个饭盒盖怎么能淹死一只鸡？

我把剩下的三只小鸡放在蕾莎家，戴上大口罩给屋里喷消毒剂。干完这些，我也跑到她家避难。她正在指挥工人把旧洗衣机抬到客厅，把新洗衣机搬到卫生间里，我的小鸡崽子们奓着小翅膀做展翅高飞状。我一看就乐了，行，它们已经从同伴的死亡阴影中挣脱出来了，这是多么旺盛的生命力啊！什么时候我妈要是也能跟它们一样没心没肺……当然，这个比喻非常不恰当，但是话糙理不糙，我妈要是也能跟这些小鸡一样，迅速把我爸忘掉，她就不用呆在那个鬼地方了。

精神病院有时比监狱还要可怕，不是吗？医生描述我妈的症状时说，她总是穿戴得特别整齐，有时还会抹点口红，拿梳子蘸着水给自己梳出一个发型（那时她病得还没那么厉害，医生允许她拥有口红、梳子、牙刷之类的小器械）。早上一起床她就把所有的东西都拿床单裹起来，扎成一个小包袱，随时准备踏上寻找我爸的征程。要是谁动了她的那个包袱，她马上就变成一头母狮子——也就是说，她具有攻击性，放出来就会危害社会治安。

“要是你父亲能够来和她见一面，我相信对她的病情会很有帮助。”医生如是说。

我特别讨厌医生这么说，他还太年轻，肯定没结婚，根本不能理解一个已婚男人、一个已经到了我爸那个年纪的已婚男人，一旦为了所谓的狗屁爱情逃出家门，是永远不会再回头的。但凡有家的男人心里都是这么想的：家里红旗不倒，外面彩旗飘飘。这是马斯跟我说的。我爸已经不是小孩了，他绝对不会因为脑袋一热才拔了家里的红旗，去和那个女人私奔。他早就为他的后半生做足了准备，我们家所有的存折都不翼而飞就是证据！我爸是不会回头的，他不敢。因为说不准看见他之后，我是会敞开博大的怀抱重新喊他一声“爸”，还是拿出一把早就磨好的刀。我不想再看见他。

蕾莎跟我去看过我妈。本来我们两家的关系还没有亲密到这个地步，但是那次她和马斯吵架，激动到咬伤了自己的舌头，是我妈晓之以理、动之以情，才让马斯回心转意，不然他们现在也结不了婚。对此，蕾莎表现得感激涕零，而我则不知该说什么才好，我妈实在太不了解她的女儿了。所以我们家出事时蕾莎第一个挺身而出，勇敢地夺下了我妈手里的菜刀，事后还不忘时常探望。

那天我妈真的是彻底晕菜了，根本认不清人，看见我还以为是那个勾搭我爸的小妖精，挥舞着菜刀就冲我杀过来。她是我妈，我除了躲什么也干不了，总不能给她老人家来个扫堂腿吧？我妈却仗着她是我妈，身手变得格外矫健。蕾莎在关键时刻破门而入，扑过去抱住我妈的胳膊，那把已经挥出去的菜刀砍在门框上，距离蕾莎的头只有0.01厘米。马斯和我都吓傻了，蕾莎冲我们喊：“还不快打电话！”马斯如梦方醒，拿起手机乱按了一通才问：“给谁打？”蕾莎死死地抱着时刻保持挣扎状态的我妈，拿眼睛问我，马斯也是这副德行。我被他们看得特不好意思，于是我就哭了。我们家都成这样了，还能给谁打电话？

最后还是闻讯赶来的居委会大妈帮我们打了110，警察叔叔觉得我妈不怎么对劲儿，又给120打了电话。120呼啸而来，我妈就正式在精神病院定居下来。为了这事，蕾莎埋怨了我好久：“怎么能把阿姨送那儿去呢？没病不也憋出病来了？”

蕾莎虽说是一个受过高等教育的人，可她还是对“精神病院”这个地方很过敏。她总不能相信我的妈她的阿姨，已经疯了。不过她的这种情况在她第一次见到我妈后有所好转。那时我妈的病情基本稳定了，危险性降低，医生同意我们和我妈面对面地交流一会儿，而不是透过那个狭小的装着铁栏杆的小窗口窥探。我拉着蕾莎的手坐在会客室里，我们的手指都冷得没有了温度。我妈拎着她那个著名的小包袱出现在门口，她穿着整洁的病号服，头发梳理得一丝不苟，身体略微浮肿，让我觉得她像一个化学合成的人儿，很不真实。蕾莎瞬间变得眼泪汪汪的，颤抖地喊出一声：“阿姨。”我妈抬起空洞的眼睛，随随便便地扫了我们一眼。接下来，她像是刚发现我们一样，十分投入地看了我们几秒钟，然后疯了一样地（应该说她就是疯了）挥舞着手里的小包袱朝我们扑过来，主要是我。她把包袱扔在我身上，我被包袱里面钻出来的牙刷划破了脸。她揪住我的头发，用没有套路的武功在我身上施展她的内力。蕾莎傻傻地看着这一切，过了一会儿才扑到我妈身上，抱着她的腰痛哭流涕。

如果换成影视作品，我想这应该是导演着力煽情的部分，场面肯定特撕心裂肺，非得骗得那些老实巴交的家庭妇女流下眼泪不可。可在我的印象里，那却是很滑稽的一幕，我被我妈揪住头发享受她的暴力，像是一个道具娃娃。蕾莎搂着我妈的腰，像是要阻止她跳楼。两个彪形大汉面无表情地过来制止我妈，动作迅速且配合默契，显然在这方面很有经验。

我妈被护士或者说“警卫”捆走了，我一点也不怪他们这样对待我妈。我听见我妈还在声嘶力竭地叫喊：“你这个臭不要脸的狐狸精，你这个臭婊子……”

我哭了。

我妈虽然没上过大学，但从小到大我从没听她说过一个脏字。在我的印象里，她是那种温柔得可以滴出水的女人，跟《渴望》里的刘慧芳一样，特贤惠。而今我听到我那可以和刘慧芳一争高下的妈妈，竟然骂出了“婊子”这样的字眼，我真的哭了。我哭不是因为我妈说脏话，不是因为我妈把我当成那个女人骂错了人，而是因为我竟有这样的父亲！我妈什么都能忍，甚至全世界都知道我爸在和那个女人来往，她都可以装作不知道，而她却接受不了我爸竟然会像个孩子似的玩私奔把戏，消失在大气中。也许，在我妈的心目中，我爸太重要了。重要到她可以只要他的人而不要他的心，她可以只要一个名存实亡的丈夫，只要这个男人呼吸过的空气房间里的味道，而不要她的尊严以及一切，包括她的亲生女儿。

我哭了。

蕾莎也趴在会客室的桌子上失声痛哭，我疑惑地看了她一眼，不知道被带走的那个女人究竟是谁的亲妈。考虑到我还没有蕾莎表现得悲伤，我也就不好意思继续哭下去了。但是通过那次的经历，蕾莎算是彻底相信我妈已经疯了，我把她送进精神病院是正确的，也就不再唠叨我了。不然顺着蕾莎的意思，我守着我妈在家呆着，我们娘俩最后肯定只能剩一个，剩下的那个很有可能不是我。

我得承认，因为我妈的病我才和蕾莎打得火热，有事没事她都喜欢把我叫到她家去玩。那个时候我是需要朋友的。我一直在猜她这么做可能是怕我呆在家里“睹物思人”，却不知道我去她家更要忍受巨大的折磨。而在此之前蕾莎说她并不喜欢和我接触，在楼道里碰到了，我也是点一下头，连微笑都没有，弄得笑容灿烂如花的她特尴尬。她断定我有自闭症。可我爸和我妈劳燕分飞之后，我们就成了朋友，简直是无话不谈的好朋友，我们家的这点陈芝麻烂谷子她全都倒背如流，她又觉得我这么有表达欲应该去当一个作家，有事没事总撺掇我写本书。我一口回绝，就我的这点破事，还是别侮辱少年儿童的眼睛了。

“随便你吧，反正我觉得你不出书，光跟马斯一块写剧本，挺浪费资源的。你这种弑父情结肯定有卖点！”

我吃不准蕾莎这么说究竟是什么意思，她是不是看出点什么苗头来了，所以才暗示我不要和马斯在一起，哪怕是单纯的工作关系？也许她说得对，我太敏感了，好多事都爱多想。不过我当真恨我爸恨到要杀了他的地步吗？我不知道。我从来没有这么想过。所有关于我爸重返家园的情景都定格在我从厨房里拿出刀的那一刹那，再往后，什么都没有了。什么都没有了。

我什么都没有了，只剩下了记忆，那些支离破碎的记忆。

我对我爸的血泪控诉时常因无人喝彩而陷入尴尬，那种至死无法改变的血缘关系，让别人很难站在我的立场上附和我说些什么。因为事件的男主角是我的父亲，事件的受害者是我的母亲，而本应作为连带受害者的我，则表现得像我妈的一个远房亲戚，或者爱管闲事的邻居，经常肆无忌惮地把我爸骂得狗血淋头。有时我正骂得酣畅淋漓忘乎所以，蕾莎会冷不丁冒出一句："清楚这事的人知道你是在替你妈骂你爸，不知道的还以为是你的丈夫跟别人跑了呢。"

我不能确定我是不是真的在替我妈鸣不平。我承认我非常同情她、理解她、为她难受，我甚至希望我可以去替她吃下那些该死的药片，承受那些该死的电疗。但是我不知道为什么，为什么我就不能身临其境地从女儿的角度去想这件事？在那个男人面前，在那个我口口声声称他为"我爸"的男人面前，我为什么始终扮演不好被父亲抛弃的女儿角色？我总觉得跑掉的那个人仅仅是我妈的男人，我只和我妈有关系，和那个男人没有关系，那个男人只是我选择我妈当我妈时的赠品。

世间的事似乎就是这样，别人认为重要的事，你未必觉得重要；别人认为无所谓的事，你却重视得不得了。我爸不在了，我妈就疯了。我妈疯了，我却和蕾莎成了朋友。什么是最重要的事？鬼才知道！

还应补充一句，成了鬼才知道。

"你要是真爱我，你就跟我走。你敢吗？"

这是我跟马斯说的话，我知道他不敢，所以我才敢这么问。当着蕾莎的面，马斯只能笑呵呵地问我："哟，这些小鸡怎么少了一只？"他绝对不敢看着我的眼睛，读出那里面只有他才能读懂的忧伤。而我，我也只能同样笑呵呵地回答他："这不是淹死在饭盒盖里成烈士了吗？"我也不敢当着蕾莎的面问他："你要是真爱我，你就跟我走。你敢吗？"

"送洗衣机的来了吗？"他的话明显是问蕾莎的。

"来了，装好了。"蕾莎走到卫生间拍着洗衣机对马斯说。

"好用吗？"他在客厅里手足无措地转悠了一圈，目光从我脸上迅速滑过。

"不知道。他们留了一个电话，说有问题就找他们的客服。"

"那我先去跑步了。"马斯又看了我一眼，终于鼓起勇气朝鞋柜走去，换上他的运动鞋。"宾娜，你坐着，我去跑步。"

"下午四点你跑什么步啊？你这人真有病。哎，早点回来，还吃饭呢！"蕾莎跟在马斯身后喊，然后她又转过头跟我说，"你说，他下午四点跑什么步？他是不是有病？"

我抱起我的小鸡崽子说："他大概想运动完了多吃点吧。"

"我真受不了他跟个驴似的围着咱们这个楼转。他第一天去跑步的时候我就跟他说了，你要跑可以，给我远远地跑，别让我看见你围着楼转。你想过没有，你发挥想象力想象一下！一个大老爷们儿，没事围着楼跑，这有多好笑！"

"你别看他不就得了。"

"我就是不看他啊！你以为我还会站在阳台上数他围着楼跑了多少圈吗？想想我就觉得好笑。去健身房不好吗？你知道吗，阳光健身俱乐部里有好多踢足球的在那儿健身，你知道那个叫于什么的吗？"

"是老把球踢门柱上的那个吗？"

"对，就是他！你说，那么大的门他踢不进去，怎么踢门柱就那么准呢？"蕾莎笑着说，"那个姓于的就经常在那儿健身，老有记者去采访他。你说马斯要是也去那儿的话，没准也能被记者采访呢？都写了那么多剧本了，还是没什么名气，就是因为曝光率不够！他要是去'阳光'的话……"

"行了，蕾莎，你在这儿慢慢畅想你们的未来吧。"我站起来说，"我得给我的小鸡崽子喂食了。"

"一会儿过来吃饭吧。"

"再说吧。"

我拉开了我家的防盗门，回头看着蕾莎关上她家的门。

和我想的一样，马斯果然已经在我家等我了。他把所有的窗户都关得死死的，还拉上了窗帘。我一走进卧室，他又把卧室的门关得死死的，还加上了锁。他的手里拿着两张唱片冲我摇晃，一张是强劲有力的崔健，一张是老和尚念经似的周杰伦。这意味着他让我选择今天的节奏，平时他会根据自己的体力情况来放唱片，因为有时他会真的去跑步。

我放了张宇的《都是月亮惹的祸》，马斯有点奇怪地看着我。我问他："怎么？你想听《明天我要嫁给你了》？这才符合你今天的心情是吗？"

马斯走过来抱住我，我看着他的旧运动鞋踩在我的新地毯上，鸦雀无声。

"我们已经浪费了十分钟。"他说。

我抬起腕子看了一下手表。"不，是十二分钟。"我说。

他的怀抱里有种不真诚的暧昧，我想，在这场长达三年的偷情游戏或者什么狗屁爱情里，我们都已身心俱疲。我们为什么还不结束呢？因为我们是邻居，还是因为我和蕾莎是朋友？或者因为我家的事情让我变得很可怜？他在可怜我吗？

"我爱你。"他说。

"所以你才要和蕾莎结婚？"我笑了。

"我们已经浪费了十五分钟。"他抬起我的腕子看了一下表说。

"无所谓。"我耸了一下肩膀，说得很轻松，开了一个极具侮辱气质的玩笑，"反正你也只需要五分钟。"

五年前，我在上大学，马斯在从事某种和绘画有关的职业。具体说来，他在一个剧组当美工。

四年前，我在上大学，马斯摇身一变成了编剧，据说很多让人看了反胃收视率却不错的电视剧都出自他手。

三年前，我还是在上大学，马斯在一个陌生的街角拦住我说："小姐，请给我五分钟——你想不想当演员？"他成为我的邻居之后，我想到了一个词——造化弄人。

两年前，我在家里琢磨我爸为什么私奔，我妈为什么会发疯，马斯忙着和我偷情。

一年前，我成了编剧，因为我需要钱给我妈治病，一些马斯推不掉却不愿意写的电视剧都由我来完成。而他，忙着结婚，很多事情都用五分钟来搞定。

现在，我已经知道，那时马斯想让我演的角色是一个从楼上跳下来的失恋女孩，由三个镜头完成——镜头一：我站在顶楼。镜头二：我飞身跃下。镜头三：我倒在血泊之中。我一直不知道拍这几个镜头的时候导演会不会找一个替身或者道具？但是马斯成功地充当了一个“星探”，让我在同学面前着实臭美了一番。可惜我放弃了这个机会，因为我爸说“娱乐圈很复杂”。作为补充说明，我爸十分气愤地指出马斯对我肯定图谋不轨。本着叛逆精神，我和马斯混到了一起，但是没有去当“演员”，因为我还不习惯成为别人注目的焦点。

你得承认，艺术、电影、止痛药、颜料、长发、破牛仔裤、吉普车、香烟、失眠、文学、地下摇滚……这些字眼对一个二十二岁的女孩来说实在太诱人了。我以为我走进了艺术的殿堂，实际上我只是上了一张色狼的床。不过这些都无所谓，都过去了。就算马斯许诺过长相厮守又如何？蕾莎要嫁人了。我唯一的朋友要嫁给我唯一睡过觉的男人。在这个并不复杂的关系中，我已经成功地扮演了“情妇”这一角色。因为我相信蕾莎足够愚蠢同时也足够坚强，这就保证她第一不会发现我和马斯的奸情，第二不会走我妈的老路。而我也要比那个女人有道德，我是绝不会把马斯拐走的。马斯是拐不走的。因此，我们三个人很可能会一直这样厮守下去。我说的是“可能”。

“你要是真爱我，你就跟我走。你敢吗？”我问马斯。我的声音淹没在张宇声嘶力竭的叫喊中，但我还是听到马斯叹气了。他说：“我去跑步了。”

“对你最重要的人是谁？是我还是蕾莎？”

马斯已经打开了卧室的门，我的话又把他喊了回来。我看到他重新细心地关好门，调整好自己的表情，严肃地对我说：“你和蕾莎是朋友，你不能伤害你的朋友。”

“难道我就是那个可以被伤害的吗？”我伤心地垂下了头，一点不像蕾莎客厅里的那个我。

“宾娜，你听着，我最想得到的人就是你，我爱你！但蕾莎是我最不想也不能失去的人，我们不能伤害她！”

他的话，我听得很清楚，一个字都没有漏掉。如果现在有人问我，我爸为什么会和那个女人私奔。我会告诉他，因为对我爸来说，那个女人最重要，他不想也不能失去她，所以他走了。而对马斯来说，蕾莎是最重要的。只有不能失去的，才是最重要的！那么，对我来说什么才是最重要的呢？是我那发了疯的母亲，还是这个即将成为别人丈夫的男人？

“你是个混蛋。你是个混蛋！”

我说第一遍的时候，马斯拉开了卧室的门，一只小鸡跳到门口，大概觉得很好奇，想要进来张望一下。我说第二遍的时候，马斯已经砰的一下关上了卧室的门，用力度表示愤怒，那只无知的小鸡被马斯夹在门缝里。在我的想象中，它已经变成一张压扁的相片。没想到的是，它竟然还活着，只是一只脚被夹得血肉模糊，从此以后只能一跳一跳地走路，它也因此成为所有小鸡中唯一有名字的一个——蹦蹦。

我冲出门，冲着他的背影喊：“马斯，你这个混蛋！”

房间忽然变得很安静，连张宇都不再唱了。我捧着血淋淋的小鸡望向门口，马斯像雕塑一样立在那儿，一动不动。透过他的身体留下的缝隙，我看见了蕾莎。她轻轻地问：“你怎么在那儿？”

我们一直很小心，小心的证据是，我和马斯偷偷来往了两年，一墙之隔，蕾莎却从未发现蛛丝马迹。这就是我以前为什么从来不和蕾莎打招呼，从来不对她笑的原因。对着蕾莎，我的情敌，我怎么可能笑得出来？后来我发现与蕾莎成为朋友是个不错的选择，至少有一天她看到马斯从我这里出来不会觉得意外——我和她是朋友，我和她的老公是工作伙伴，我和马斯怎么会有苟且之事？事实证明，我是错的。今天这一幕，以我当了一年编剧的经验来看，只有午夜剧场才会播出，任何一个长脑袋的电视台导播决不会在黄金时间播出这种滥俗的东西。我实在忍不住要说一句更为矫揉造作的话——人生如戏！

“我突然想起来要和宾娜聊一下剧本。”马斯迅速反应过来。

“什么剧本？”蕾莎的脸色特别难看，看起来像是要哭。

“新本子，名字还没定。”

“我怎么从来没听你说过？”

“不是跟你说了是我突然想起来的吗？”马斯说着，已经完成了从我家门口出去，站到蕾莎身边搂住她的肩膀的一系列动作。

“他说的是真的吗？”蕾莎的眼睛看着我。

我忽然觉得很残忍。我们对蕾莎很残忍，蕾莎这样对我也很残忍，唯一没有受到伤害的只有马斯。难道他真的已经认定我就是那个可以肆无忌惮被伤害的人吗?!

蕾莎望着我，眼里含着无声的泪。马斯站在她旁边，紧张得要命。那一刻我才发现，这个男人其实很自私，也很懦弱。可我为什么偏偏爱上的就是他？我真希望他去死！

“不，不是真的。”我平静地说。

谁谋杀了第三只小鸡

我有时会低下头凝视自己的乳房。它们迟早要用来哺育某个生命，变得松弛下垂失去弹性，而在此之前，它们是某个男人的玩物。遗憾的是，这两团肉虽然长在身体的显著位置上，却从不曾真正属于我，我想不到我能用它们来做什么，它于我又有什么意义。当然，为它们添置不可缺少的装饰品时除外。只有那时我才能深刻地意识到它们的存在，他妈的，它们是我的！

毫无疑问，这光滑滑圆溜溜的两团肉可以起到引诱雄性生物的作用。可我当真需要吗？我的小鸡崽子从来不长乳房，它们照样健康快乐地长大。尽管它们照旧一言不发地陪我在阳台上消磨时光，可我的打鸣声却着实进步了不少——几乎整个小区的狗听到我模仿的鸡叫声都会叫起来。它们显然是母鸡，我不能因为它们没有乳房就怀疑它们的性别。就像马斯再也不会站在窗台上撒尿一样，我不能因为他不站在那里，不能因为我再也看不到他，就怀疑他已经死了，就认为所有的一切都已经随着那一道闪电消失在雨雾中。这不公平。

也许我应该贿赂一下蕾莎请来的小保姆，让她在每个蕾莎不在家的时刻为我打开大门？我的脸虽然太过严肃又有一丝可疑，但是我的人民币可以在中国的任何地方流通。这没有什么了不起的，这没什么大不了的。我不知道我的乳房对我来说有什么用，可我还是为它们购买内衣。我也不知道马斯现在对我来说究竟意味着什么，但我还是需要看到他。它们、他，是存在，存在即有意义。

也许应该引用蕾莎说过的话——只要他还躺在那儿，她就知道，毕竟还有那么一个人爱过她。他是一面旗帜，上面写着一个硕大的“爱”字。对我来说，也应该是这样的吧？

我在问谁呢？

他们的家，不像家，是温柔的诅咒，到处呈现出一派难能可贵的萧索破败景象。马斯悄无声息地躺在他们那张喜气洋洋的双人床上，静谧而诡异。小保姆坐在客厅里一边看电视一边嗑瓜子，日子滋润得像在度假。我的到来显然打扰了她的休闲生活，她不得不屈尊把脚从茶几上拿下来，把瓜子皮扔到地上来给我开门。茶几上匀称的灰尘被蹭掉了一块，显然是她放脚的地方。她穿着蕾莎那条浅蓝色的裤子，裤脚脏了。她的嘴角甚至还残留着瓜子仁的渣子！

她管我叫“宾娜姐”，我从她的表情上读出了惧怕的成分。是因为我太严肃了，还是怕我向蕾莎打小报告？但愿是后者。原本放在口袋里的钱没有拿出来，没这个必要！

这情景真是令人伤心啊，马斯的胡子从来没有被刮过！他瘦了很多，继续发展下去，一定可以成为完美的人体骨骼标本。我不敢掀起被子看他的身体，我怕看到褥疮或者跳蚤，闻到屎尿的气味。这就是我的马斯吗？这就是那个无数次惹我生气却还让我无比挂念的马斯吗？他要这样躺多久？一辈子吗？这样算什么？这样算什么！他就这样把我们抛弃了吗？

我要和蕾莎谈谈，我决定了，我必须和她谈谈！不管她会怎么想，去她的鬼想法吧！不能这样下去！

吃完晚饭我才去蕾莎家。她的胃不好，马斯有意无意地提起过这事。我不能在晚饭时间找她，免得让她消化不良。

小保姆来开门，看见是我显然有些惊愕。蕾莎正在厨房里准备晚饭，煎炒烹炸忙得不亦乐乎。

“宾娜，你吃饭了吗？在这儿吃吧！”出乎我的意料，蕾莎没有横眉冷对，反而很热情地招呼我。

“怎么是你在做饭？她是干什么的？”我不客气地问道。

蕾莎冲我使了一个眼色，好像很怕小保姆听到，低声下气地跟我解释：“她只管照顾病人，别的都不管。”

“你天天在单位上班，回家还要伺候她？你开什么玩笑？跟她商量一下，多给个一二百块钱，让她把饭做了。”

蕾莎没说话，隔了一会儿才对我说：“马斯病成这样了，又得看病又得请保姆，现在就我一个人工作，我……”

我的心里一酸，差点陪着蕾莎一起掉眼泪。

“你一个月给她多少钱？”我想，小保姆现在的工资一定不高，所以才这么懒，也许我可以每个月偷偷地塞给她一些钱，让她多帮蕾莎做些家务。

“一千。”

“什么?！你疯了！这是请保姆还是供菩萨？”

“宾娜，你小点声。”蕾莎拽了一下我的衣角，忐忑地往厨房外看了一眼，“现在保姆不好找，不像你想的那么容易。而且她是医院推荐的，比较有经验，会按摩，会理发，会……”

“蕾莎，你是瞎了还是傻了？她有什么狗屁经验？她会干什么？她根本就不管病人！今天上午我来了，她就坐在沙发上看电视嗑瓜子，还穿着你的衣服，比你过得舒服！马斯身上都长褥疮了，你知道吗！听我的，把她辞了！三条腿的蛤蟆不好找，两条腿的人还找不着吗？”

蕾莎吃惊地看着我，模样像极了一头受惊的小鹿。我真不知道在我面前那么强悍的她，在一个保姆面前怎么就会成了小绵羊？如果是她理亏也就罢了，可眼下明明就是保姆消极怠工玩忽职守啊！

我拉着蕾莎的手冲进客厅，小保姆正跷着二郎腿欣赏丰富多彩的电视节目，一看她这副造型我就有气。

“收拾你东西，马上离开这里！”

“宾娜，你冷静点，你别这样！”蕾莎使劲摇晃着我的手，又委屈又着急。“小翠，没事，你看你的电视，饭一会儿就熟！”她现在还有心思安慰保姆？

我一把甩开蕾莎的手，真受不了她这副忍气吞声的模样。“蕾莎，今天的事你别管！没有她这样照顾病人的！她必须走！把工钱给她算清楚了，让她走！”

“蕾莎姐……”小保姆眼泪汪汪地喊蕾莎。

“喊谁都没用！上次是几号发的工钱？……好，到今天一共是十七天，我给你按二十天算，应该是六百六十七块，我给你七百，你马上从这个门给我出去！”

小保姆已经看出来挣扎是无效的，她那个软弱的女主人既然可以被她欺负，那么自然也可以被我左右了，于是也就乖乖地进去收拾行李。我让蕾莎盯紧了她，省得她把别人的东西装进自己的包袱里。可蕾莎却垂头丧气地一屁股坐在沙发上，要多沮丧有多沮丧。

“你怎么了？”我问她。

她看了我一眼，叹了口气说：“宾娜，你太冲动了！你以为我不想让她走吗？可我拿什么给她结工资？我们这个月的生活费还是我从会计那儿借的，你让我拿什么给她？”

这是我没有料到的。没有了马斯，我们——我和蕾莎——的生活似乎都变得艰难了。

“咳，瞧我这记性！你以为我是干什么来的？今天电视台结稿费了，上次他们还欠马斯五千块钱，让我给带过来，我让那小丫头气得忘得死死的。你等会儿，我去给你拿。”

我一拍脑门儿假装刚想起来这件事，赶紧回家把电视台刚刚预付给我的下部戏的稿费拿过来。正好五千块，不多不少。

“这是哪部戏的稿费?”接过钱，蕾莎问我。

“就是那部清宫戏。”我随便说了一句。我和马斯写的清宫戏最多，这样蕾莎才不会怀疑这钱是我故意给她的。

“叫什么名字?”

这可把我问住了。我知道马斯每次结了稿费都会告诉蕾莎这是哪部戏的钱，蕾莎会在一个专门的本子上做记录，万一我随便说了一个恰好是马斯告诉蕾莎已经结清稿费的，那可怎么办?

“《香妃的秘密生活》。”我说。对这部戏我挺有把握的，当初马斯让我写的时候他就说电视台只给了一万块钱的预付款，我们俩一人一半，等都写完了再结清。我写了十集交给马斯，还没听到回音他就出事了，所以这笔钱肯定还没结，现在我就替电视台给他结了吧。

蕾莎只“哦”了一声就没再说话，除了脸上的表情稍微有点怪之外，一切正常。我像个十恶不赦的地主婆盯着小保姆收拾行李，又盯着她把蕾莎的裤子、毛衣、T恤一件件从包里拿出来。蕾莎什么都没说，只是默默地数出七百块钱交给她。我关上门，觉得世界真安静。

“宾娜，谢谢你。”

“别客气，这本来就是马斯的钱。”

“我是说小翠的事。我早就对她有意见了，可又不好意思赶她走。要不是你，我恐怕还得受她的气。我在单位上了一天的班就够累的了，回来还得伺候她……”

“蕾莎，不是我说你，你有时就是太好说话了，搞得谁都可以欺负你。”

“我知道我有时候挺软弱的……”说着，蕾莎鼻子一酸哭了起来，“马斯以前就经常说我，因为脸皮薄，不知道吃了多少亏，买菜的时候连那些卖菜的都专门把不新鲜的卖给我。要是马斯在我旁边，我就敢数落他们，可是马斯现在……我就是这种性格，怎么办啊，宾娜?就连马斯他……他都欺负我，他还以为我不知道他每次都去哪儿跑步……”

我搂住了蕾莎的肩膀，这次她没有拒绝我。我喃喃地重复着“会好起来的，会好起来的”，也不知道说给谁听。蕾莎抽出一张面巾纸一边擦眼泪一边说：“宾娜，我知道你是个好人。我知道！”我凄然一笑，不知道她这个“好人”的定义是什么，我又是怎么成为她心目中的“好人”的。

她继续说：“我知道那钱是你给我们的，不是电视台给马斯的稿费。”

“就是电视台给的。你忘了？前段时间我还和马斯研究过香妃，你说有一本书上说香妃差点跟一个马夫私奔，马斯当时还给了我预付稿费。你都忘了？”

“不，我没忘！所以我才说你是一个好人。那次你要给你妈交住院费，我们知道你没钱了，马斯就和我商量怎么帮你。他知道你自尊心强，不会平白无故地要我们的钱，就骗你说要写那么一个剧本。其实根本就没那么回事……马斯，你看，好人就是有好报。咱们对宾娜那么不好，可关键时刻她还是在帮咱们……”

很久很久我都没有说话。蕾莎小声啜泣着，一会儿跟马斯说话，一会儿跟我说话，一会儿又和她自己说话。

“蕾莎，你也是好人。马斯也是好人。我们都是好人。”隔了许久我才说。

我也没想过，某一天，我会与马斯、蕾莎在一个屋檐下共同生活。

那一晚，蕾莎酝酿了很久，然后才问我：“宾娜，我知道这个要求有点过分。不，是很过分！可我还是想问问你——你愿不愿意帮我照顾马斯几天？现在找保姆不容易，我白天还要上班，马斯又不能离开人。你看，你能不能……”

我当然会答应的，几乎带着眉飞色舞的喜悦答应她的。也许是我的喜悦刺伤了她的眼睛，又或者她想到了我和马斯的那些“以前”，蕾莎的脸色立马变了。不过她很快掩饰住了，尽管很不熟练。

白天是我和马斯的时光，我给他洗脸、刮胡子、擦手、擦脚，每一个小时翻一次身，每天上下午各进行一次全身按摩，每三天给他洗一次头发，每五天给他洗一次澡。忙完这些事情，一天也就差不多过去了。如果还能有空闲的话，我就给他讲我正在写的剧本。以前我们经常这样，不光是为了做给蕾莎看，也的确是为了工作。但更多的时候我还是爱问他，“你到底更爱谁？”他总是沉默以对，这倒是符合他以往的作风。

晚上蕾莎下班回家，那是三个人的时光。她会十分客气地谢谢我，然后邀我和她一起共进晚餐，这是她每天必须做的。我们边吃边聊，聊到给马斯洗澡时，蕾莎放下筷子一本正经地说：“洗澡这种粗活累活以后就留给我吧，白天照顾他已经够累的了，不能让你那么辛苦。”

我低下头赶紧吃了几口饭，心里琢磨着她是不是不希望我看到马斯的裸体？我毕竟不是保姆，我和那个男人曾经像她和他一样地亲密过。每每想起这些，她是不是依旧不能释怀，依旧又恨又痛，又痛又爱？

如果是我呢？如果我是蕾莎呢？我会不会像她一样这么矛盾？我时常问自己，在这部描述妻子与情人同心协力共同照顾同一个男人的文艺片中，我扮演好自己的角色了吗？观众会把更多的掌声送给谁，大把的眼泪又是为谁而流？而我所做的一切究竟是为了赢得观众的喝彩，还是因为单纯的爱？我的爱是指向我唯一的男人马斯，还是我唯一的朋友蕾莎？哪个对我更重要？谁对我更重要？

我说不上来，我只是觉得我必须这样去做，就像我爸走后我必须照顾发疯的妈妈一样，这是我的责任。

“宾娜，今天你有没有注意到，马斯的眼皮动了一下？”蕾莎拨着碗里的饭粒，突然问了我这么一句。

我愣住了。

“昨天，我给他念我们的结婚证书时，好像看到他的眼皮动了一下。我不知道是不是我看错了。他今天有什么反常的地方吗？”

我努力思考着这个问题。马斯有什么反常的地方吗？他的眼皮当真动过吗？我错过了马斯的这个第一次吗？

“我只是觉得这两天换‘尿不湿’勤了点，别的没什么。是不是输的液太多了？”

“什么？你是说……”蕾莎放下了筷子，昏暗的眸子里闪出异样的光芒，“你是说他的小便很多是吗？”

我不知道她听到这个消息为什么会这么兴奋，但还是告诉她“是的”。

“宾娜，你知道吗？你知道吗？”蕾莎变得更兴奋了，甚至有一些语无伦次，“你知道这意味着什么吗？马斯要醒了，他要醒了！”

“什么？你慢点说。”

“他的新陈代谢加快了！出院时医生说过，如果他经常小便，如果还有大便的话，就说明他的新陈代谢加快了！”

“这说明什么？”

“哎呀，你怎么连这个都不懂呢？昏迷病人的新陈代谢都比正常人慢好多，马斯现在越来越快，这还能说明什么？你怎么还不明白？他真的要醒了啊！昨天我肯定没看错，他的眼皮是真的动了！你能相信吗？宾娜，他就要醒了，就要醒了！”

我真的错过了马斯的这个“第一次”吗？我为什么总是错过？

蕾莎激动地在房间里转圈，还时不常地走到我身边拍一下我的肩膀、握一下我的手。我也被她感染了，忍不住和她一起畅想马斯逐渐复原的情景——先是眼皮动，然后睁开眼睛，他认出我们，喊我们的名字，告诉我们他饿了。接着他的手指可以动了，然后他的胳膊可以抬起来了，虽然他把稀饭洒在身上，但那是他自已在拿着勺吃东西啊！他可以坐起来了，他的腿有知觉了，他在我们一左一右的搀扶下可以迈动脚步了！他走路，他奔跑，他一次次地往返于电视台与家之间。他好了！……

我们坐在床边，一边谈论着那缥缈的未来，一边仔细地观察马斯，生怕错过任何一个“他在康复”的迹象。

“宾娜，我爱你，我爱你，我真是太爱你了！如果不是你天天给他按摩，他绝对不可能恢复得这么快！”蕾莎热情洋溢地说。

“这是你的功劳，要不是你每天跟他说话，他早就没有意识了，就真的成植物人了！是大脑在指挥他的行动，这个你赖不掉吧？”

蕾莎甜蜜地笑了。

“我真的太高兴了！宾娜，我真的太高兴了！我都不知道该说什么才好。是你一直陪在我身边，是你给我力量支持下去，否则我真不知道怎么熬过这段日子。你一点都不计较我对你的态度，你……宾娜，你是我最好的朋友！

你对我真的太重要了……”

我热切地望着她，和她一起分享这奇妙的幸福，我们共同的幸福。她走过来向我伸出双臂，我也张开双臂准备迎接这个幸福的拥抱。她却停住了，惊恐地看着马斯，声音也变得发抖，说起话来结结巴巴的。

“宾娜，你刚才看到了吗？他……他的眼皮又动了一下。”

我目不转睛地盯着马斯，我相信那一刻别说他的眼皮动一下，就算有一粒灰尘落在他的脸上我们都不会错过。

他的眼皮动了。

“啊！”我们一起尖叫起来。

我们决没有看错，这次马斯的眼皮确实动了！他在床上躺了三个多月，他像个死人似的在床上躺了那么久，现在，他的眼皮会动了！我们看得千真万确，他的眼皮动了！

我和蕾莎拥抱在一起，蕾莎的眼泪滴在我的肩膀上。现在我可以说，八月是最美丽的季节，马斯就要醒了！

“亲爱的，有人敲门，你能帮我去看一下吗？我想守在他身边，一分钟都不想离开。”当敲门声响起时蕾莎松开了我，抹了一把眼泪撒娇似的对我说。

我看着她因激动、兴奋和哭泣而变得通红的小脸，不明白我是什么时候升职成了“亲爱的”。可是蕾莎，难道这个房间里只有你一个人想分分秒秒地守在马斯身边吗？我的心在降温，急速降温。你不费吹灰之力地剥夺了我的权利。你轻而易举地把我推到圈外。我的耳边回荡的是你那天说的话：“他的葬礼你要以什么身份来参加呢？你有资格在他的墓碑上写字吗？……你有资格哭吗？你有资格为他哭吗？”

我去开门，我只能去开门。打开门，门外站着一个熟悉的陌生人。我静静地看着他，一时有点难以相信眼前发生的事情。他真的回来了吗？以前无数次在脑海中设计好的行动竟然没有发生，我无法挪动脚步走到厨房拿起那把明晃晃的菜刀。无论怎样，他都是我的父亲。尽管我是那么恨他，恨到想要杀了他的地步，可他还是我的父亲。这是多么可笑的事情啊！上帝为什么总要这样嘲弄我？

我关上了门。在门口站着没动。

“宝贝儿，是谁啊？”蕾莎在房间里心情不错地问我。真高兴，我现在又是“宝贝儿”了！

敲门声再次响起，我站着没动。蕾莎提高嗓门问我：“宝贝儿，开门啊，到底是谁？”

我没有反应，既没有说话，也没有动。蕾莎极不情愿地走出来，嘟囔着：“你怎么不开门呢？到底是谁啊？”

蕾莎打开了门，看到门外的人，她也愣了。传说中那个叫“父亲”的男人她曾见过几面，虽然只是匆匆几面，却也给她留下了极为深刻的印象。他是那种很帅的男人，尽管上了年纪，但也只是增加了成熟的气质，甚至比年轻时还要诱惑女人。他有明朗的额头，明亮的眼睛，嘴角总是挂着明朗的笑容。蕾莎开玩笑时说过，如果她不是有了马斯，她也会爱上我爸的。我只能把这当成恭维话来听，却无论如何也骄傲不起来。

要我如何面对这个男人？

蕾莎替我打开了我家的门，我爸跟在我身后走了进去。我想他一定是一文不名无处可去才想到了这个“家”，他风光无限的时候甚至不曾给我买过一支冰棒。家是什么？家绝对不是港湾。家是垃圾站！专门收容别人不要的东西。

“你养鸡啦？”他开始跟我没话找话说。我知道他最讨厌这些长毛的小动物，看着他强迫自己做出喜爱它们的样子，我觉得很好笑。

“我来了半个多小时了，敲了半天门也没有人，我就到隔壁去问问，没想到你真在那儿——你们的关系处得不错哇。”

我没理他。等了半个小时算什么？我妈整整等了他两年！

“你妈呢？”

这个问题问得好。我不想理他。我怕我一张嘴就会喷出愤怒的火焰，烧不死他再烧伤了我自己，那就太不划算了。

“家里都还好吗？”

睁开你的眼睛看看，你觉得好吗？

“你现在在做什么？找到工作了吗？交男朋友了吗？”

“交了。”

这是我对他说的第一句话。他显然没料到我会回答这个问题，吃惊的脸上愣挤出一个笑容。

“是吗？那可太好了，他是做什么的？你们打算什么时候结婚？”

“他已经结婚了。”

他像是挨了一记闷拳，问：“你们分手了，他才和别人结婚，是吗？”

“不，我们没分手。他是我的男朋友，也是别人的丈夫。如果你觉得‘男朋友’这个词别扭的话，我可以换一个——我是他的情妇！我的男朋友是别人的丈夫！”

他呆呆地坐在沙发上，好半天没有说话。蹦蹦和它唯一的伙伴跑到他跟前想要和他尽快熟悉起来，他却稍嫌厌恶地挪开脚，好像它们身上有瘟疫一样。我希望他是趁那段时间反省一下，但我觉得可能性不大。连蹦蹦都不喜欢他，呆了一会儿就百无聊赖地跑到别处找吃的去了，可见他没有后悔的意图。这些就连没思想的鸡都能看出来，何况是我？

我不想理他，走到厨房给小鸡崽子准备晚饭。平时它们是没有晚饭的，但是现在我总得干点什么，难道让我在客厅里看着他怎样对我假装关心吗？

晚饭准备好了，我招呼它们来吃，只有蹦蹦一个歪歪扭扭地走过来，我不动声色地找另外一只。很好找，它就在沙发旁边，躺在那儿一动不动，嘴里还叼着一个烟蒂。

我的脑袋嗡的一下就大了，赶紧跑过去看。它果然死了，是被那个烟蒂卡死的。但那个烟蒂是谁的呢？不是我的，我从来不抽“七星”。我马上想到是谁了，不用照镜子我就知道我的眼睛红了。

“看看你干的好事！谁让你在这抽烟的？你干吗乱扔烟头？我的小鸡死了！是你把它弄死的！你把我的小鸡弄死了！你赔我！你赔我!!!”

“宾娜，你忘了？我戒烟五年了，那次犯心脏病，你妈就让我把烟戒了。”他抬起头无辜地看着我，语气里一丝不易察觉的诚惶诚恐。

“你会听我妈的话？你以为我今年几岁，还会相信你？我从来不抽洋烟，这里怎么会有‘七星’的烟头？不是你是谁？你为什么永远不肯承担自己的责任？不就是死了一只小鸡吗？我还能把你怎么着？你怎么就不敢承认呢？”

“你是什么时候开始吸烟的？我对你说过，女孩子不要吸烟。”

“你用什么资格跟我说话？你有什么资格教训我？你凭什么！”

“就凭我是你爸爸！”

他站了起来，太阳穴上的血管一跳一跳的。他在生气吗？他有资格愤怒吗？就凭他是我妈的男人？笑话！

“年纪轻轻的女孩家不要吸烟，你还小，老了就知道坏处了。”他的脸变得蜡黄，捂着心口缓缓地坐到沙发上，“你喜欢小鸡，回头我再给你买。那个烟头确实不是我的。”

我不再言语，心里有种莫名其妙的感伤突然布满全身。我知道那个烟头不是他的，其实他一说，我就信了，可我还是忍不住要指责他。

“你还在和那个人来往吗？”他努力呼出一口气问我。我没说话。“既然是别人的，他就总要回去的。与其让他离开你，你痛苦，还不如趁早离开他。先离开的那个，就不会那么痛。”他说。

“这么说，已经有一个聪明女人这么做了？她离开了你，你才想到回来是吗？”

我的问话咄咄逼人，他没有回答。隔了好久他才问我：“这么晚了，你母亲怎么还没回来？她干什么去了？”

“她疯了，警察把她送到精神病院，她现在住那儿。”

“疯了?!”

“没错！因为你！她疯了！她要杀自己的亲生女儿！她每天在医院里打扮得漂漂亮亮的，她还梳头发、抹口红！她把牙刷毛巾都装在包袱里，随时准备去找你！她看见我就发疯，她把我当成你的那个女人！她每次看见我都要杀了我！我为了给她治病每天工作十六个小时！就在那台电脑上！那台电脑不是我找别人借的！是我捡回来的，是别人不要的破烂货！你把家里所有的钱都拿走了，你让你的亲生女儿差点出去要饭！你还有什么脸回来？那个女人不要你了，骗光了你的钱就把你甩了，你才想到回来是吗？你以为我们还会要你吗？你以为妈妈还能认出你吗？你以为我还会把你当成爸爸吗？你有什么资格回来？你是不是男人？你为什么不能走了就永远不回头？你究竟想要干什么？你还回来干什么？你想让我也发疯吗?！你怎么不去死！”

这些话没有经过任何酝酿，一气呵成，脱口而出。我奇怪自己居然没流一滴眼泪。他扶着沙发缓慢地站起来，走过来抱住我。我任凭他抱着，此刻我是铁石心肠。他哭了。声音很小很小，可我还是听到他哭了。

他说：“我对不起你们。我对不起你们。我对不起你们……”

他的肩膀不停地抖动，只是喃喃地重复着“我对不起你们”。我还能说什么呢？他是一个男人，他还是我的父亲。如果我拒绝了他，他将往何处去？他能往何处去？世界之大，但凡还有他的容身之处，他还会回来吗？他还会跑回来毫无尊严地乞求我这个女儿的原谅吗？他是无依无靠的。而我，我也是无依无靠的。

我说：“爸，明天和我一起去看看妈吧。”

蹦蹦，你是用来打鸣、下蛋，或者……

每天我爸都要倒两次公交车去看我妈，我知道像他那种戒烟前只抽“中华”的人，现在让他天天坐公交车肯定比杀了他还难受。我怕他不好意思开口找我要钱，就偷偷地往他口袋里塞了一百块钱，过几天一翻，钱还在他的口袋里。我跟蕾莎说，我爸真的变了。他怎么可能委屈自己天天坐公交车呢？这次他是真的回来了，连他的心也回来了。

“阿姨见到他有什么反应?”蕾莎问我，一回头看见马斯冲她挤了两下眼睛，马上把便盆塞到他的身子底下。我识趣地走出房间。

“女人真是奇怪啊！不管这个男人怎么伤害过她，只要他一回来，就什么都不计较了。我妈还能有什么反应？第一次见他就认出他来了，拿东西打他，骂他。医生还以为我妈又严重了，可一听我妈说的话就知道她没事。”

“阿姨说什么了？嘘……嘘……”蕾莎一边和我说话，一边像哄小孩似的哄马斯小便。按照我以往的表现，我会嘲笑一下的，现在却一点反应都没有，好像没有比这更正常的。

“她说，你这个死人，你还知道回来呀？”

“这话挺正常的啊。”

淅淅沥沥的水声传来，马斯尿了。

“是啊，所以医生才说，我爸对我妈帮助很大，正所谓解铃还需系铃人，心病还需心药医。再观察我妈一段时间，如果没什么反复的话，就可以出院了。但是回家以后我们还不能掉以轻心，要拿出防贼的精神来防着她。”

“你这家伙嘴太贫了，那可是你妈!”蕾莎笑呵呵地端着便盆从卧室里走出来，“等你妈出院了，我做几个拿手好菜，庆祝你们一家三口团聚!”

我偷偷地往卧室里瞄了一眼，马斯沉默地望着天花板，也不知他在想什么。

“马斯怎么样了?”我问。

“不错，有进步。大小便的时候眨两下眼，饿的时候眨三次，想翻身就跟我皱眉头。那天收音机里放《都是月亮惹的祸》，他不爱听，直跟我皱眉头。我还以为他不舒服，赶紧帮他翻身，翻完了还皱眉头，我又帮他往那边翻，结果他还皱着眉头。我就纳闷了，就看他使劲拿眼珠往收音机那横，我这才明白。我把收音机一关，你猜怎么着?他还跟我笑了，嘴角咧得跟个‘八万’似的!前天我看他的右手食指动了几下，这两天正使劲帮他按摩呢。什么时候他的手指能活动了，就方便多了。现在他还说不了话，想干什么只能做几个简单的表情，有时我看不见就帮他干不了。等他手指能动了，敲敲床什么的，我就能听见了……”

一提起马斯，蕾莎就变得比祥林嫂还要唠叨，好在唠叨的内容都是好消息，又是我想听的东西，我也没什么意见。我爱听她唠叨。

自从我爸回来以后，蕾莎就以不影响我享受天伦之乐为名，剥夺了我照顾马斯的权利。她连保姆也不请了，干脆自己请假照顾马斯。我问她为什么不请保姆，她跟我打了这么一个比方：“假如你生了一个孩子，你天天上班不在家，你说这孩子是先学会喊‘爸爸’还是喊‘妈妈’?”

蕾莎的这个比喻弄得我心里挺不是滋味的，后来一想，连我爸这么生猛的人都回归家庭了，蕾莎霸占马斯也是正常的。还有什么比家的完整更重要的呢?再说了，谁知道马斯脑袋里的东西究竟恢复了多少?万一把以前的事都忘了呢?我成天在他跟前晃悠，他就把我当成他的亲人，不理蕾莎了怎么办？蕾莎这么做是对的，她在捍卫她的家庭。而且，尽管我对我爸还有那么一点芥蒂，可有了他在的房间，至少也像个家了——我抱着蹦蹦在阳台上打鸣的时间少多了。套句尼采的话说就是，我在莱比锡成熟了许多，大量自慰，所嫖的妓女没有我应该嫖得那么多——我在家里成熟了许多，大量思考，对马斯的想念没有我应想的那么多。

那天，我妈出院了。看到我，她好像很害怕，紧紧地抓着我爸的手。我爸反过来安慰她，告诉她我是她的女儿，没什么可怕的。她才恍恍惚惚地问我："同志，您多大了？"我想，她可能还不知道"女儿"是什么意思。不过没关系，我们有的是耐心。

我妈总像个小孩似的依偎在我爸身边，连我的存在都嫌多余。那次吃饭时饭粒粘到她的脸上，我爸帮她擦掉，她的脸竟然红了！我只能说，太肉麻了！我妈仿佛又回到了她的初恋时光。看着自己的父母在自己眼皮底下"恋爱"，那感觉简直太……无法形容！

我把这事跟蕾莎一讲，她听了哈哈大笑。笑声还没落，就听见卧室传来铃铛声。蕾莎赶紧跑过去，我站在门外，没进去。

是马斯，是他在摇铃，说了一个很含糊的字，但是仔细辨认还是能听出他说的是"饿"。

马斯——会——摇铃了？！马斯——会——说话了？！

"马斯饿啦？马斯想吃什么？"蕾莎温柔地笑着问，帮他擦掉嘴角的口水。

"鱼。"马斯费劲地挤出一个字。听得出，这个字耗尽了他全身的力气。

"马斯想吃鱼啦？蕾莎去给你买鱼好不好？"蕾莎像是在哄小孩。我看见马斯生硬地点了一下头。

"蕾莎去买鱼，马斯乖乖的，不要淘气，好不好？"

马斯又点了一下头。

"马斯想便便吗？蕾莎要出去，马斯现在便便一下好不好？"

我看不清马斯的表情，但可以感觉到他不愿意。不过蕾莎把便盆放到他身子底下的时候，他还是没有拒绝，并在蕾莎不懈的"嘘"声中"便"了出来。

“宾娜，帮我看一会儿马斯，我去买鱼，拜托你啦！”

蕾莎飞快地穿上外套，抓起钱包风一般地飞出去了，看都没看我一眼。关门声消失了好久我都没有动，我实在不能相信我和马斯又单独呆在一起了。蕾莎让我和马斯单独呆在一起？

我蹑手蹑脚地走进卧室。

初冬的阳光总是那么吝啬，好在还有一抹夕阳照在马斯的头顶的墙壁上，他出神地望着窗外。顺着他的方向望过去，除了无尽的天空，就只有我家阳台的那一角了。他是在看它吗？现在我真不敢肯定躺在床上的那个人究竟是一个叫“马斯”的男人，还是一个叫“马斯”的婴儿。

“马斯。”我轻轻地唤他。

他慢慢地转过头来，我看不清他的表情。

“你还认识我吗？”老实说，我做足了他不认识我的心理准备。

他生硬地点了点头。尽管是那么生硬，生硬到几乎看不到他的头在动，但我还是感觉到他的下巴在努力向胸前靠拢。

“你真的认识我？”我不信任地问他，走近了几步，在床前坐下。

他胖些了，脸上透着一股久病卧床的虚弱。他的眼神有些飘忽，此刻却全部聚集在我身上。他吃力地抬起一只手，仅仅抬高了五厘米，却好像跑完了五万米那么疲惫。我不知道他想干什么，他那么望着我，眼里写满了我读不懂的东西，让我手足无措。我不知道他想干什么，我这个曾经被他称为“最了解”他的人，现在竟然不知道他要干什么！他是饿了还是渴了？他想翻身还是想听广播？他到底想干什么？

“乒……呢……”

他吐出两个平生重复次数最多也最艰辛的字。他对自己的发音显然不满意，无限懊恼地皱着眉头撅着嘴唇。可是他不知道我有多么满意！我听过他说过无数次“宾娜”，只有这一次让我觉得最幸福。

“乒……呢……”

他努力地纠正自己的发音，却没有一次令他满意。他努力地抬起手，却始终没有办法超过五厘米。我把手放进他的手里，他握住我的整个手腕。他是那么无力，却令人断肠。

我从没想过我会在此时此刻此地在马斯面前流泪，无数次咽回肚子里的泪水此时此刻此地决堤。他一遍一遍地重复着“乒……呢……”、“乒……呢……”、“乒……呢……”，我握着他的手，把眼泪流在上面。他用非常不灵活的手指帮我拨开被泪水粘在脸上的头发，他想对我微笑，他的笑容却像哭泣。我在哭泣，可我却从心底想要微笑。

“我是宾娜，我是宾娜！宾娜来看你了！你想她吗？”

“我……想……乒……呢……”

马斯的眼角滚落了一滴泪，我用嘴唇把它接住。菠萝味的，酸的、甜的，还有一点咸。

我望着马斯，他也望着我。我们没有更多的对白，只剩下最简单的——“我想马斯。”“我……想……乒……呢……”

“宾娜，请你帮我个忙好吗？”

客厅里传来蕾莎客气却冰冷的声音，马斯依依不舍地松开我的手，我手忙脚乱地擦干眼泪。

“能帮我把鱼放到水池里吗？”

蕾莎远远地把装鱼的塑料袋递过来，仿佛我的身上有传染病一样。我不敢看她，像个货真价实的娼妇用低眉顺眼的动作来感谢她的手下留情。

我要感激她没有走进卧室“捉奸”，避免了我的尴尬，不是吗？但她站在客厅里这样客气地对我说话，足以证明她实际上什么都知道，她只是在告诉我——她在假装不知道。她在替我保存颜面，我要感谢她。

很长一段时间我都没有再见到过蕾莎，自然也就没有见过马斯，更不曾得到他的半点消息。他又好些了吗？他的手灵活了吗？他可以说完整的话了吗？他可以走路了吗？我和蕾莎似乎又回到了奸情刚刚败露的时候，只是偶尔在楼道里碰上了，她不会像那时候似的那么横眉冷对嗤之以鼻。她会客气地和我打招呼，然后把门关得死死的，好像生怕我呼吸到门里的空气。

我妈还是像个怀春少女，整天围在我爸身边做小鸟依人状。我甚至有点怀疑我妈是否得过精神病，她是否真的像孙二娘一样冲我挥过刀？我爸经常把我妈的手挎在胳膊上带她出去散步，要是我妈对什么感到害怕，他就微笑着拍拍她的手背，我妈也就不怕了。他一步也不曾离开她。我能感觉到他们的感情要比以前好（在我的记忆里，他们以前根本就没有一起出去过），他们似乎在补习那些被他们浪费的幸福。我过得就没他们那么好了，每天除了抱着蹦蹦观察它什么时候可以下蛋，就是趴在电脑跟前写剧本。难怪现在的电视剧越来越难看。

这一年的最后一天，下了一场大雪，我爸说带我和我妈去公园拍雪景。还是在我特别小的时候，我模糊地记得我爸和我妈两个人带我去公园玩，以后就只有我妈一个人带我去了。所以我爸的提议虽然让我觉得很滑稽（我这把年纪的人还有谁跟父母一块去逛公园啊），但我还是很痛快地答应了。

公园里的人很多（这话很像小学生作文的开头），基本上都是父母带着孩子来的，只是我这么大的“孩子”比较少。即使有我这么大的人，也都成了别人的父母了。我和我爸一左一右地搀着我妈，凡是我爸看着觉得不错的雪景一律要求我和我妈站过去，他举起相机“咔嚓”一下。我妈笑得又温柔又甜蜜，我则被我爸说成是“糨糊脸”。

“宾娜，你也该交个男朋友了。你看那一家三口，那个女的可能还没有你大呢，人家的孩子都会跑了！我和你妈年纪都不小了，我们都想早点抱孙子。”

我扭头看了我爸一眼，他直勾勾地望着不远处的一家人，特羡慕的表情。我看着他，忽然觉得心里有点酸。这个帅男人最近老了许多，任凭白发往外冒却不再染发了。他好像已经默认自己是一个老人了，开始尽一个老人的本分——照顾生病的老伴、希望女儿结婚、想要抱孙子。再看我妈，她凝视着我爸，完全是一副世界都不存在，“任时光匆匆流去，我只在乎你”的神情。精神病真是个好东西，可以让人过得那么单纯，那么快乐。

“马斯，你冷吗？”

听到这句话，我吃惊地回过头。蕾莎就站在我们身后，正在帮坐在轮椅上的马斯往腿上盖毯子。她背对着我，没有看到我，马斯却看到我了，惊讶地张大了嘴巴。大概是马斯的神情引起了蕾莎的注意，她也回过头，而我则在她看到我之前赶紧把头扭了回来。马斯已经可以出来活动了吗？他恢复得这么快吗？我有多久没看到他了？我究竟错过了他的多少“第一次”？

“阿姨！”蕾莎在我们身后甜甜地叫了一声。我妈没回头，她还不知道那是喊她呢。我爸回过头看见是蕾莎显得很高兴，拍了我妈的手一下，说：“人家和你打招呼呢！那是我们的邻居，叫蕾莎。”我妈脸上露出一个很迷惑的笑容，但终究还是笑了，极有礼貌地说了一句“你好”，没有加上“同志”两个字。蕾莎推着马斯紧走几步追上我们，和我们并排前行。我不知道她为什么要这么做，是大雪把她的脑壳冻坏了，她完全不记得过去的事了，还是因为别的什么？

我们五个人形成了一个非常尴尬的组合，蕾莎和我爸有一搭没一搭地聊着马斯和我妈的病。我妈像是没有耳朵一样，只对下过雪的公园感到好奇，什么都看不够。马斯的手里捏着两个健身球，不停地转。他垂着头一言不发，我不知道他是因为说话不流利，还是因为觉得无话可说。

“现在像你这么好的姑娘可是太难找了，照顾病人最累了。”我爸像是在夸蕾莎，又像是在夸自己，却绝口不提他不在的时候蕾莎是怎么照顾我和我妈的。哼，男人！

“那还不是应该的，不然怎么叫‘夫妻’呢？”蕾莎说着突然瞟了我一眼。

“马斯，你太幸运了，找到蕾莎这么好的姑娘！”

“马斯，伯父在和你说话呢！”蕾莎弯下腰，亲昵地对马斯说。

马斯茫然地回过头，不知道是不是角度的问题，让他刚好能够看到我，我也刚好能够看到他。他再也看不到别人，我也——再看不到别人。

“马斯，伯父在和你说话呢！”蕾莎继续温柔地重复了一遍，语气却加重了。

“哦。”马斯如梦方醒般地回过神来，却不理蕾莎，断断续续地哼起了一首歌，“我承认都是月亮惹的祸……那样的月色太美你太温柔……才会在刹那之间只想和你一起到白头……”

我站在那里，差一点落泪。他还记得，他还记得！他没有把我忘了，他还在想着我，想着我们的那些“从前”！

我妈突然拽了我的胳膊一下，像是在提醒我这个时候不要失态。我的脚步这才没有停，眼泪才没有掉下来。不过，这很奇怪不是吗？为什么偏偏在这个时候拽我的胳膊？我看看我妈，她却像什么都没发生一样，继续傻呵呵地看这看那。也许只是凑巧？是啊，她怎么会在这个时候提醒我这个？她可是一个精神病病人啊！她怎么会知道我和马斯的事呢？就算知道，她现在也应该不记得了啊，她是一个病人啊。这是怎么回事？只是凑巧？

“马斯恢复成现在这样真不容易！”我爸不管不顾地说道，只是他忘了马斯就在身边，“你看他现在都能唱歌了！蕾莎，你的苦日子就要到头喽！等马斯好了，得让他给你买个大钻戒！”

“我饿了！”马斯烦躁地打断了我爸，弄得我爸特尴尬。病人就是好啊，无论做什么都可以被原谅。

“今天天气多好啊，马斯，我们再多呆一会儿，呼吸呼吸新鲜空气，咱们一会儿就回家。”蕾莎温柔地说着。但愿是我理会错了，我总觉得她是在对小孩儿说话。

“我饿了！”

我感觉得出马斯这回是真生气了，手里的健身球被他扔了，一个滚出老远，一个砸到他的脚上。

“你没事吧？”我和蕾莎几乎异口同声地问，唯一不同的是我表现得似乎比蕾莎还要关切一些。

话一出口我就后悔了，蕾莎盯在我脸上的目光让我不敢直视。如果在我的脸上放一张纸，肯定能被她的目光点燃。这个时候我总得干点什么，这么站着实在令人难受。那个健身球就在马斯的轮椅旁边，我弯下腰就能捡到，我妈却用她的胳膊不容置疑地挎紧了我的手臂。这下我决不会感觉错了，她的眼睛是那样清楚地写上了“不要动”。我乖乖地站着没动，蕾莎捡起了健身球，再一次成功地扮演了贤惠的妻子，至少在我爸眼里是的。

“老躺在床上脾气肯定有些暴躁，蕾莎，你要大度一些。”我爸这个时候竟然还在充长辈，“马斯，不是我说你，你应该多体谅蕾莎……”

“我饿了。”我妈回过头去傻呵呵地对我爸说。

我爸愣了一下马上笑了：“怎么还跟个小孩似的？人家说饿了，你也饿了。好好好，我们回家吃饭去！蕾莎，我们一起走吧！”

新年的第一个情人节，我被我爸哄出家门，他说他要跟我妈搞点“浪漫”，还说我也应该出去找点浪漫才对。我在街上游荡到晚上9点多才回家，在门口就听见里面传来《莫斯科郊外的晚上》。这老两口还真是够浪漫的。我无处可去，索性就坐在楼梯上抽烟。

白色的光哗的一下从门里蹿出来，我一扭头，看见是蕾莎提着一袋垃圾，场面稍稍有些尴尬。

“老两口在里面玩浪漫呢。”我拿手指指我家的门解释说。

“哦。”蕾莎面无表情地把垃圾袋放在门口，回手就要关门。

“你在和谁说话？”马斯问，说着，他也摇着轮椅过来了。看到是我，他也不知道说什么好。

“你们关门吧，关门吧，我这就进去了！”我赶紧对蕾莎说，尽量不去看马斯。

“他们……”马斯问。

房间里的音乐破门而出，悠扬的《莫斯科郊外的晚上》此刻显得有些刺耳。

“玩浪漫呢！”我故作轻松地说道。

“那你进来呆会儿吧。”马斯说。蕾莎狠狠地瞪了他一眼，他假装没看见。

“不了，我这就进去了。”我掏出了钥匙。

“难得他们这么有兴致，你就别打扰他们了。进来吧！”马斯把门完全打开了。

他们的房间很暖和，也许是因为我在外面冻得太久才这么觉得。马斯对他的轮椅操作得很熟练，转悠了几下就给我倒了一杯热开水过来。蕾莎的脸色越来越难看，我的屁股都不敢在沙发上坐踏实了。

“马斯，你过来一下。”蕾莎走进卧室。马斯无奈地看了我一眼，意思是感到抱歉。我想他不应该这样，他应该像以前一样对我做一个鬼脸，用会说话的眼睛告诉我“我去去就来”，那样我会开心，更释然。

他们的对话断断续续从卧室里传来，当然只是蕾莎一个人的。她大概就是说给我听的。

“马斯，你要是想跟她在一起，我不拦着你。可是我求你，求你给我留点尊严，别当着我的面行吗？别连装傻的机会都不给我行吗……”

后面的话被蕾莎的呜咽淹没了。出来的，只有马斯一个人。

“我走了。”我说。

“再呆会儿吧。”他的话没什么诚意。

“马斯，我想问你件事。”

卧室里的哭声戛然而止，马斯也纳闷地看着我。

“我想问你，你脚上的疤是怎么弄的?”

我坦然地看着马斯，他的脸微微发红，看了看卧室的门，又看了看我，然后低下了头，说：“踢球……”

“我走了。”

我使劲呼出一口气站了起来，发现以前所有纠缠不清的东西现在都解开了。虽然还有一点点心痛，但也只是一点点。他已经做出了选择，无论以前还是现在，他的选择从来没有变过。他昏迷时的记忆只是我和蕾莎两个人的，我应该感谢他的昏迷，他终于把一切都变得不那么重要了。我忽然发现，“不重要”才是最重要的。

马斯没有拦我，他连看我一眼的勇气都没有。卧室里的哭声再次响起。

我走了。

房间里响着俄语版的《莫斯科郊外的晚上》，光线柔和暧昧，我爸躺在地上，我妈抱着他的头，仿佛她的怀抱就是最温暖的摇篮。我不知道他们保持这个姿势有多久了，也不能确定我爸是否还在呼吸，只看到我妈脸上挂着安详的笑容，那绝对不是一个病人应有的笑容。蹦蹦本来站在他们旁边，看见我来了，就一瘸一拐地朝我走过来。我发现它比以前更瘸了。

后来我才知道，我爸搂着我妈跳舞，不小心踩到了蹦蹦。蹦蹦一着急啄了我爸一口，我爸脚底下一乱，就摔在了地上。他有心脏病，一摔就摔到鬼门关去了。我妈说：“别看蹦蹦瘸成这样，它可是福大命大。这世上，没有什么比活着更重要。瘸点算什么？活着最重要……”

鲍尔金娜◎我们的那一天

Résumé

鲍尔金娜，女，1984 年出生。蒙古族。籍贯内蒙古，在沈阳长大。北京服装学院服装设计系毕业。北京作家协会会员。鲁迅文学院第七届中青年作家高级研讨班学员。曾获第三届全球华文青年文学奖散文组冠军。

出版有长篇小说《紫茗红菱》，散文集《成人不宜》、《用野猫一样漆黑发亮的眼睛注视人间》等。

清晨的阳光总是太蜇人。对那些从不在清晨睁眼以及出门的人来说。

小C属于这种人。但此时此刻，周六早晨的5点10分，她正坐在一家24小时餐厅里静静望着桌对面她的男朋友M，表情介于沉思和痴呆中间。

“我知道我很帅，可是你已经看了我五分钟了，大概也就眨了三次眼。你带镜子没，看看自己，简直是花痴一个。把嘴里筷子拿出来，别叼着了。”

M捋了捋头发，有点不耐烦地把小C嘴里咬着的筷子抽出来。M说自己帅，基本不会有人拿烂柿子砸他。除非那人就是厌恶传统意义上的“帅哥”，并且讨厌帅哥总是有意无意炫耀自己长相。小C跟M在一起两年，越来越意识到自己有可能属于这种人。如果手边有烂柿子，她会考虑扔到她男朋友那毫无争议的英俊的脸上。没有理由。

她看了看桌上，奶黄包、虾饺、担担面、珍珠奶茶，一束挤在紫色闪光包装纸里的红玫瑰。没有什么可扔的（她最讨厌闪光的包装纸，为什么M总记不住呢）。即使有，当然，她也不会。只是想想罢了……近两个月以来，如此鬼祟而强烈的幻想总在她脑子里面翻腾，她敢保证他也这么想过不下五次。

小C定了定神，从手包里拿出镜子，递给M。

“我在看你的眼屎，帅哥，好大一颗。镜子先借你。我再痴呆，至少脸上干净。”她节制地微笑。想到M最讨厌她说完讽刺话后这么笑，她就笑得更标致了些。

M不动声色地看看她，接过镜子，边照边说："你是要来事了吧？从昨天晚上开始你就一直戗我。"

"我戗你？你确定？我要是没记错的话，从昨晚到刚才我们一直在钱柜唱歌，都没怎么说话。"

"哎，对，你算说到点子上了。你说我请了一帮同学朋友帮你庆祝生日，可你一晚上谁都不咋搭理。算你牛B。"M冷笑着放下镜子，眼屎神不知鬼不觉地消失了，双目炯炯有神地直视小C。

"我的生日，我不牛B谁牛B？我的生日，你请一帮我不认识的人算怎么回事我还没问你呢。"小C的屁股微微离开椅子，把身子探向M，某种攻击性的亢奋在她倦怠的脸上吱吱冒着热气。

"我那还不是为了你有面子？"M瞪大眼睛，一摊手，"我请的那些同学朋友哪个是一般人？你以为他们是谁请都出来的？喊!"

"酷。"小C把盛珍珠奶茶的玻璃杯往桌上一磕，脑袋歪向一边，"亲爱的，你还能再搞笑一点不?"

"我怎么搞笑了?"

小C扳住M的下巴，把他拉近自己的脸，盯着他的眼睛问："我漂亮不?"

"没的说!"虽然有点摸不着头脑，但面对小C这个貌似要接吻的动作，M还是毫不犹豫地迎上去回答。当然，他也只是在陈述一个事实。

"那昨天你那些同学朋友都夸我漂亮没?"

"当然啦!"M得意地在小C嘴上亲了一下，然后露出一排标致的大白牙，"大家都超羡慕我啊，有这么正点的女朋友。不过呢，他们羡慕也没用。咱俩，走到哪儿不是公认的绝配？是不是?"

"嗯嗯嗯……"小C慢慢松开手，重新靠在椅背上，"那你的目的就达到了。我的任务也完成了。我这生日敢情就是给你过的。现在过完了，你可以该干吗干吗去了。谢谢。"

M怔了怔，两片陡峭的眉毛愤怒地一拱，把眼珠卷进他深陷的眼窝里。"一星期内你要是不来月经，我在我学校操场裸奔三圈。你现在的经前反应已经从烦躁转成变态了。”

“Whatever.” 小C从嘴角挤出一个无所谓的假笑。

M站起身来。“我现在去洗手间洗洗脸，冷静一下。你也好好想想，我花多少钱给你办生日Party，买礼物，又陪你去KTV唱通宵，还给你买这一大束进口玫瑰，现在都他妈快困死了还坚持陪你吃早饭。我做这些，值不值得你给个笑脸，王母娘娘？”M低声说完，把手里的餐巾纸扔到地上，快步离开。

“王母娘娘？怎么想到的。好奇怪。”小C冲M的背影翻了个悠长的白眼，脑袋咣当一下磕倒在桌子上。此时此刻她突然觉得自己这个动作有点像《美国丽人》里凯文·斯·派西最后被枪杀时伏倒的样子。她尝试着模仿他离开人世前最后那抹诡谲而幸福的微笑，但是好难。

小C腻歪歪地趴在桌上，视线渐渐模糊。远处鱼缸里孤独的大螃蟹渐渐变成了俩，俩又变成了四个。鱼缸旁边的圆桌坐着四个人，都在目不转睛地看自己。

小C拽着自己的头发把自己提起来，揉揉眼睛，调整焦距，仔细打量那四个人。

四个人变成了一个。一个与自己年龄相仿的男孩，大概还小自己几岁吧。雪白的皮肤，漂亮的黑头发，瘦瘦的脸。

唉，美丽的青少年。

现在长得好看的人还真多。小崽子。小C嘟囔一句，转过头重新趴倒。十秒钟后，她又慢慢抬起头，偷偷去检查那个男孩的眼神。他竟然还在看她，漆黑的眼珠像两颗即将发射的子弹。

小兔崽子。小C有点尴尬地转过头，冲地上抿嘴一笑。她虽然早已习惯在公共场合接受男人们对自己行注目礼，不过像这么有冲击力的还真少见。小孩就是小孩。

第三次去偷看那小兔崽子有没有在看自己的时候——在转头的过程中，小C就开始为自己的行为感到纳闷。这哪是一个习惯被人注目的美女应有的举止，这简直就是一个没见过帅哥的花痴的行为。守着一个公认的大型男看了好几年，自认为对美貌男孩早已具有免疫力，可现在面对一个陌生人竟然呈现出这种反常反应，小C觉得自己有点搞笑，还夹杂着某种轻快的惊喜。

男孩依然坚定地保持着小C第一眼看到他时的姿势，投射到她脸上的目光亮得简直把小C的眼睛都晃瞎了。小C有点怀疑他是否被点穴了，或者在搞行为艺术，模仿人体标本之类的。怪异的男孩。她有点想走过去跟他说话。可是，说什么呢？

“看什么呢？”从洗手间回来的M在小C肩头猛地一拍。

面对这个似乎从天而降的家伙，小C一时失语。

“看那个看你的男孩？他盯着你看快一个小时了。”M冷笑了一声。

“你早发现了？”

“是啊。”

“你无所谓？”

“当然。”

小C轻轻哼了一声。“酷。”

M明显没心思继续这个话题。他从裤兜里掏出手机看了看。“我得走了。”

“去哪儿？”

“学生会一会儿要开会。”

“星期六早上？”

“嗯……学校无聊呗。不过谁让我是主席，没办法。”M皱着眉头叹气。

小C目光呆滞地点点头。“你最有才了。”

M翻了个白眼。“谢谢啊。”

“那你刚才让我思考的事情呢？咱俩不谈谈了？”小C突然一脸认真地拉住M的胳膊，脸上带着恶作剧般的过火的依恋神情。

M无奈地拉过她的手亲了一下。“宝贝，不闹了啊，乖。我真得走了。下回谈。再说咱俩男才女貌，没啥要谈的。你那点小脾气，我都可以忽略不计。没事。”

后来M还呜啦呜啦说了些什么，小C忘记了。她能想起来的下一幅画面，就是之前坐在鱼缸旁边看自己的男孩，现在正安静地坐在M之前坐的椅子上，冲自己淡淡地微笑。

小 C 也笑了，而且她感觉自己笑出了八颗上牙，与此同时心跳也快了半拍。天哪，真俗，别搞得跟青春偶像剧似的。小 C 意识到自己笑过了头，赶紧板起脸，故作严肃地说："看美女有助消化吧！"

男孩诚恳地点头。"谢谢你允许我看你。"

声音也这么好听。小 C 的心又忽悠一下抽搐了三秒钟。"嗯……不管我允不允许，那是你的权利。"这轻柔的话儿一出口，小 C 就立刻吃惊地咬住自己的嘴唇。她原本打算恶狠狠又冷冰冰对他说的话是："谁说我允许了？我打算过去揍你，只是还没来得及。"

小 C 看到男孩美丽的双眼在放光。那是一双经典的东方眼睛，轻柔的眼睑轮廓，纤长的双眼皮弧线，乌黑的瞳仁和没有一缕血丝的清透眼白。流动的水墨画。

小 C 克制着赞叹的表情，凝视着他的眼睛。

"你真美。"男孩说。语气虔诚而沉静，像在诵读福音书。

小 C 愣了愣，随即脱口而出："你也是。"她越发惊讶地意识到自己头脑中某些神经开始不受控制了。

男孩腼腆而喜悦地看着小 C。"谢谢你。"

此时是 6 点 45 分。餐厅大厅已经逐渐被晨练结束后神采奕奕的老人和玩通宵后宿醉委靡的年轻人们穿插着塞满了。在这幅趣味横生的喧闹画面里，唯有靠西南角那张小圆木桌旁端坐的两个人，连带桌上的全部食物碗筷，以及浮动于桌子周围的空气，悄悄地静止并凝固于某个遥远而神秘的异次元空间。小 C 一辈子都想不明白那几分钟亮得刺眼的绝对空白是怎么一回事。魔法、巫术，还是传说中山呼海啸的化学反应？

等男孩的轮廓渐渐从刚才的空白中重新浮出来之后，小 C 做了个深深的深呼吸，双手在桌下抠紧自己的大腿，困惑地看着他。

"刚才那个男孩是你男朋友吧？"男孩淡淡地问。

小 C 感觉自己的胸口立刻被一块大石头砸瘪了。大石头上刻着一张英俊的脸。"嗯。"

"他的形象可以去参加《加油好男儿》了。"男孩微笑着说。

小 C 死死地盯着男孩的脸。她很想知道这句话是一个热衷看选秀节目的青少年的由衷赞美还是另外一种轻盈狡猾的讽刺。她希望是后者，这是她的风格。在观察他微妙的笑容若干秒之后，小 C 确定地笑了。

“你介意做个自我介绍吗?”她托着下巴问。

“我? 嗯……好吧。”男孩提高了一点音量，嗓音低沉而洁净，有细腻的颗粒感，“我今年二十岁，1.80 米，射手座，右眼散光，做过阑尾炎手术，喜欢弹钢琴、画画、奶制品，喜欢看美丽的人。今天是我在北京的最后一天。明天上午 10 点，我将被用飞机运送到伦敦，开始所谓新生活。念大学预科，送垃圾食品外卖，或者贩毒，我不知道，一切都是未知数。但此时此刻，有一点我很确定：我喜欢上你了，已经喜欢了一个多小时。不是有一点好感，不是有一点喜欢，是从看见你的第一眼起就想把你的男朋友扔进鱼缸里淹死，虽然他很无辜。我真高兴他现在消失了。不然我不能保证控制自己的行为。还有……我现在有一个想法，可能有点疯狂，但你能不能考虑一下，今天，就今天，和我在一起。从现在开始，到天黑前。如果这个愿望能实现，就算明天上飞机遇上人体炸弹，我也死而无憾了。我没喝多，也不是精神病。我只是说我想说的话，对我想说话的人。”

小 C 的瞳孔在男孩每说完一句话后都微微扩大一点。到听完最后一句话之后，她双眼的眼白都只剩下了少少的一点。两颗巨大发光的瞳仁里倒映着男孩涨红的脸。

“那，现在轮到我说了。”不知过了多久，反正是回过神之后，小 C 舔了舔干燥的嘴唇，把自己的双眼强行对准男孩的双眼，依然天旋地转。她预感到自己马上要走向失控了。有一股汹涌而至的未知力量在她后背猛击一掌，逼迫她张开嘴，扳动上下牙，卷动舌头，发出如下这些让她自己也全无预料的声音。

“嗯，这位小朋友，我比你大三岁。确切地说，昨天我还只比你大两岁，不过这都无所谓。我身上基本没动过手术，不过你注意看，我这广受好评的双眼皮是割的，如果这也算手术的话。还有，其实我也喜欢牛奶，可我有乳糖不耐症，通俗地讲，就是喝完牛奶容易拉肚子。嗯……还有两个月我就大学毕业了，专业是英语。如果我有明天飞往伦敦的机票，我的情绪一定会比你高昂几个百分点。不过我的明天没有航班可飞。我的明天就是跟昨天、前天、大前天一样的某一天。痛苦地睁开眼睛，听室友们为了轮到谁去打水而吵架，跟论文纠缠大半天，再跟我那可以去参加《加油好男儿》的男朋友吃吃饭，吵吵架。看太阳在污浊的天空里落下。然后灰头土脸爬回我的床，看书，看 DVD，断电后听姐妹们讨论永不停歇的午夜悄悄话。然后昏厥，再苏醒。这就是我每天基本的生活。我是不是语速太快了？其实我并不总说话这么快，也不是总说这么多话。我一激动才这样。对，我承认我现在很激动。对，我不想撒谎。我完全被你迷住了。你的眼睛，你的嘴，你的声音，你说话的风格，都真的很吸引我。我不觉得你是喝多了或者精神有问题，我现在大概比你更像。不过我也不在乎。如果你也不在乎的话，对于你刚才的提议，我投赞成票。”

不间断地用疯狂的语速说完这段话，小 C 晄当一下精疲力竭地靠在椅子上。强力压制着急促的呼吸，把刚才说的话在心里快速重复了一遍。“我大概真疯了。”小 C 仰头大笑。

“wow……”这回轮到男孩目瞪口呆。

“wow 的意思是？”小 C 歪着头笑着问。

“wow 的意思是，”男孩清了清嗓子，“我快爱上你了。”

“wow！小朋友，这可是一个超重的词。”小 C 愣了愣，摇摇头。“不过谢谢你这么说。我现在都没有勇气对任何人说这个字，我大概老了。”

“跟老不老没关系。你只是没找到你想过的生活，所以没有力气。”

小 C 惊诧地注视着男孩。半天憋不出来一句话。

“我们走吧！”男孩站起身，不由分说拉住小 C 的手，把她牵起来。这个迅速强硬又自然的举动令小 C 即刻放弃了准备出口的“我们去哪里”的问题。他想带她去哪里就跟他去哪里吧。博物馆，教堂，胡同，墓地，火星。无所谓。反正，我俩看上去都已经疯了。问什么问呢，那样就不够酷了。

男孩有着一双瘦长的腿，双脚鞋带都松开了，绕着他的白色匡威鞋面甩来甩去。小 C 几乎要奔跑起来才能跟上他飞快的步伐。

“上车。”男孩截获一辆出租车，微笑着为小 C 打开后座车门，自己也跟着坐进去。

“师傅，去动物园。”

“是去买衣服吗?”小C惊奇地笑着问。

“去动物园里面。你有十年没去动物园看过动物了吧?”

小C咬了咬手指头。“也就五年。”

“我也有三年没去了。所以,我们要去!”男孩兴奋地打了个响指,对着正从后视镜里盯着他们看的司机咧嘴笑了一下。司机面无表情地移开眼睛,开动引擎。

小C兴奋地做了个深呼吸,低下头去看自己手里男孩的手。面对这样一双骨肉匀称修长展阔的美丽的手,小C觉得,她的手十分愿意,和这双手一直这么紧紧扣着直到天黑。

男朋友被忘得一干二净了。不要脸的小婊子,小C在心里对自己说。可是,既然这么狠地咒骂自己,为什么一点不觉得难过呢。倒是好开心。真的好开心。

早晨8点钟的动物园。花草清香,动物满园,人类罕见。像一幕露天演出的实验话剧,错综复杂的禽鸣声中弥漫着某种荒谬的美感。

小C和男孩一人买了一根棉花糖,用各自空闲的那只手握着。

“像不像18世纪巴黎贵妇人的白色假发?”小C端详着自己手里高耸的棉花糖,“天哪,我真的有十年没吃过这玩意儿了。”

男孩点点头。“棉花糖消失在嘴里的感觉总是让我有点伤感。”

小C扭过头望着他。“我理解。棉花糖就是有甜味的空气,就是个骗子。所以我也不准备吃了,就把它当假发。”

大熊猫馆里,两个人迷惘地举着棉花糖站着,低头望着院子里唯一一头大熊猫。

“它为什么还不转过来?”小C问男孩。

“大概觉得自己的大屁股很迷人。”男孩叹息着说。

“可是我们已经看了它的屁股好几分钟了。”

“所以它就觉得它的屁股真的很迷人。”

小C冲大熊猫的大屁股做了个鄙视的表情。“其实我一点都不喜欢大熊猫。我纳闷人们为什么喜欢它。又蠢,又懒,一脸没文化的气质。”

男孩咧嘴乐了。“蠢和懒我都同意,有没有文化我倒是没太注意。不过,有一点我很肯定，如果熊猫黑眼圈的形状不是往下耷拉而是往上吊，一定更难看而且显得更狡诈。你想想。”

“没错！”小C使劲点点头，“我早就意识到这个问题了。人和动物都一样。眉眼往下，就显得忧郁或者可怜。如果往上，就显得凌厉，有攻击性。就比如我，脾气再好，看着也觉得厉害，就是这眉毛造成的。”小C撅着嘴，用双手按住自己的眉梢往下拽。

“别！那就不是你了。女孩干吗就一定要显得可怜才可爱？我就是喜欢你的眉眼。有英气，又酷。这是你的风格。”

小C高兴地抿嘴笑了。“你嘴真甜。”

“跟我喜欢的人说话我嘴是很甜，跟我不喜欢的人说话我就一句好话都没有。也挺烦人的这性格。”男孩笑了笑，牵起小C离开熊猫馆。那只熊猫用浑圆的大屁股欢送他们。

夜行动物馆里漆黑一片，昏黄的小灯在破旧的墙壁上一闪一闪。

“这里真酷。”小C由衷地说，“适合拍惊悚电影。”

男孩点点头，看着玻璃窗里的狐科小动物。“它们是真的挺酷。你看它看我那蔑视的目光。”

“我喜欢这个地方。我不想走了。”小C突然一屁股坐在地上，摇摇头，“我不知道……但我今天就想想干什么就干什么。”

男孩看了小C两秒钟，在她面前蹲下，攥紧她的双手说：“如果我们在这么年轻的时候都不能有勇气抽出一天时间想干什么就干什么，不如立刻去死算了。”说完，他也一屁股坐下，从裤兜里掏出一包中南海。“对不起，我想抽支烟，希望你别介意。”

小C点点头。“与其在无聊的生活里长生不老，我宁愿被有意思的人的二手烟毒死。”

“酷。”男孩点燃香烟。两个人在黑暗空荡的夜行动物馆回廊里席地对坐，一声不吭地互相看着。

“你真好看。”男孩突然幽幽地说。

小C扑哧一声笑了。“谢谢。好看这个词还真朴实。我喜欢。”

男孩也笑了。“我刚才在脑子里想了一堆华丽的词儿，但现在就想用这个。朴实能带来一种更真诚的效果。你看，果然达到了。”

小C难以置信地微笑着摇摇头。“你这个家伙……还真是……”

“真是什么？”

“真是……不光只是长得好看！”

两个人一起大笑。“我们这样赞美来赞美去的，别人听见都会吐死了吧。”

“那又怎样！爱谁谁。我们就是长得好看嘛！诚实是美德。”

正谈笑着，走廊远处突然传来一个愤怒的声音。“谁在那儿抽烟呢！这里禁止吸烟！”

男孩眯着眼睛望过去，一个模糊的背光的身影从门口缓缓走进黑暗，像日本动画片里大反派的华丽出场。

“大概是管理员。”小C低声说，“把烟掐了吧。”

“看他要怎样。”男孩面无表情。

管理员好像听到了他们的对话，一边喊一边加快了步伐。“别以为光把烟掐了就没事！外面牌子可写着呢，吸烟罚款五十元！在那呆着别动！你，就说你呢！”

男孩狡黠地看了小C一眼。“惊悚电影 action！”然后就猛地把小C从地上拽起来，领她往回廊另一头跑去。

“你确定那边有出口？”一边跑一边听着后面管理员追赶的脚步声，小C紧张地问男孩。

“你看！前面都有光了，肯定是出口。快点跑！”

小C兴奋地屏住呼吸，用中学运动会跑百米的气力跟着男孩一鼓作气跑出了夜行动物馆。

“别停！别停！他还在后面。”小C刚一停下，男孩回头瞟了一眼，又拉住小C继续往前跑进一片灌木林里。

大概又跑出了几百米，他们才终于甩掉了怒不可遏的夜行动物馆管理员。

“对不起。”男孩抱歉地笑着说。

“没关系。”小C上气不接下气地蹲在草地上，“挺有意思的。我有某种回到了童年的感觉。”

“哦?”

“不是说被人追着跑这一件事。是……和你在一起的感觉。”小C说完摸了摸自己的脸，“是不是红了?”

“嗯。”男孩开心地点头。

“唉……我连这种感觉都好久没有了。哈，少女般的羞涩。”小C自嘲着摇摇头。

“上一次少女般的羞涩是什么时候?”

“嗯……”小C啃着手指头思考。“记不住了……大概是我男朋友第一次送我花的时候?真记不住了，反正感觉超级遥远了。”

男孩耸了耸肩。“早晨从饭店出来的时候我忘了提醒你，你忘记拿你男朋友送你的花了。”

“谢谢你没提醒我。”小C冷笑了一下，“我就没想拿。”

“……似乎不是一个很有意思的话题。”男孩眨了眨眼睛，“哎!你的棉花糖呢?”

“啊!”小C一拍脑门，“好像落在夜行动物馆了!”

“你这个笨蛋。”男孩摇头。

“那你的呢?”小C看着男孩空空的双手。

“我一边跑一边吃了啊。你没注意?”

“真的啊?”小C睁大眼睛，“酷。”

坐在草地上休息片刻之后，两个人手拉手溜达到貘馆门前。

“貘!”男孩大声朗诵。

小C严肃地点点头。“我有点害怕。”

“为什么?”

“因为我前几天刚读过一篇古老的日本恐怖小说，名字就叫《貘》，讲的也是貘。”

“讲了什么?”

“讲貘出现在夜里，吃人的噩梦，可是最后把做梦的人也吃了。”

“wow，我喜欢这个故事!”男孩兴奋地拉着小C走进貘馆。

在里面站了两分钟不到，两个人就连滚带爬地逃了出来。

“天啊！太臭了！”男孩仰面朝天痛苦地吸着气，“你确定在那个小说里貘不是把人熏死的？”

“现在我也不能确定了……”小C掐着自己的鼻子，说，“那么丑又那么臭……还得坚强地活着，我觉得它们挺可怜的。”

“人家可能觉得咱们才是又丑又臭也说不定。”男孩摇摇头，“不管怎么说，赶紧离开这个地方吧。去看梅花鹿怎么样？”

站在圈梅花鹿的栅栏外，小C伸手递上去一捧青草。四只大小不一的梅花鹿拱在一起撅着脸抢草吃。

“那只小鹿半天都没吃着！”男孩在一旁焦急地说，“你等着，我再去找点草把大鹿引开！等着啊，先别动！”

稍过片刻，男孩捧着一大束青草回来了。于是两个人紧张地分工合作，忙活好半天，总算把四只鹿都喂得心满意足地摆着尾巴离开了。

“我喜欢它们的眼睛，看起来又纯真又善良。”小C手还扶在栅栏上，喃喃地说。

男孩点点头。“尤其是那只最小的，长得真像小鹿班比。我想把它偷回家。”

小C缓缓地把头靠在栅栏上，仿佛准备钻进去。

“嗯……你怎么了？”男孩有点疑惑地走上前去，扭过小C的脸。

满脸的泪水，在阳光下闪闪发亮。

“你怎么了！”男孩吃惊地问。

小C微笑着摇摇头。“我没事。真的，真没事。我只是太开心了。我也不知道为什么泪水就流下来。好奇怪。”

男孩默默地凝视着小C的脸，然后叹息着把她搂进怀里，轻拍她的后背。“我还以为你嫉妒小鹿的眼睫毛比你长，气哭了。没关系没关系……你的睫毛已经很美了。”

小C在男孩的怀里扑哧一声笑了。“谢谢你。”

中午12点。两个人都开始觉得饿了。

“可是我不想离开动物园。”小C坚定地说，“我今天就想呆在这儿。”

男孩拍拍她的脑袋。“没问题。可是我们吃什么？天鹅肉？可是没有厨房能做。”

“跟我来。”小C拉着男孩走向远处的一个小卖店。

五分钟后，小卖店的阿姨好奇地偷看着两个漂亮的年轻人盘腿坐在地上捧着两碗热气腾腾的方便面狼吞虎咽。

“太好吃了！”小C咂着舌头一脸幸福地说。

“你太可爱了！”男孩一边吃一边笑吟吟地看着小C。

“我喜欢，这样，此时此刻，在动物园里，坐在地上，吃方便面，我就乐意。”小C有点神经质地笑着说，“让自己快乐原来这么简单！我以前白活了。”

“要是天天把你关在动物园里吃方便面，估计不到一星期你就得跑到貘馆里自杀。”男孩笑着说。

“你知道我是什么意思……”小C没笑，有点伤感地抬头看着男孩的眼睛。

“我大概知道。”男孩抓起她的手，“也可能不知道，不过那都不重要，眼下的每一分钟才重要。”

吃完方便面大餐，两个人拎着可乐打着饱嗝沿着一片美丽的大池塘边散步。各种大小胖瘦美丑不一的禽鸟聚集在这里，或者惘然地趴在水上游荡，或者嬉闹喧哗于荷叶间，或者在池塘中间的假山上打盹。

小C坚持不再走了。她迷上了水中的一只黑天鹅。

“太太太美了。”她赞叹地坐在池塘边的草地上，“它怎么能那么美呢。”

男孩不做声，眼睛一眨不眨地看着阳光下小C熠熠生辉的侧脸。

“你不同意？”小C转过身问男孩。

男孩无比严肃地直视着小C，眼眶里涌出了突兀的泪水。“我想跟你说件事。”

“说。”这回轮到小C吃惊了。

“我正式宣布，你是我，有生以来，见过的最美丽的人类。我想记住你的脸，以后想起你的时候，就试着画下来。不过我知道就算我能牢牢记住你的脸，也永远不可能画出来你。我是说，这个会呼吸的，会眨眼的，我能看到和触摸到的，身上有形容不出来的香味的，手指像没有骨头一样柔软的，我完全不认识的，又好像认识一百年了的，你。我好难过。”

小C的呼吸停止了一分钟，然后哇的一声哭了出来。很久没有哭得这么凶猛和痛快，好像不把心肝肺都哭出来就不罢休一般。

男孩也坐在一旁哭起来。再没有听到他那无助又无遮拦的小孩子般的哭声之前，小C都完全忘记了他只有二十岁。这种哭声，让小C觉得心都要碎了。她轻轻揽过男孩的头，搁在自己的膝盖上。男孩顺势倒下，把身子蜷成一团。

小C擦擦眼泪，搂紧他的肩膀，似乎该说点什么。可说些什么呢？说谢谢？说我们相遇的不是时候？说我会一辈子记得你？

全是没意义的废话。

就这么安静地搂着他吧。

“我现在终于相信了。”男孩呼吸逐渐平稳下来，低声说。

“相信什么？”

“那种可笑的罗曼蒂克的幻觉。”

“什么幻觉？”

“我现在眼前是成千上万朵正在怒放的花，还有好多条彩虹。别告诉我实际在我眼前的是两只肥胖的鸳鸯正在玩水。”

小C温柔地笑了，看着那两只无辜的鸳鸯游出她的视线。她喜欢男孩的幻觉。她也看见怒放的花儿了。

“谢谢你……”男孩的声音越发模糊不清，似乎已经进入了睡眠。是的，他渐渐睡着了。

小C把鼻子埋进男孩细软浓密的头发里。“你也有好闻的味道呢。”她用极小极小的音量说。“我也要记住你的味道。以后，只要闻到了这个味道，就知道，哦，这是他的味道……但他又是谁呢，我不知道。”

小C的眼睛又湿了。然后，是星星点点的模糊。再睁开眼睛的时候，自己已经躺在了草坪上。下午3点钟的阳光全面罩在她和她身边熟睡的男孩身上。青草的香，禽鸟们的歌唱，美丽的忧伤的脸庞。小C微笑着伸了个懒腰，然后翻过身面对着男孩的脸，枕着自己的胳膊注视它。

一只小蚂蚁气宇轩昂地爬到他高耸的鼻梁上。小C小心翼翼地捏起蚂蚁，小声地训斥："你怎么敢爬到一个天使的脸上。"

说完这话，她被自己逗笑了。是什么魔力把她变成了这样？天哪，眼前又有一千朵玫瑰花开了。小C仰头望着天上一团团棉花糖一样的云彩。在北京能碰上如此美丽的天气，真是恩赐。

"我愿意，真的，我愿意。"小C对着云彩起誓，"如果老天能让此时此刻的快乐再延长一天，我愿意把自己的寿命减少一年。"

她眼泪汪汪地转过头看着男孩，他还在像孩子一样香香地睡着，不时发出些莫名其妙的可爱小声音。"mia，mia……hum，hum……"

小C笑了，愉快地困倦地闭上眼睛。

再次醒来，是被男孩的手机铃声给吵醒的。男孩突然坐起来，环顾周围，一脸的极度迷惑。直到看到身边的小C，他才恍然大悟地敲敲自己脑袋。

"我在陌生地方睡觉醒来也经常会这样，突然不知道自己在哪儿。我很喜欢那种有点恐怖的感觉。"小C笑着说，"接电话吧。"

男孩从裤兜里掏出手机，看了看屏幕。"我妈。不接。"

"为什么？"

"肯定是催我回家。今晚他们要给我饯行。"

小C心里一颤，转移视线。

"我，不想回家。我，不想离开你。"男孩一字一顿地说，然后气势汹汹地把手机后盖的电池抠出来扔到草地上。

"别这样。"小C弯腰捡起电池，递给男孩，"装回去，开机，给你妈回电话，说你马上回家。"

"你……"男孩哽咽着，"你太霸道了。"

"没错，这就是我的风格。"小C强忍泪水，面无表情地说。

"可是我真的不想走。我不想这辈子都再见不到你了。"男孩抽抽鼻子，眉毛痛苦地拧在一起。

"这就是生活。"说完这话，小C从牙缝里龇出一声冷笑，"像不像电台午夜节目主持人说的话？不过，这就是他妈的生活。我们改变不了，谁也没招。"

男孩哭得更凶了，原本洁白的眼白里现在满是血丝。

“乖，别哭了。”小C走过去环绕住男孩的胸膛，“你不觉得，我们已经够幸运了吗？至少我觉得我真是很幸运。我绝对相信，这地球上至少有三分之一的人，一辈子最快乐的时光加起来也没有我今天的快乐这么多，这么美好。虽然我也不知道，今天我为什么感觉这么快乐，这么美好。吃方便面的时候都快笑开花了。可是我的感受真实存在，我没骗自己，我一辈子都能记得这种感觉。它可能以后不会再有了，但它永远在这儿，也在这儿。”小C颤抖着拍拍自己的胸口，又把手按在了男孩的胸口上。

男孩按住小C的手，一句话也不说。

“你心跳得太快了。”小C难过地叹息着，“深呼吸，什么都别想。就是深呼吸。”

两个人沉默着拥抱了许久之后，小C轻轻挣脱出来。“你看，天要黑了。我们……该走了。”

男孩阴郁的脸上泪痕都干了。他沉默着点点头，牵着小C的手，走向通往动物园门口的林荫道。

一路无语。一个字也没有。小C不想知道男孩在想什么，她连自己在想什么也不知道。不过如果此时此刻突然地震，突然火星撞地球，或者突然出现任何自然灾害足以让她和这个男孩立刻死在一起，她没有反对意见。没错，此时此刻，也只有此时此刻，她有这个无畏的勇气和疯狂的念想。她知道至多一小时之后，这一切就都会消失殆尽。她的激情，她的眼泪，她的这不可思议的一天，她的男孩——这个她连名字也不知道的但是在这一天里完完全全属于她的男孩。一切都会消失。

走出动物园，华灯初上，车水马龙。小C突然被一种强烈的恐惧感所袭击，她紧紧抓住男孩的胳膊，浑身发抖。

男孩此时的表情，用心如刀割形容应该是很恰当的。他张开颤抖的嘴唇，迟疑半天，突然大声说：“听我说，我有个主意。我们一起逃跑吧！”

“什么？”小C猛地抬起头。

“我知道这很疯狂。不过，我现在钱包里有现金，卡里也有不少钱。我们可以逃走，逃到什么地方我还没想好，不过总会有地方容得下我们，这世界上又不是只有北京和伦敦……”

“别说了！”小C一把捂住男孩的嘴，“我现在脑子要炸了，别再胡言乱语了！”

“我是认真的！”

“闭嘴！”小C又悲伤又恼火地撇开男孩的手，“能不能不这么幼稚？”

“不能不能不能！”男孩使劲跺着脚大喊。

“那好，我这就走。你现在疯了，我也快了。”小C摇着头大步走开。

男孩慌忙地跑上去，从背后一把抱住小C。“对不起……对不起……是我发疯了，对不起。不过请你别走！”

小C难过地叹了口气，闭上眼睛。“走也得走，不走也得走。咱俩……就在这儿说再见吧。”

男孩浑身像触电了一样猛地一颤，松开小C。

“什么都不要说。”小C严厉地直视着男孩，“什么都不要说。”

男孩脸色苍白，死死咬着嘴唇。

“我不会问你的名字，也不会要你的电话或者MSN。希望你能理解。”小C艰难地低声说，她知道自己说的是心里话。

男孩的泪水无声地顺着两颊滚下来。

“我想让我这一天的回忆完美无瑕。而让一样东西永远完美无瑕的方法就是在最美的时候失去它。我不是在装酷，这就是我的观点，可能很黑暗，对不起。我不知道你能不能够理解。”

男孩流着泪微笑点头。“我理解。”

小C点点头。“谢谢你。那么……最后再拥抱一下？”她竭力想使自己的面部表情看起来轻松又可爱，但最后呈上的是一个不折不扣的扭曲的凄惨的微笑。

男孩悲伤地摇摇头。“不用了，我不能再接近你了。我会再次发疯。”

小C的眼神神经质地到处游离着，就是不看男孩的脸。“嗯……我也理解……那么，好吧，嗯，就这样吧？对，就这样，再见吧。”前言不搭后语地说完这些话，小C就猛地一转头，准备离开。

“我爱你。”男孩突然大声而坚定地说。

小C被这句话、这个声音，钉在原地，一动也动不了。

“我知道我现在说这句话有多傻。其实我并不经常说它。确切地说，这是二十年来我第一次说。我……我也没有任何目的。我就是，想让你知道。”男孩热泪盈眶地对小C的背影说。

泪流满面的小C不知道自己该不该再转回去。静止了二十秒钟后，她还是转了回去，面对着男孩苍白瘦削的流着泪的脸，小C做了个深呼吸，缓慢地说：“我，很早就开始谈恋爱，可是一直以来都不确定，我到底知不知道什么是爱。虽然此时此刻我也不能确定，我现在感受到的东西到底是什么，可是，它是我二十三年来经历过的最美丽的，最让人惊讶的，最强烈的感情。如果这个东西还不是爱情，那真正的爱情是什么模样，我也不稀罕知道了。所以，我想告诉你，我也爱你。不是因为你对我说了这三个字所以我觉得有必要回赠你。而是我觉得我也有必要，让你知道我的真实感受。如果我现在不让你知道，你一辈子就都不会知道了。所以，请你收下它。就像我收下你刚才的话一样。”

此时此刻男孩脸上的神情，小C不敢多看第二眼，但她知道她永远都不会忘记。

再次转身离开，她就再也没有回头。

终于可以放开嗓子哭了，小C一边走一边大声哭泣，全然不管路人怪异的目光。

手机突然震了。但小C不想接。

震了八声还在继续，小C烦躁地掏出手机，是M。

“什么事？”小C抽了抽鼻子，哽咽着问。

“你感冒了？”

“没有。”

“嗯……我没事……就是，我想了一整天，我觉得我们确实有必要好好谈一谈。”M的声音温柔而低沉。

小C对着电话悲凉地笑了笑。“你终于想谈了。”

“嗯。我觉得我们之间的问题，该好好解决一下……我想你。我现在能见你吗？”

迟疑了片刻，小C黯然地回答："可是我现在只想睡觉。对不起。"

"那好吧……好好休息。我真的很想你。我也不知道为什么，今天就是特别想你，感觉你好像离我特别远。现在听到你的声音，还是感觉好远，奇怪……你现在在哪儿?"

"动物园。"

"哦？又陪寝室女生去天乐买衣服了吧?"

"不是……"

"总不会是童心大发，去动物园里看动物吧？嘿嘿……"

小C在听到M的第四声"嘿"时果断地挂断了电话，然后抠掉手机后盖的电池。小C觉得有一点头晕。也许不是有一点，她觉得自己马上就要倒下了。抬头看看天上的月亮，形状歪歪扭扭的很是奇怪，而且上面像是长了黑斑。过了一会儿，黑斑慢慢不见了。哦，原来那是路过的云彩。

C'est La vie，C'est La vie. 小C摇摇头，嘴边突然冒出了这句法语。她不知道法国人是不是真的常常这么说。这就是生活，这就是生活。她模仿午夜电台节目主持人的煽情声音对自己呢喃，一抹奇异的微笑挂上嘴角。

董夏青青◎胆小人日记

Résumé

董夏青青，女，1987 年生，毕业于解放军艺术学院文学系，现为新疆军区政治部创作室创作员。读小学、中学时曾卖过花、擦过皮鞋、当过餐厅服务员。

先后在《创作》、《青年文学》、《芙蓉》、《十月》、《当代》、《南方周末》等报刊发表文章。

一、苦达伊阿玛奈特

搬来新家的第一个早上，我大敞着门，在客厅里手忙脚乱地对付五个硕大的纸箱。这些纸箱里装着母亲为我从北京托运来的电视机、电冰箱、微波炉、书桌、炒菜锅、枕头、碗盆碟、菜板、擀面杖、菜刀，外加一支竹笛。

很显然，母亲把我来新疆想成了远赴非洲原始部落。在电话里，她忧伤地嘱咐我务必不要出门，在楼道里见到可疑人物一定要大喊救命，如果在家憋得将要丧心病狂，就赶紧拿出笛子来吹一吹，好消愁解闷。

回想当年，只要看到人家的孩子弹钢琴，我总惊羡不已，但母亲坚决不同意将我送去钢琴班。她不是舍不得钱，也不是觉得我不是弹钢琴的那块材料，对此，她解释说："钢琴是贵族玩的乐器，你一个贫下中农的孩子，要为将来的生计打算。万一哪天我和你爸突然蹬了腿，你就带着笛子上街卖艺讨生活，这多方便。要是学钢琴，到时候你还能背一架钢琴去地下通道弹琴卖艺吗？"

如今，我抚摸着这支笛子，不禁百感交集。收好笛子，我取出菜板，准备拿去厨房。一转身，却看见一个天使站在门口。油黑的头发，白净的脸蛋，大大的眼睛，浓密纤长的睫毛，红红的嘴唇，朝我甜甜一笑，腮上立马陷下两个深深的酒窝。

我赶紧眨巴两下眼睛，这回看清楚了，他不是天使，天使长着翅膀——那由婴儿的呼吸制成的翅膀，而他没有。他和我一样，是一个头、两只胳膊、两条腿的凡人。不过他真小，头发尖刚刚触到门锁的位置。

“你是谁？是我的邻居吗？”我像丑女人见到美男子就粗手粗脚地搓揉裙角那般，捏起嗓子柔情万分地问道。

他歪着头，一只脚在地上来回划动，嘿嘿地笑而不答。

“你为什么不和我说话呀？你是我的邻居吗？”我放下手里的脏抹布，走到他跟前，他的眼睛闪烁着秋天树上最美果实的光泽，长长的睫毛，在他的脸蛋上投下细密的阴影，那简直可称得上是全宇宙最安逸的一片阴凉，是忘忧的丛林。

“嗯……你不是我的邻居，你是我妈妈的邻居。”他仰起脸，一笑，露出两排珍珠粒一样的牙齿。这些珍珠并不是颗颗圆润齐整，但它毕竟是无可模仿的自然的产物。它不是塑料，也不是琉璃，而是真主的创作。

我笑了起来，他也和我一起笑。

“妈妈的邻居，不就是你的邻居吗？所以我们是邻居，对吗？你是你妈妈的小宝贝，我是你妈妈的邻居，就是你的邻居……”我绕了一段自己也没想清楚的话。

“那……那，你叫什么名字。”

“我叫董夏青青。”

“你也是维族人？”他皱起眉头，两道黑黑的小眉毛，一下牵起了手。

“嗯……我不是维族人，我是汉族人……”

“那你……那你的名字怎么四个字啊……”

“嗯……好听嘛……”

“我叫凯德尔丁。”他快快地说道。

“什……什么？艾尔丁？”

“不对！是凯旋的凯，德……嗯，就是凯德尔丁的德，尔，丁，丁就是那个丁……”他皱起眉，撅着嘴，极认真地解释道。

“哦，好吧，凯德尔丁。”

“那，那我叫你什么呢？阿姨，还是姐姐？我能不能叫你董夏青青？”他抿住嘴，摊开手，耸耸肩，笑了。

“嗯……除了阿姨，叫什么都行，姐姐才二十岁，你几岁?”

“我五岁了，那，那个，苏比诺尔，她，她都，都已经八岁半了呢……”

其实，如果照他说到苏比诺尔年龄时那种惊恐、崇拜、肃穆的神情来看，他叫我“老不死”真是一点儿也没问题了。

二十岁，对于小小的凯德尔丁而言，已是多么令人绝望的年龄啊。

离开北京的家已经三个礼拜，做梦却和醒着一样：空旷辽阔的蓝天、硕大柔软的白云、装饰着漂亮花纹的清真建筑、说着我听不懂的话的维吾尔族人……这就是阿凡提和他的毛驴走过的美丽地方，唯独没有出现我的父母和朋友。

在7月17日上飞机之前，父亲闪动着希冀的眼神对我说：“你害不害怕?说实话，我一点儿都不为你担心害怕。”

我不敢说完全不恐惧，但也的确不怎么担心，所以只是摇了摇头。

“就是，”父亲接着说，“害什么怕嘛，你是军人啊!”

自我出生以来，父亲总是好犯兵瘾，状态好的时候，他是我和母亲的知心班长。大年三十一大早，就把我俩提溜起来召开家庭民主生活会暨年终总结大会。当母亲提议要一边包饺子一边开会时，父亲便怒不可遏地冲进厨房摔盆子砸碗，恶狠狠地大骂我们母女是两只不思进取的饭桶，愤愤地搓揉自己蓬乱的头发。可对于深谙他秉性的王氏母女来说，每当他打算自燃，我们都会像两只看见嫩草的绵羊一般注视着他，给予他“你正在被认真关注”的友好暗示。于是，不用过多会儿，他就渐渐恢复了常态，一面仔细扫着地上的残陶碎瓷，一面快乐地高唱道：“碎碎平安郎里格郎……”状态不好的时候，他便是人见人嫌的野大兵，仗着三分本事就敢四处叫板。有时候，他的铁拳真能拍烂某一块好钢板。但许多时候，他拍中的都是捕鼠夹。每当他沮丧地回到家中，便不论白天黑夜今夕是何时地拉开灯，在我和母亲中间挑选一个睡得不那么死的倾诉衷肠。其实每次都是我最先醒过来，都是可怜的母亲最先沉不住气。

“你瞎鼓捣什么啊?明天我还要上班，孩子还要上学!”

“少睡才减肥，你看你闺女那两条大象腿。来啰，哥们儿，聊聊天，来，我有个事你帮我参谋参谋……”父亲讨好地抓住母亲的肩膀，用力猛晃。

“我不懂，我不会参谋，咱们家就你最能干了。”母亲在睡梦的边际上挣扎，像条案板上的鲫鱼，直想赶紧摆脱父亲搭在她肩膀上的那只利爪。

“我胃疼——死——了，哎哟要疼死了。”我常常认为父亲应该从事艺术创作，因为他总能把他个人的欢乐和痛苦改装成能压垮一座城池的巨石墩子。他最向往的事情就是他笑，全世界都笑；他哭，全世界都哭。但最终达到的现实效果却是——他笑，全家人噤若寒蝉地笑；他哭，全家人鸡飞狗跳地哭。

“你晚上没吃饭?”

“没有……一直开会……”

“煮点面条你吃?”

“再拍根黄瓜……”

母亲叹口气，关上灯，轻轻拉上房门。在那一瞬间，依稀能看见父亲闪着甜蜜荧光的一口白牙。

我不知道我到新疆这件事，对父亲来说究竟是不是百炼成钢?但从他坐到哪里腿就抖到哪里的激烈程度来看，他的内心必定隐隐地翻腾着一股弄得他寝食难安的澎湃激情。相比那些拼死让孩子留在天子脚下的父母，他格外地体悟到了一种唐太宗挥别文成公主的悲壮情怀。如果不是六十年前毛主席在城门楼上登高一呼，他一定会蹑手蹑脚地走到我身后，一拖鞋将我拍晕，接着抄起文具盒里的大头针，在我的两条象腿上分别刺上“精忠”和“报国”，最后从我书架上的二十四色水彩笔盒中挑出一支最喜庆的为它们上色。

我想，当我来到刚刚恢复平静的乌鲁木齐，父亲和很多人一样，一定以为我这个幸运的作者挖到一座富矿——我大手一挥就将这神秘壮美的西部风情捞进了笼子，先用报告文学清蒸一遍，接着扔进散文里过一道油，再捞出来放到诗歌煮沸的汤料锅里咕嘟一阵，扔进去几瓣惊悚，淋一瓢悬疑，撒上点儿情爱，最后，捞出来盛在出版商抛过来的华丽盘子中，端到早已在等待中热泪盈眶的双亲跟前。

然而，对于这些日子我经历的、听闻的各种故事，我却总是木讷有余而激情不足。众所周知，没有激情的兴风作浪，怎会蹦出文字的锦鲤要一试龙门高低？可就算激情受了潮，点不着火，也不能让这头脑里的记忆因此一片黑灯瞎火。无论好坏，总归“不能熟视无睹”。倘若运气好，至少能当文学书的吧？

拿出纸笔，还没把凳子坐热，就接到收发室电话，说有我的信。跑去拿回来一看，是父亲寄来的。

不等关上门，我赶紧把信拆开来看。刚把叠好的信展开，凯德尔丁就跑进了屋子，爬到我旁边坐下，好奇地盯住我手里的信看。

“你欠别人钱了吗？”他问。

“没有啊，姐姐没有借人钱啊。”

“那你拿的不是欠条吗？”他谨慎地看着我，以防我撒谎。

“当然不是，这是姐姐的爸爸给姐姐的信。”说完，我突然发觉凯德尔丁说得很对，这封信的确像一张欠条。

“哦，信？你爸爸把它放在风筝上，然后飞过来的吗？”他又问。

“对，是个好大好大的风筝把它带过来的……”

“有多大？有我这么大吗？”

“有，有……”我笑了。

“你爸爸说的什么啊？”凯德尔丁伸出小手，指着信中的一段问道。

在他指着的这一段中，父亲写道：“去新疆工作，尽管我和你妈妈有些想法，但现在看来，觉得你的选择是正确的。一毕业就留在这儿，总是同过去的同学、熟人在一起工作，就很难长进，都市生活很容易把人的锐气消磨掉……面对领导和老师们的关爱，心里有数就成了，没必要焦虑，要有平常心，路遥知马力，日久见人心，只要你持之以恒地努力，就不会辜负他们的期望，你说呢……凭你现在的阅历、年龄、知识面、所见到的真实情况，还不具备发言的水平和条件，为此，要静下心来，多观察多思考，多请教周主任和其他前辈，多做实事，少说大而空的理想……”

看到父亲说出如上的话，我惊讶得瞠目结舌。回想三个月前，当他听说我执意要去新疆工作时，愤然把桌上的碗碟悉数砸光。在我离家那天，天花板、墙壁上，仍然留有菜汤的痕迹，而父亲的脸仿佛也像是那面被菜汤泼了的墙壁。平日总听人说“一脸菜色”，直到那天，我才真正见识。

“我爸说要我好好和你玩，不要欺负你。”我回答他。

“真的？你爸爸认识我？”他睁大眼睛。

“真的呀。”

“那我爸爸妈妈认识你吗？”

“认识啊。”

“他们结婚的时候你就认识他们了？”

“对呀。”我大言不惭，“哦，他们结婚的时候我不在，我好像在家里。哦，不对，我在……我忘记那天我在哪里了……”

第二天早晨10点多，我仍然不死不醒地耗在被窝里，纵使梦里全是“毒池刀林”也绝不起来。突然，迷糊中听见有人敲门。那敲门声才刚刚礼貌地响了两下，便立即变成毫不客气、极其凶恶的狂乱砸门。我吓坏了，哆嗦着从床上连滚带爬地落到地上，光脚一路小跑到客厅。眼见门板在墙上一晃一晃，地板都在震。

“谁？”我问道。

令人失魂落魄的敲门声霎时止住，门板的那一边，响起一个小小的声音：“阿姨，是我。”

打开门，眼前站着的，正是我在新疆交到的第一个朋友，我的小凯德尔丁。此时，他穿着一身白色的秋衣秋裤，上面印着淡绿色的卡通小人头。

“不许叫我阿姨，叫姐姐！”

“哦，好吧，董夏青青，快！快来！来我家，我家有H1N1流感！”凯德尔丁十万火急地拽住我的上衣，满脸愁容。

“啊？”我那两个嘴角直扑耳朵根而去。

“你看！我家的电视在演呢！在演流感……”

“哦……”

“流感吓不吓人？”坐在他家的地毯上，我问他。

“吓人……得了流感会死亡……青青，你知道死亡是什么吗？”

“死亡……就是睡死了呗。”

“真的?”我的小凯德尔丁立即泄了气，他的睫毛落下去，那是太阳西沉了。

“走，到姐姐家玩好不好?”

“好。”他微笑地看着我，慢慢地回答道。

我在厨房里找零食，回到房间，看见他正趴在卧室的床上，和我床头的三个玩具说话。见我进屋，他立即问道：“青青，你这几个娃娃里面，哪个是维族的?”

我的面前摆着三个玩具，一只用绿色灯芯绒布缝制的小兔子，是到厦门甦民舅舅程冰舅妈家旅游带回来的；一只趴趴熊，那是念大学时，从学校宿舍楼道的垃圾堆里捡回来的；一只毛线乌龟，是济南的小园阿姨照着网上教的方法亲手织的，乌龟的头和四条腿是土黄色，乌龟壳上，则有湖蓝、草绿、枣红、明黄、玫红、粉红六种颜色。

“嗯……当然是这只乌龟啦，它是维族的。”

“为什么啊……”

“因为……你看……它的眼睛，是不是又大又亮呀?还有它的衣服，那么多种颜色，多漂亮呀。”我解释得理直气壮。

“它的眼睛是两粒扣子……”

“漂亮的扣子嘛……”

我的小凯德尔丁，不知道他要长到多大才会明白，乌龟，哪会有维族和汉族的区别呢?他轻轻地抚摸着这只乌龟，神情如此庄重和温柔，任何枯萎的生命，都能在这样的眼神中汲取活命的营养。

凯德尔丁又跑回客厅，爬到沙发上，荡起两条细细的腿，像空中的风，海里的潮。他说：“董夏青青，你看，我的嘴巴，它干了没有?”他高高地扬着脸，用小小的手指着自己的嘴唇。

我凑上去看了看，笑着回答：“嘴唇说它干了，要喝水。”

“好吧，青青，那我们拿水给它喝，喝了它就不会干了。”

我从屋里拿出一瓶矿泉水，打开给他。

他双手捧着瓶子，仰头咕咚咕咚地喝。他喝水的声音多么好听啊，在他的喉咙深处，仿佛涌动着一股生命之泉，那泉水，充满着神秘和甘美。

咽下嘴里最后一口水，他长长地吁了口气。接着，凯德尔丁磨蹭着下到地上，走到我用五条长板凳搭起来的花架前，盯住花架上的花花草草，认真地说："董夏青青，它们也口渴了，我们给它们喝水吧。"

"好啊，你给它们喝水吧。"

小凯德尔丁精神抖擞地朝我点点头，踮起脚尖，给这些花草喂起水来。

与眼前这个小小的身体相比，有些人即使穿着再漂亮的衣裳，也掩饰不住一个令人伤心的、可笑的躯体。凯德尔丁像风中的蜡烛一样弱小，但他的精神和灵魂却从未有过溃疡留下的疤痕，他是如此无忧无虑、端庄肃穆，既不松软、浮肿，也不冷酷、歪邪。

凯德尔丁就是这样的恰到好处，像天空的蓝色，不更深，也不会再浅一些，安静地将一种绝对的、由衷的、神圣的温暖献给人世，将甘美的亲切眼光倾注在万物之上。

"姐姐，我要尿尿。"凯德尔丁一定是在给花浇水时，受到了水声的诱惑。

"来，带你去厕所。"

我拉着凯德尔丁的小手，把他带到厕所，替他打开灯，关好门，自己回到客厅。没过多久，突然听见凯德尔丁"啊"的一声大叫，我赶紧冲过去，隔着门问他："怎么了？凯德尔丁，怎么了？"

"对不起……"凯德尔丁小声地嘟哝了一句，那声音是如此沮丧，仿佛一株一触即碎的蒲公英。

"怎么了？没事儿，姐姐不会怪你，怎么了？"

"青青，我没有跟你说话呀，我刚刚……在跟尿道歉。"凯德尔丁的声音重又中气十足了。

"啊？为什么啊？"

"嗯，因为，因为我把尿，我把尿尿在坑外面啦……"

"……"

人们赞美波德莱尔，因为他用诗句将妓院门口的泥土变成了黄金，但和凯德尔丁刚刚的"万物有灵论"相比，波德莱尔输在了对蕴含自然力的任意事物的崇敬心上。

我小小的凯德尔丁，他会唱“Touch your mouth，Touch your ear，Touch your eye……”他会每天一起床就叫着要找董夏青青，饭都不好好吃，气得妈妈要打他；他会和我家的每一件物品亲热地说话，偷吃我买的四川香干，然后辣得满屋子乱跑，一路撞掉了桌上的碗、台灯、电视遥控器；他会拉着我的手，对他的朋友们大声说我叫董夏青青，是他的朋友。因为他，我认识了可爱的姑娘迪拉热，暴躁的小伙子艾利，还有早熟的姑娘苏比诺尔。我们一起玩儿猫捉老鼠，在躲避小伙伴们的“围攻”时，我的鞋跑掉了好几回。他会在我洗澡之前，认真地拉住我说：“洗澡的时候你要当心啊，不然就淹死了。”当他的竹蜻蜓飞到树上，他会叫我用扫帚把竹蜻蜓救下来，可当我面向浓密的树枝高高抛起扫帚时，竹蜻蜓掉下来了，我的扫帚却卡在了树上。绝美的夕阳余晖之下，我独自在树下又跳又叫，捡碎石头砸树，凯德尔丁呢，早就带着伙伴们到更空旷的地方玩儿竹蜻蜓去了……

昨天上午，我和凯德尔丁一同出了家门，我找朋友吃饭，他则是跟着妈妈参加亲戚的聚餐。到了大院门口，他兴奋地挥着小手，大声地对我说：“苦达伊——阿玛奈特！”

我知道，他在说“再见”。

清澈澄净的阳光下，我也挥舞着手，大声喊：“苦达伊——阿玛奈特！凯德尔丁！回来见！”说完转过身，我几乎要哭出来。

他如此喜欢我，信任我，给我的每一个眼神，都芳香新鲜得如同婴儿的毛发。我这个异乡之人，告别亲人和朋友，独自一人来到这里，竟然收到他给我如此宝贵的慰藉，让我安心地走出门去打量这个尚且在阵痛中昏睡的城市。这真是无穷无尽的充实，让人流泪的幸福。

然而，也就在昨天，在我下午一身疲惫地回到家时，却听说我的小凯德尔丁，真主最宝贵的恩赐，他哭了。

“丽曼姐，凯德尔丁怎么了？”我在楼梯口遇上了正从包里取钥匙开门的萨丽曼，凯德尔丁的好妈妈。

丽曼姐的汉话说得很生疏，她一手按住胸口，慢慢地说：“哦哟，气死我了，我们不是和你一起出的门吗？我上了公交车，然后还要转车，我不知道路，就问车上的一个小伙子，五一夜市怎么走？他指了一个相反的方向，我们就坐反了，怎么坐也坐不到。凯德尔丁在车上就饿了，等我们找到五一夜市，我的亲戚都吃完走掉了，他就开始哭，饿坏他了……你说，那个小伙子怎么这样呢？他看见我带着这么小的凯德尔丁……为什么要这样对待这么小的娃娃呢？”

“……”

丽曼姐穿着缀有蕾丝花边的漂亮衣裙，那双深邃、幽静的眼睛，像黑夜和白昼一样分明、无限。我的小凯德尔丁睡在妈妈的怀里，呼吸均匀，小脸蛋被眼泪烧得红红的，像被轻风戏弄了的浮云，在傍晚时分跑去夕阳的宫殿，在廊柱下暗暗地赌着气。

我的小凯德尔丁，当你长大之后，你还会记得一个善良的汉族阿姨亲手织成的毛线乌龟吗？我的小凯德尔丁，当你懂的越来越多，你还会快乐地唱歌给我听、对别人说我是你的朋友吗？

二、天涯何处无父母

因为常常以凯德尔丁的后备保姆形象出现，我渐渐赢得了凯德尔丁父母的肯定和信任。我爱这个善良的维族家庭，并为能成为他们的朋友而感到由衷的骄傲。

“青青，中午别去食堂了，我做汤饭！”丽曼姐从门口探出脑袋来，满头绿色发卷。

“晚上我们带你去吃烤肉怎么样？”库尔班大哥一面提鞋，一面粲然一笑。

库尔班大哥就是凯德尔丁的爸爸，是个英俊幽默的男人。他每天早上都去位于华凌商贸城的地毯商店上班，全年仅有肉孜节、古尔邦节、春节能休息几天。“七五”事件之后，单位暂时歇业，库尔班大哥遇上了难能可贵的假期。对此，他一路笑得灿若星辰地回到了家，丽曼姐也高兴不已地在门口迎接，递上拖鞋，但这件明摆着的大好事却苦了同时停课在家的凯德尔丁。

与别的小孩不一样，凯德尔丁有着超乎寻常的学习热情，每天起床的第一件事便是打开电视机和碟机，将音量调至常人无法忍受的程度，哈欠连天地跟着英语碟片唱唱扭扭，连排泄也要将坐便器拖到电视机前，一边拉屎一边左摇右摆哼哼唧唧。于是乎，尚蜷缩在床上的库尔班大哥，便会在轰鸣声中痛苦地搓揉被褥，难受地把身子长长地拉直又快快卷起，像条被喷了药的菜虫子，其状极惨。

吃早饭时间到了，凯德尔丁却根本没有要进食的意思。他嘿嘿嘿嘿地笑着，躲进窗帘后、床底下、柜子里，在沙发上呼啸而过，躲避其母在他身后的围追堵截。对这种乏味的游戏，库尔班大哥开始时置若罔闻，他端起饭碗，呼噜噜地两三下吃完，接着喝下一杯茶。他斜靠在沙发上，眯起眼，用眼神追踪着跑得两眼闪光、嘴露痴笑、面颊绯红的凯德尔丁。接着，他掏出新买的苹果手机，从文件夹里进入声音文档。

“凯德尔丁，过来吃饭。”库尔班大哥友好地召唤道。

“不吃不吃不吃，我就——不吃。”凯德尔丁将两个食指堵在酒窝上，露出一口亮丽的小白牙。

“我再说一次，你吃不吃?”库尔班大哥的拇指按在手机键盘上，像按住导弹发射的遥控器。

“就——是——不——吃。”凯德尔丁不知从哪儿学来一口京腔。

刹那间，只见库尔班大哥的拇指向下按去，伴随那一个悠然响起的声音，凯德尔丁几乎同时嗷地放声大哭，猛扑向库尔班大哥，痛苦地挥舞着拳头，一边乱砸一边哭号道：“你这个尿皮伢子……”

这时，丽曼姐便赶紧过去抱起凯德尔丁，“哦哦”地拍着他的背，一面在房间里来来回回地颠着走，一面不忘愤怒地看一眼正得意洋洋的库尔班大哥。

“他还小，胆子小得很。前两天电视里不是在播《聊斋》吗？你大哥晚上不睡，等到好晚播放时，用手机把那个鬼的声音录下来，只要凯德尔丁不听他的话，就放出来吓唬他，他一听就哭，哦哟，我心疼死了……”丽曼姐开门扔垃圾，正巧碰上凑在门前听热闹的我。

“那他吃了没有?”我问。

丽曼姐皱着眉头笑了笑：

“还在吃呢，刚刚才吃了三口，他爸爸就跑过去抱他要亲一个，吓得他全吐了。你看，我刚收拾完卫生，把地毯也刷了一下……”

丽曼姐是这世上最疼凯德尔丁的人，正如我母亲是这世上最疼我的人一样。对于我的每件衣物，母亲都会拿着针线为我缝上记号，在领口、袖口上，或者是一只蜻蜓、一朵花，或者是一个字，“夏”。到目前为止，每件衣服上的记号都各不相同。有一天，体育课前换衣服，初中的同班同学发现了我衣服上的秘密——

“这是什么?”同学问。

“我妈给我缝的。”我说。

“哦……你妈是不是叫桂花？我看见你作业里的家长签字了。”

“不是桂花！是桂华！”我很生气。

“就是的！就是桂花！哈哈！你穿的这是桂花牌运动衣……”同学笑着跑远了。

一语成谶，我的桂花牌系列服装渐渐成了大家的秘密，并逐步演变为一方传奇——“她穿了妈妈给她做的桂花牌衣服，百毒不侵，刀枪不入，长生不老……”如果我考试成绩不错，他们便会说：“因为她有桂花牌内衣护法。”如果我跑步摔跤了，他们便会说：“幸亏穿着桂花牌秋裤她才没有摔断腿。”

现如今，可以自豪地说，我之所以能健康快乐地成长至今，并有胆量来到乌鲁木齐，正是因为我常年穿着“桂花牌此爱绵绵无绝期系列品牌服饰”。

某天，我下楼扔垃圾，看见凯德尔丁在院子里孤独地骑着脚踏车。

“凯德尔丁，怎么不看喜羊羊呀?”我问。

“爸爸不给我遥控器，他看那个……杀人的，特别吓人，我都哭了。”他停下车，抬头看着我。

“那你跟我回家看动画片吧?”

“不好……”他低头按着单车上的小喇叭，“青青，你知道我爸爸什么时候去上班啊？他去上班多好……”末了，凯德尔丁沉重地叹了口气，任由大大的单车载着他小小的身体，一摇一摆地走远了。

我站在原地，对着凯德尔丁落寞的背影出了神。想起小时候由于父亲工作的特殊，他总是每天下午出门上班，凌晨三点以后下班，全年无休。于是，平日里只有等我周末学校放假时，才能见到他。

记得一个星期天的早晨，我从卧室出来，看见奶奶正端着一个碗，肃穆地站在紧闭的卧室门前。见我出来，奶奶顿时面露喜色。

“来，青青，给你爸爸把这碗蛋汤端进去。”奶奶慈祥地说道。

“啊？他还在睡觉，肯定不喝，到时候把他吵醒了，又要发脾气。”我说。

奶奶信心满怀地看着我，说：“不喝不就把胃搞坏啦？去，你是他闺女，他还能怎么样你？”

我端过碗，脱下拖鞋，小心翼翼地拧开房门，一步一步地逼近睡梦中的父亲。此时，他正像条等着大厨往身上刷酱的烤鱼，反扣在床上，被子都在身子底下皱皱巴巴地窝着，嘴唇在腮帮子和床板的挤压下微微张开，顺势流出的口水沾在床单上，闪着淡淡的低调光泽。看到这里，我完全忘记了自己的职责，失去控制地哄然大笑起来。

这时，眼见床上的父亲微微动了一下，接着遭电击了一般从床上跳起来，像看见一个死人那样地盯着我。

“老爹，奶奶要我把蛋汤端进来给你……”我颤颤巍巍地伸出手去，一颗小小的心充满梅花鹿向老虎行礼的痛苦和恐惧。

“你他妈的有毛病啊！滚——你他——妈——的，滚——出——去！”父亲声震寰宇，惊得我那胃径直掉进了小肠里。眼见他气得连眼珠子都要掉到蛋汤碗里，毛发直立，很快就精神失常了，我吓得失魂丢魄，张开嘴巴，拼命地打了一个大大的哆嗦，迅速地退出屋子。其间，手里的蛋汤竟然没有洒出一滴。

“怎么啦？被骂出来啦？”奶奶关切地凑上前来，小声询问。

“你知道还让我去？”我快步走到餐厅，气愤地放下蛋汤。

奶奶朝我笑笑，温柔地说：“我昨天去送，也被赶出来了，我还想着你去送他能不骂呢……你是他闺女嘛……”

中午，被奶奶宠了大半辈子的父亲醒了。他先是在屋里大打一个哈欠，用声音示意我们应赶紧做好迎接其出屋的准备。很快，他便一手挠肚皮一手抠头皮地出现了，啊——就如旭——日——东——升。我、奶奶、刚加完班回到家的母亲，三人端庄温顺地坐在饭桌前，齐齐向他热情地送上招呼。

“嗯，嗯，你们先吃吧。”父亲看上去情绪很高，显然忘记了早晨的不快。

我们三人顺从地端起饭碗，开始慢慢地吃饭。等父亲洗漱完毕上桌，几人这才开始快快地吃起来。因为父亲讲究“食不言，寝不语”，所以每次吃饭，母亲总是忍不住要低头看铺桌子的报纸，看到好笑的事，还会间或喷出饭粒或菜渣。

“说了多少遍了，吃饭就是吃饭！你再看我把报纸撕了啊！”父亲声色俱厉地在母亲脸前敲了一筷子。

母亲吓得一愣，两只小眼睛惶恐地闪闪发亮，而后鸡啄米样地点点头。可用不了多会儿，只见她面色尚无太大变化，却腹部颤抖，鼻孔出气不已。除了脸部，其五脏六腑都已笑得失魂落魄。我想幸好是她嘴里堵着米，不然，张嘴就要咳出一片肺叶来。

“你笑什么笑？我要掀桌子了啊！”身高刚过1.70米的父亲腾地站起来，像美猴王手里那如意金箍棒中的一截子，上不顶天下不挨地，唯见其唾沫洋洋洒洒地落入那绿油油的青菜之中。

母亲是个很讲究家庭和睦团结的传统女人，见惹怒父亲，她并不迎面反击，而是麻着胆子真诚地望向父亲的双眼，拿筷子戳着桌上的报纸说：

“刚看的这个事太有意思了，我说给你们听啊。有个人，卖废品的，但是他特别爱好做菜刀。有一天，别人卖给他一个大炮弹，他仔细一看，不得了啊，那是日本人当年攻打长沙投下的哑弹啊，是好钢啊，结果他就想拆了做菜刀。家里人劝他别瞎鼓捣，他就是不听，结果不知道没注意动着哪儿啦，炸弹一响，人被炸得满屋子都是……”

大家完全被母亲嘴里“有意思的事”吓傻了，这个故事里有贫穷，有战争，还有死亡，可怕极了，有意思在哪儿呢？看着笑得眼泪都冒出来的母亲，桌上其余三人，皆五味杂陈地将注意力集中在饭菜上。奶奶曾是抗日战争时期的地下党人，她叹口气，摇摇头，神色凝重。

父亲沉默不语地抄起碗来，呼啦呼啦地连菜带饭一起吞下，好像连嚼都不嚼。听奶奶说，他从小吃饭就像饿死鬼投胎。长大后一个叔叔跟我说：“哎呀，你刚满月的时候我去你们家看你，中午在你们家吃饭，你妈还没上桌，就看见你爸把一盘子豆角炒肉吃得只剩肉末子了。你看你爸吃，你也饿呀，就在旁边哎呀哭得太惨了……”此时，母亲见状，寻思了一会儿，便兴奋地冲父亲说道：“哎！哥们儿！你闺女星期一要参加国庆演讲比赛，稿子写好了，你说起个什么题目就响亮了？”

对于父亲而言，女儿是他最骄傲的作品，我的事，从来比他自己的事还重要。听母亲说完，他立即放下饭碗，什么酸辣土豆丝，去他的。他兴致勃勃地与我讨论演讲内容，眉飞色舞地替我出谋划策。此过程中，我一面享受着酸辣土豆丝，一面缓缓地转动脑筋。

“我想到了！就叫这个怎么样？你注意听啊——如果祖国是一只雄鸡，我宁愿做一粒米。怎么样？好不好？太好了！就是它了！”父亲激动难耐，亢奋不已。

先人教导我们孝顺孝顺，孝即顺也。听罢父亲建议的标题，我胃口全无地放下筷子，勉强抬起沉重的眼皮，拖长嗓音——“大王英明，就用它吧……”

周一上午，走上学校的演讲台，背靠大红色横幅标语，面向台下一片肃穆庄重的脸庞，我庄严地念出了那个标题，结果，便可想而知。

演讲结束后，我在厕所听见有人很小声地议论道：“哎！你们听见那个没？什么……如果祖国是只大公鸡，她就是碗米饭那个？笑死我了……”

“听见了听见了，我也快笑死了……”另一个人也热情地随声附和道。

放学后，我神情悲戚地独自走出校门，夕阳将我颓丧的背影拉得很长，很长。在车站，正巧碰上一个初二的学妹，她身材娇小，白白净净，模样很招人喜欢。

“学姐，你今天去听了你们年级的演讲没有？听说有个女的特别飙，她的题目叫‘为了祖国，我愿意做一只鸡’！”学妹两手插兜，脑袋偏向一边，天真地注视着我。

家里，父亲为了亲耳听到我的好消息，将出门上班的时间一再推迟。见我进屋，他赶紧迎上来，我看见他那张脸，顿时万念俱灰，放声痛哭起来。

“怎么啦？你没讲好？”他为我脱下书包，紧张地问道。

我扭头冲他悲愤地大喊：“都是你！都是你起的那破标题！都是你！”

父亲一怔，接着愤怒地将我的书包扔向墙去，遭了杀戮似的大吼道：“要不是老子帮你想你讲个屁你讲！老子好心帮你你还啰哩八唆！白眼儿狼！以后有事别想再请老子出山！”

“要得！”我骨气凛然，俗话说得好，“老子英雄儿好汉，老子无能儿混蛋”。这样的老子，不帮我也罢。

父亲气坏了，满屋子窜着要找管制类凶器惩治我。奶奶赶紧跑上前拦住他，并叫我快进屋躲起来。我撒丫子冲进屋里，隔着门板，惊魂甫定地平躺在床上，合上眼睛，听见父亲不依不饶、反反复复地大骂着这一句——

“你给我出来，小人！你这个小人！出来，你个小人……”

小人？我当然不会买这个账，因为我那天正巧穿着“桂花牌死皮赖脸秋季主打款秋衣”。

在库尔班大哥身上，我找出许多与父亲相似的地方，比如说在对凯德尔丁的教育方面，他也从不含糊。

在大院里，很多孩子都玩上了滑板车，凯德尔丁也很想要一辆，但丽曼姐一问价钱，稍微好一点的要五百多块钱，便一直拖着不肯给他买。为此，凯德尔丁一整天没吃饭，呆坐在沙发上，眨巴着泪潸潸的眼睛。

晚上，库尔班大哥回来了，随他一起进屋的，还有一只毛茸茸的小鸡仔。

“啊，小鸭子！”凯德尔丁飞奔过去，意乱情迷地傻笑着接过小鸡，充满感激地看着父亲。

“不是鸭子，是小鸡。”库尔班大哥纠正说。

“哦……鸭鸭，你叫什么名字？”

“是鸡，不是鸭子。”库尔班大哥又耐心重复了一遍。

“好吧……它是鸡，但是它叫鸭鸭，行不行？”

“行。”库尔班大哥点点头。

日后的几天时间里，就在院里其他孩子玩滑板车的时候，凯德尔丁骄傲地赶着他的鸭鸭出门了，像遛狗一样地遛鸡。接着，玩滑板车的孩子们也被吸引来了，霎时间，大大小小的黑手齐刷刷地伸向黄艳艳的小鸡。小鸡微弱、颤抖的叫声被迅速淹没在众儿童的吱哇乱叫之中。晚上，丽曼姐把小鸡关进一只鸟笼，放在客厅电视柜的前头，好让凯德尔丁第二天一早起床就能看见他的好朋友。

如是几天之后，第五天的晚上，库尔班大哥半夜起床解手，摸黑进了客厅，完全忘记了有小鸡存在这回事，一脚撞飞了小小的鸟笼。等打开灯一看，小鸡正好被两道栅栏卡住了脖颈，已经救不过来了。

想到凯德尔丁第二天起床之后伤心欲绝的模样，库尔班大哥非常伤心，他蹲在地上，看着小鸡出神，绞尽脑汁地想明早该如何给孩子解释小鸡的离世。

第二天一早，库尔班大哥歉疚地坐在凯德尔丁的床上，慈爱地等候他醒来。

“凯德尔丁，爸爸有件事情要和你说。”库尔班大哥对刚刚睁开眼的凯德尔丁说道，“这件事确实很让人难过，但是你要坚强。”

凯德尔丁打了个大大的哈欠，接着揉揉眼睛，认真地看着爸爸。库尔班大哥觉得心一下被揪得很紧，他缓了口气，有些哽咽地说：“今天早上，爸爸起床的时候发现，小鸡死了。”

“哦，好吧，我待会儿要看《喜羊羊与灰太狼》。”凯德尔丁心平气和地说。

听凯德尔丁说完，库尔班大哥呆了几秒钟，紧接着，他集中在胸口上的血液迅速回流，他怒不可遏地把凯德尔丁倒扣在床上，在他小小的屁股上啪啪啪地连打了好几掌。凯德尔丁被这突如其来的灾难吓坏了，他一面哭一面捏紧两个小拳头拼命捶床，哭得气都调不上来了。

丽曼姐跑进卧室，拉开已经气得失去理智的库尔班大哥。

“库尔班！你干什么？娃娃又怎么气到你了？”丽曼姐自己也要哭了。

“这个尕太没有良心了！那只小鸡陪他那——么多天，给他带来那——

么多的欢乐，现在小鸡死了，他一点——点的伤心都没有……”库尔班大哥眉头紧皱，嘴像牙齿底下嚼着一块牛皮糖似的动。

凯德尔丁伤心欲绝地哭着，间或无辜地猛烈咳嗽几声，完全哭糊涂了。

库尔班大哥抹了把脸，愤怒的情绪渐渐平息之后，忽又伤感不已：“我小时候养羊，从小小的，养到大大的，它跟着我吃饭、睡觉、出门。等到长大了，家里要吃它的肉我就难受的啊。那个肉我从来没吃过一口，我都买别人家的羊肉吃。这个㞞他是我儿子吗？”

之后的某天，幼儿园老师叫小朋友们在家养一只小动物，每天观察它的生活习性，然后到课上说给其他小朋友们听。听说老师布置的这个作业，库尔班大哥给凯德尔丁带回来一只小白兔，小白兔乖巧地住在小鸟笼里，非常讨人喜爱。可是无奈天妒红颜，就在小白兔去院子里玩的第一天，就因吃下刚打过农药的绿化草而毒发身亡了。

得知此噩耗后，凯德尔丁还没等丽曼姐安慰，就哇的一声哭了。

丽曼姐一边心疼地替凯德尔丁擦去眼泪，一边说：“先别哭，等爸爸回来了再哭……”

晚上，我正裹着毛毯在家里看电视，忽然听到丽曼姐在门外叫我。

“青青，有个事情要麻烦你。”

打开门，丽曼姐将一本书伸到我脸前：“青青，你看应该是读‘音乐’，还是‘音乐’呢？你大哥说肯定是读‘音乐’，但是这个‘乐’不是‘快乐’的‘乐’吗？应该读‘音乐’嘛！你说我和你大哥谁对？”

我不好意思地冲丽曼姐笑笑，说：“丽曼姐，大哥读对了……这个‘乐’，是个多音字……”

丽曼姐的脸刷地红了，嗫嚅道：“哦……太麻烦了，汉字太麻烦了……”

这时，只听见大哥在屋里大叫：“怎么样？我说对了吧！青青过来屋里坐会儿吧，帮凯德尔丁看看他的作业。”

进了屋，丽曼姐赶紧为我斟茶，端出杏干、巴旦木，凯德尔丁拿着他的美术作业爬到我身边，库尔班大哥歪着身子坐在铺于地毯上的褥子上头，哈欠连天。

“大哥，还没休息过来啊？”我问。

库尔班大哥撅着嘴揉揉眼睛，神情痛苦地说：“不是没休息好，昨天晚上没睡好。这个𡰾嘛，昨晚上三点了还没睡，坐到这里看那个韩国电视剧，哦哟哭的啊，我本来睡得好好的，突——然听到有人哭，哭得那么伤心哪，吓坏了，赶紧跑出来，就看到这个𡰾，边看边哭得勺子一样。我说：哎，你哭啥哭啊，要哭你躲到厕所里哭嘛。这个𡰾还在哭，一抽一抽，话都不会说啦。”

大哥一边说，一边耸起肩膀，下嘴唇包住上嘴唇，学丽曼姐的样子一抽一抽地哼唧。丽曼姐无辜地皱着眉头，抿着嘴唇，双手羞涩地捂住脸颊。

“凯德尔丁嘛，也醒了，跑出来问，我妈妈怎么啦？我妈妈怎么啦？然后母子两个一起抱头痛哭，哦哟，太——可怕了……”

我和凯德尔丁紧紧拥抱着，浑身颤抖，两人笑声之大，恨不能逼得房倒屋塌。

“这个𡰾嘛，刚刚又跟我争到底是‘音乐’还是‘音乐’，韩国人把她给洗脑了一样。”库尔班大哥无奈地摇摇头。

“汉字本身就是挺难的。”我说。

库尔班大哥朝我这边侧了个身，右手撑住脑袋，说：“不得不说，你们的汉字是太落后了，我们的维语和英语一样，只要把字母学好，就可以任意排列组合，变成单词。可是五千个汉字，有那——么多你们都不会说、不会写。对我们来说，学汉语不像学英语、学俄语，那些我们很快就掌握了，因为很接近。”

“可是汉字是最有艺术美感的，而且毕竟有几千年历史了啊……”我说。

“借口。”库尔班大哥朝我摆摆手，“我很喜欢看汉族人拍的历史剧，《雍正王朝》、《宰相刘罗锅》，好多我都看了，那些官僚、贪官，不也有几千年历史了吗？和珅哪个朝代都有，几千年里有好的也有不好的，不要总是觉得自己最厉害，别人都不行。”

“嗯。”我点点头。

“维族人已经不是‘文化大革命’时候的那个样子了，汉族人会把孩子送出国，我们也会。我好多朋友，他们的孩子在土耳其、哈萨克斯坦、印度，还有很多在欧洲，他们带回来很多消息，我们知道世界是什么样子。”

“是啊，时代变了。”

“大家一说就是沿海城市怎么怎么，不就是有个海吗？新疆和好多个国家接壤，我们和全世界的人做生意，很多外国人通过新疆来了解我们的国家，可是有的口里人还总认为我们在喝羊血，穿兽皮……”

“是啊，那些人不了解，所以就瞎说。”

“国家的发展，我们每个少数民族都出了力的，但一些人瞧不起我们，有个教授说坎儿井是汉族人发明的，可笑！”

“只是传言……”

我沉默半晌，往嘴里填进一枚杏干。在刚刚说话的时候，凯德尔丁和丽曼姐进屋睡下了，库尔班大哥轻手轻脚地关上卧室的房门，坐回沙发上，熄灭烟蒂，不紧不慢地说：

“我明天就开业上班了，多赚点钱，你看我们连滑板车也不舍得给他买，是想等凯德尔丁读完高中，就送他出国念书。”

我的父亲和库尔班大哥一样，没日没夜地苦干，只为能给儿女更好的条件。然而，我却在此事上辜负了父亲的一片好意，他的女儿既没有浪迹香榭大道，也没有依偎于自由女神像下，而是抛家弃父，跑去了一个他认为危险的地方。

只是他不理解，正如一位比丘尼所说：“精神旅程非关天国，也不是要到达某个美妙的地方。事实上，我们就是因为如此看待事物，才会这么痛苦。以为我们可以找到永久的快乐，并因此而逃避痛苦。”我在这里，和在这世界上的任何一个地方一样，欢乐不会更多，痛苦也不会变少。

乌鲁木齐的时光已是初秋，几个湿冷的早晨过后，一个似是而非的季节来临了。房间里，金色的阳光犹如非洲草原上的贝壳般珍贵，像金子制成的饰品，点缀着床铺和墙壁某处。我感到生命在减速，在变弱，旺盛的精力正在蒸发消散，变得越来越透明。房间像没入一片平静的海底，一切都在歇息。

给母亲打去电话，那头，母亲的第一句话便是：“完了，我捅着马蜂窝了。”

“你又惹着他啦?”

“不是我!”母亲声辩道，“昨天他去毛伢子那里玩，别人一看见他，就跟他说，大哥啊，你女儿在乌鲁木齐要小心啊，我侄子刚从那边回来。人家好心说了这么一句，他就兀地一下站起来，把人家的椅子一脚踹倒，呼哧呼哧就回来了，一脸铁青。见了我就骂，都是你！给你闺女说新疆如何如何好，要是你闺女有啥事就是你害的！你说我冤不冤，莫名其妙被臭骂了一顿，这人真是难伺候……”

我抬起头，看见父亲写给我的信静立在书架的一角。他总是这样，一分钟之前还想得通的事情，三分钟后就一头撞向牛角尖了。父亲啊，父亲，何必如此谨小慎微呢？要知道，在新疆，我可是天天穿着“桂花牌福大命大逢凶化吉天道酬勤系列品牌服饰”的呀！

三、你比海天更美丽

年轻人的诚实记忆总是可靠的，在那个事件发生的晚上，我在学校宿舍里看书，读到一本诗歌合集的其中一首，如果没记错，那首诗歌由法国诗人桑德拉尔创作，名为《你比海天更美丽》：

当你爱上了谁，就该出去走走
告别娇妻幼子
告别亲朋好友
告别心上的人儿

当你爱上了谁，就该出去走走
这儿有空气这儿有风
有山川大地和天空
这儿有孩童这儿有动物
有煤有花有草有木

当你爱上了谁，就出去走走
不要微笑着哭泣
不要在两人的怀抱中栖息
歇口气，迈开步，出发吧，走吧

我边洗澡边打量自己
我看见这熟悉的嘴
这手这腿和眼睛
我边洗澡边打量自己

这世界好好地依然存在
生活却总有那么多惊异
我出了药房的门
我正巧走下磅秤
我称称这八十公斤的自己
我爱你

我流着莫名其妙的眼泪，以不可思议的热情反复诵读着这首诗的每一个段落，它仿佛是从我脑袋顶上掉下来的一把头发，是源自我心脏汩汩跳动的延绵血液，是我今天早上起床之后回忆起的一个芳梦。

突然，电话响了，同学上来第一句便是："董夏，你知道乌鲁木齐闹事了吗?"

"不知道。"我回答。

"你赶快上网看看！"同学嘱咐道。

"好，看完再给你回电话。"

连上网络，关于事件的消息果然已经越燃越凶，各大论坛众声喧哗，国外媒体已开辟登载相关事件真假难辨的图片的专网。

约摸一个小时过后，我接到父亲的电话。

"青青，你在上网吗?"

“在。”

“乌鲁木齐出事了，你知道吗?”父亲问。

“知道了。”我回答。

“那你想好了还去不去?”父亲又问。

“去，应该得去吧……”我说。

“你老妈到你二姨家玩儿去了，还不知道，你千万别和她说，她听了肯定受不了。”父亲嘱咐道。

“好。”

刚刚放下父亲的电话，电话又响了，是母亲打来的。

“青青，刚刚你熊阿姨来电话，说乌鲁木齐出事了，你在上网吗?你快去看看到底怎么回事!看完给我打电话，不要告诉你老爹啊，要是他知道了肯定担心死了，不会让你去的……”

“好，我上网看看，一会儿给你打过去。”

关上电脑，我找来一张白纸，将这首《你比海天更美丽》誊抄下来，塞进钱包，之后，在床上躺下来。

我想，若不是因为年轻气盛的自己爱上了谁，“去新疆”这种豪气的志向是断然做不出来的。也正是因着这无法与人说清道明的隐晦之情，使得当至亲好友好心询问为何要把自己一竿子打飞到天涯尽头时，我却只能对个中缘由咿呀无语，讳莫如深。

眼下，此事既出，对于身边爱我的人是更沉重的一击，但于我自身而言，坦白说，却真无所谓多大影响。相比自己即将去到一个相对危险的地方，哪怕他的一个落寞神情都会使我倍感熬心和焦楚。那一种担心年长于我的他可能要先我而去的恐惧，是如此强而有力，以至一想到他终有一天要死去，而我再不会听见、看见活着的他，心底便即刻涌上一阵无法消解、中和的酸软，蓬勃的五脏六腑都随之懈怠了。

这种无可解释的情感，于我是种绝对的折磨，可也有唯一的好处，那便是使得我从未觉得守在离他很近的地方，就能真正获得安慰；同样的，当我离开他，去到我总说成潘帕斯草原的帕米尔高原，也未必是真的离他远了。

在爱的学业上，我所信奉的，即是桑德拉尔的诗中所写。对于诚实之爱的艰难，里尔克也早在写给青年人的信中说到了同样意思的话：爱的要义并不是什么倾心、献身、与第二者结合（那该是怎样的一种结合呢，如果是一种不明了、无所成就、不关重要的结合），它对于个人是一种崇高的动力，去成熟，在自身内有所完成，去完成一个世界，是为了另一个人完成一个自己的世界。

到新疆去，并不是在爱的神经错乱中任意抛掷自己，像心急的农民从地里拔出一棵烂胡萝卜之后远远地扔出去，这个决定，也绝非是在陷入窒闷、颠倒、高烧不退的状态之后，轻易夸下的海口。正因为我已体会到这以人爱人的差事之苦，时时感到自身强烈的厌恶、失望、贫乏，并总会在冲动时刻把这支离破碎的情绪施压到所爱之人身上，给尚无爱我之心的人造成困扰，一错再错，这才想到要去远方。

何况这样做，也不是要轻率地断绝曾经的爱，急于草草地过上一种毫无负担、四平八稳、绝无险阻的娱乐性生活，而是要让内心完全宁静，以进入一个长久的专心致志的时期，凝聚整个生命的能量，喜悦，寂寞，痛苦，去学习这最艰苦、最重大的事情。

当无力让所爱之人的心永远绽放着微笑，我能做得正确的，也许便只能是这般若有似无的存在、无利无害吧。

7月17日上午从北京首都机场起飞，下午两点到达乌鲁木齐的地窝铺机场。晴空万里，不知是否因为轻微的高原反应，乌鲁木齐天空的云，格外富有表情和神采，抬头便恍若看见它的清澈微笑。

度过三个月的熟悉期后，我从四肢俱全的正常人变形为一台新交付使用的割草机，在苍茫戈壁的滚滚红尘中迅速启动，带着满身零件的轰响，以异常亢奋的激情没入汩汩涌动的人潮。和煦的夏日风中，我一路撒丫子翻滚向前。

晚上十点多，我拎着一套白底镶紫色小花的瓷碗敲开隔壁凯德尔丁家的门。

“你每天都在房子里太没意思了吧？”库尔班大哥笑眯眯地问我。

“是啊，是啊，过不了几天我再过来，就可以从身上摘下霉蘑菇来了，正好让丽曼姐炒一顿吃……”我恹恹地回答。

凯德尔丁右手挥舞着一把塑料长剑向我攻来，大叫：“为什么你身上会长蘑菇?”

“人太久不出门就会发霉，发霉就能长蘑菇了，知道了吧?”我装出循循善诱的和蔼嘴脸，接着一把抢走了他手里的剑。

凯德尔丁朝我扑上来，吱哇大叫：“还我！你快还我!”

“不还，你个小气鬼！借我玩一会儿不行吗?”我高举着剑，任他凶猛地一顿挠抓。

“去——你的！不借！就是不借!”凯德尔丁气势汹汹。

“给你给你，去你的，你个小气鬼……”我把剑扔给他，两人都已争得面红耳赤。

“哎呀，看样子你要找个男朋友才行，每天就有事干了。”大哥伸了个懒腰，认真地建议说。

“我有事干呢，我要写东西。”我不服气地说。

“写东西我懂哪，和我做生意一样，要了解社会，是不是？和三教九流都要交朋友，我说得对不对？你写的东西都要来源于生活嘛，如果写新疆，就要全面了解这里的人，不光了解汉人，也要了解维族人，全方位地看，才能写清楚一个问题……”大哥说。

“那大哥带我去华凌上班吧!”我可怜兮兮地说。

“可以，愿意你就来吧。”大哥答应得很爽快。

华凌是乌鲁木齐市最大的商贸城，出入其中的，既有口里人、土生土长的新疆人，也有老毛子和中亚各国的商人。大哥在新疆和田地毯对外出口贸易商店上班，这个商店的老板是广东人，老板的夫人是新疆土生土长的回族人，除了库尔班大哥这位维族经理，还有哈萨克族的库管、柯尔克孜族的销售。

这里的地毯美得如同晴夜的满天星辰、四月草坡上的烂漫山花，我看着它们，就像看着一群美艳至极的姑娘，直想冲上去拽住她们，哪儿也不许她们去。虽然贵为一家店的经理，但库尔班却是最忙碌的一个，店内的一切大小事务都得由他拍板点头，遇上重要的客人，他还要亲力亲为，使出浑身解数做成生意。而最近几天最令他头疼的事情莫过于店老板两口子因买车口味不同失和，都罢工不来店里了。

“青青，把这几位客人带到贸易城三楼的三三〇，他们还要买彩电。”大哥站在一摞高高的地毯上，朝我喊道。

“好嘞！这就走！”我满脸堆笑，尽职尽责地把客人一路带去三三〇，再优哉游哉地回到店里。

不多会儿，大概一到两个小时之后，三三〇店铺的伙计阿不力孜便轻车熟路地跑来店里，喜笑颜开地找到大哥，塞给他“一条金鱼”。“一条金鱼”即是一百块钱，大哥运气最好的时候，一天能吃到八条金鱼呢。

中午，外卖送来了拌面，大家各自潦草地胡乱扒拉几口。大哥带人发货去了，剩我留守店内。我脱下鞋子，找一摞最合我心意的地毯爬上去，四仰八叉地倒下，大大地叹上一口气。

“青青……青青，青青！”

朦胧中，大哥的声音直直穿过我的脑子。我噌地坐起来，发现身前站着好几个人，除了大哥，其他人一律面生。

“你到那块地毯上去睡，客人要看看你睡着的这块。”大哥要笑不笑地命令道。

我理理奓起的毛发，迅速爬向大哥指示的对面那摞地毯包。

“你们这个服务员的睡眠质量太好了！估计我们把她当货物一起搬走了她也不知道。像我们这些老家伙天天晚上失眠，真羡慕这些年轻人，走到哪里睡到哪里……”客人一边摇着头，一边发出啧啧的慨叹。

大哥笑着摸摸头发，舔舔嘴唇：“我们的地毯好嘛！所以她一躺下就睡着了，你看我们店里有钢丝床，她不肯睡，光——要睡地毯，找店里最最漂亮的地毯睡上去。所以你们也看上她刚睡的这块了嘛……她是北京来的大学生，在我这里帮忙，她代表的是首都人民的品位啊……”

几人探讨了一番，终于进入了最关键的价格谈判阶段。

“哎，老哥，你看，为了民族大团结，你再给我们低一点！”其中一位男士说道，河南口音非常明显。我去石河子的时候听人说，因为当地河南人颇能闯荡，于是，很多维族人学成之后都是一口流利、标准的河南话。

“哎呀，我给你的价格已经是为了民族团结最低的价钱啦，我们党讲的是全中华民族大团结，不能只是我团结你，你也要团结我。”大哥据理力争。

“再便宜一点！为了庆祝祖国六十周年诞辰，再便宜一点吧！”河南大叔把手做刀状，左一下右一下地砍。

“老弟，我和你这么说吧，你是一头斗牛，我是斗牛士，你来买我的地毯，就好像牛追着斗牛士跑，跑跑跑跑了一阵以后，咱们哥俩现在开始谈价钱了，就好像我抓住了你的牛尾巴，不是我不肯便宜，是我一松手就摔断脖子了嘛！”大哥委屈地一缩脖子，嘴巴一撅。

最后，这笔生意终于以汉维两族人民互帮互助团结友爱的大好价格谈成了。

10月，在偌大的商贸城里，曾有的阴霾早已消散，满商铺的人精神焕发，饱含斗志和欲求。人们来了又走走了又来，来去匆匆，谈成了手舞足蹈，谈崩了唉声叹气。人们调动身体中的一切能量，以求把钱从对方的口袋里弄出来，于是乎一切人的行动、表情都如此丰满、刺激，好像寻获了永葆青春的秘药，服下了活力永驻的回春之水。

对我而言，当我在店里看着这些漂亮的地毯、来往的各族甚至各国人，总能对他淡忘一些。一天之中，脑子转动得滚烫，心却微凉地寂静着，不发一言，既没有昏迷，也尚未觉醒。

我不知道是真的看破了自己内心瞬间万变的诡计，还是我只暂时把眷恋、情感搁置到了一个高处，当某天我不小心碰倒了理智的架子，它便又会毫无预警地跌落下来，我将被那充沛的情感再度砸晕，痛则痛到涕泪横流，气则气到怒不可遏，悲则悲到伤心欲绝。于是当我晚上独自在家时，我便感到紧迫，想日后如若能承担关于所爱之人的一切消息，无论是好是坏，我不是都该预先熟悉诸如疾病甚至死亡的概念，在对其反复的思考中渐渐习惯它们的实意吗？

最近的夜里，我开始诵读《地藏菩萨本愿经》，不为此世积累功德，不为避求冤情债主莫将我带入下辈子的轮回苦业，只是想获得此生的觉悟，让内心像天空一般，当人世七情六欲的斑斓彩虹出现在天空时，不会被其谄媚；当“无常”骤现，突然生老病死的凄风苦雨来临之时，我的心，也能在灿烂光明的自性之中，洞开认知之门，全然地辽阔、自由和深远，从而让一切变化之物显露出本有，而至永恒。

周末，本与傅老师、铁梅姐约好一起去游南山的寺，清早，接到傅老师的电话，却说南山之行无法兑现了。

“我马上要回一趟老家，我哥哥的儿子没了。”傅老师说得急促悲伤。

再次见到傅老师，是一个星期之后。

“我对死已经好久没有概念了，大概大半年了吧？”傅老师吸溜下一口茶，对我说道，“我本来以为我妈会想不通，老人家嘛，结果全家就我妈想得最开，还劝我哥，说是这个孩子不孝，命嘞……

“你不知道，死得太蹊跷了。老家屋前不是有个水塘吗？那天我哥去山上看田，孩子在家里。过一会儿，孩子也跑到山上去了，对他爸说，爸，别忙了，你看你身上都湿了。我哥就说，好，一会儿就回家，你先回吧。结果我哥回家发现没人，四处喊都没人，就觉得不对劲，看见孩子的鞋怎么在塘边？就知道完了。我哥跳下去，开先摸了三趟都没摸到，第四次跳下去的时候就找到了。但是奇怪得很，孩子肚子里没有挤出水，喉咙也没有呛水，表情也很平静，一点都不痛苦。后来我哥就想起开先孩子说的那句话，爸，别忙了，你看你浑身都湿了。”傅老师说。

我听着，恍惚能清楚地看见很远的地方，有颗父亲的心正在一堆灰烬底下，耗尽似的叹息。然而在乌鲁木齐的东风路上，抬头看天空，星星就像滚入河中的石头，在泥夜中深深陷落，它的喘息，即衍化成滚滚波涛，在人的脑海深处麻木而缓慢地翻腾。我想，也许过了今晚，明天我就将彻底忘记此事，以及当我刚听说此事时的惊愕和悲哀。

“死了就死了，我们还能怎么样呢？”傅老师说。

“可能真是等过了这阵就没事了，该干什么干什么了。”他又说。

我从未见过这个十二岁的孩子，对于他的死，我似是看见一只飞走的鸟儿，只是怅惘。而当我告别傅老师，霎时想起他，想到他有可能在我活着的某天死去，这幻想中的死亡的感觉，则像在地平线附近沉落的太阳，其坠没的痛苦，永留在某个重要器官的内膜壁上。

这个时候，请别说这爱是靠不住的，虽然谁都难以保证永远地爱谁，无法证明人心是生而牢靠的，请别说那人心终是善变的。这实在的感觉即是：无论日后走到哪里，灵魂的线绳都仿若在所爱之人的手中；无论日后境遇如何，赤子之心都会因所爱之人更从容不迫地跳动；无论日后相见与否、情意是否一如今日一般的新鲜，似是只消听见他好好地活着，就是人生的大喜悦。

如果死亡能放过我们珍视的人，而不是我们将珍视之人从心头放过，该多好。

当人一旦习惯一个地方、一种生活，时间便会长出小腿和小脚，飞快地跑远。每天，我除了在单位正常坐班，就是去华凌乱窜，偶尔接送凯德尔丁并出席他的幼儿园家长会，和傅老师一家人吃饭聊天，和新认识的朋友互诉情义。

一天，丽曼姐把我带去了她的大姐家，参加他们的家庭聚会。一进门，我即刻被这个美丽的家庭所打动了。在来新疆之前，我从未见过如此富丽的家，浓重的伊斯兰风情在此一览无余——在一百多平方米的地板上，铺了三大块颜色相近、花色迥异的羊毛地毯，墙上贴着饰有金色花朵的银灰壁纸。屋顶上，美丽的装饰与流溢灿烂光华的伊斯兰风格吊灯默契辉映。餐厅的一侧墙壁，摆放着三个雕花精细的实木橱柜，在暖色灯光的照耀下，各种纯银器皿闪烁着小伙儿一样的热烈眼神；瓷质餐具上，色彩层层爆炸；各种花朵、植物疯了似的绽开，妖冶又招摇；长长的餐桌和凳子，都铺有精致的蕾丝布垫。另一侧墙壁上，则挂有几个深色木质相框，里面镶嵌着《古兰经》中摘录的箴言。

加上丽曼姐，她的家里一共五个姐妹，大姐、二姐、三姐说得一口相对流利的汉语，都向我热情地问好。她们的孩子也纷纷跑到我跟前，往我手里塞玩具、点心。过了一会儿，丽曼姐的妹妹从屋里出来，笑着朝我走来，与我握手，向我点头问候。

“这是我的妹妹，她过几天就要生了，医生说是双胞胎呢！她的汉语不好，你不要误会她不喜欢你。”丽曼姐挽着我的胳膊，对我解释说。

餐桌上，我注视着这个美丽的怀孕女人，她的脸像洁白纯净的满月，没有一丁点瑕疵；她的褐色卷发正好在她的脖颈处停住，活泼而安静。她坐在那里，微笑着倾听众人的谈话，双手温柔地抚摸着肚子。这个家，仿佛因着她而着上了一层圣洁的光辉。这种气质是如此动人，以至让曾感受过的人终生难忘。

在我身旁，丽曼姐八十岁的母亲同样静静地坐着，她那果绿色头巾上开着饱满的白色山茶花；深蓝色的丝绒长袍上，印着黑色的抽象图纹；十个手指，除了拇指，都戴有造型各异的金质戒指。她不会说汉话，也听不懂，但她却一直看住我的盘子，一旦盘子空了，她便起身为我夹菜，笑着示意我多吃。

我也不停笑着连声说“热和买特”、“热和买特”，但她不知道，当我低下头，看见面前满满一餐盘的抓饭、杏干、鸡肉、羊肺子时，眼泪却是要掉下来了。

五天后的上午，我正准备出门上班，突然听见丽曼姐在门外叫我。我打开门，丽曼姐正激动非常地站在那里，眼睛红红的。

“青青！我妹妹刚刚生宝宝了！龙凤胎！”说完，她便赶紧捂住嘴，眼泪随即流了出来。

“太好了！真的？是龙凤胎？太好了！”我也高兴得忘乎所以，完全不知道该如何是好了。

“青青，如果你周末有时间，我们就一起去看他们吧！”丽曼姐喜极而泣。

“有有有，有时间，我一定会去的……”

接下来的两个工作日里，我总能没由来地笑出来，被家中门板挤到了手，我笑；在办公楼里上厕所没带纸，我笑；在食堂打饭时没端住餐盘，菜汤泼到了裤子上，我还笑。

周五晚上，我和朋友在北门的一家甜品店里边吃边聊天，突然，电话响了。

"青青，你在哪里呢？"库尔班大哥问道。

"大哥，我在外面和朋友聊天呢。"我高兴地回答。

"你什么时候回去？凯德尔丁在艾利家，想麻烦你回去的时候接他一下。我和你丽曼姐在医院。她妹妹今天早上突然心脏不好了，下午住院，刚刚送进重症监护室去了，医生在治疗着哪。"

"严不严重？怎么突然就心脏不好了？"

"是啊，昨天晚上还好着哪，我们还聊天哪……你先把凯德尔丁带到你家去，我们晚一点回去，麻烦你了妹妹。"

把凯德尔丁从艾利家接回来之后，我们俩便坐在沙发上看韩剧《传闻中的七公主》。放广告的时候，我就配合着他玩他新学会的一个游戏。

时间到12点过5分的时候，我对凯德尔丁说："凯德尔丁啊，我们先睡觉好不好？"

"不好。"

"睡吧，姐姐的床特别软，被子好舒服呢。而且姐姐也好累，好想睡觉啊……"

"青青，我爸爸和妈妈呢？他们怎么还不回来……"凯德尔丁说。

"凯德尔丁，你的小姨妈生病了，爸爸和妈妈都在医院呢，要很晚才回来。爸爸说要你先睡，他晚上回来就抱你回去，好不好？"

"我知道！我知道他们去医院了。"他暴躁地打断我。

"小姨妈不是生病，她死了。"凯德尔丁突然说。

我怔住了，接着重重地推了他一把，吼道："凯德尔丁！你怎么这么坏！小姨妈对你好不好？啊？好不好？"

"好……"

"你喜不喜欢小姨妈？"

"喜欢……她的龙凤胎宝宝特别可爱，大人们都说那个小男孩长得像我……"凯德尔丁似乎根本没有察觉到我的怒气，他天真地抬起头，对我挤出一对酒窝。

"那你为什么要咒你的小姨妈呢？为什么这么坏！"

凯德尔丁终于感觉到了我的不友好，沉默地低下头，没有再说话。我生气地起身去厕所洗漱，等回来的时候，他已经在沙发上睡着了。他静静地睡着，呼吸匀称。我轻轻叹了口气，帮他盖上被子。

迷迷糊糊地睡到不知道什么时候，我清楚地梦见自己正在家里的客厅，父亲、母亲与我坐在一起。一开始，我们三人聊得很好，但不知怎的，我不知道说了什么不该说的话，惹怒了父亲。他突然腾地站起来，指着我，说我伤了他的心，他要抛下这个家，离开我和母亲，让我们再也见不到他。看到父亲如此坚决的神情，我吓得赶紧起身去追他，但他越走越快，无论我多么努力往前跑，父亲的背影都离我越来越远。就在眼见着父亲的背影即将彻底模糊的时候，我的电话又响了。

“妹妹，凯德尔丁睡了吗？”大哥问。

“睡了，我们12点多就睡了。”我笑着揉揉眼睛。

“好吧，让他睡吧，我们今晚回不去了，丽曼姐的妹妹刚刚过世了。”

“大哥……怎么会这样呢？”我也不知道自己那时是如何问出了这样一句软绵绵的话。

“是啊，妹妹，就是这样。”大哥回答。

挂上电话，我望向卧室的窗外。靛蓝的夜色中，深黑色的树木像贴在窗户上的剪影，毫不真切。我仿佛被个恶人一把推倒在地，而毫无反击之力，只能窝窝囊囊地哭上两声。也是在这一刻，我突然意识到，虽然我一直以为自己是与人世的无常面对面而坐，自己已长久地、牢固地盯住了它，从未生出逃避之心，直到因它而起的痛苦会在某天自动瓦解，消融成一团雾霭，而后消散，消失得不留余地，然而事实上，我从未摆脱死亡对我的宰制，对于死生的无常，我根本没有真正地预备好什么，学习到什么。人说，当你对死亡心存敬畏之时，便是心生慈悲的时刻。然而，这句话也是错误的不是吗？因为，什么是慈悲？

索甲仁波切说：“慈悲不只是对受苦者表达同情心或者关怀，也不只是向他们简单传达你心中的温情，或清清楚楚地认识到他们的需要和痛苦；它也是一种持续不断的决心，愿意付出一切，以实际行动帮助他们减轻痛苦。”对于此刻已深深感到死亡带来的切肤之痛的我而言，能做什么？想到那正活着、已逝去的人们，我既没有决心，不知该付出什么，也不知道可以做什么。一种深沉的无力感紧紧地缚住我，我感到一颗脆弱的心在面对无常之时，所生出的绝望，一种单纯、诚挚的绝望。

走出卧室，我在客厅的茶几上轻轻坐下。看着熟睡中的凯德尔丁，我真的很想推醒他，问他为什么要在那时说出令人痛心的话，是不是他早早地看见了什么？感觉到了什么？还有，在我这么长久的睡眠时间中，几乎从未梦见过父母，为何偏偏在今夜会梦见他们？而且这梦在即将转恶的时候，是被这样一通电话所打断？这个夜晚如此复杂、多义，一切貌似有关联的信息缠绕成一团，我怎么理也理不顺，怎么解也解不开。

因为爱上了比海天更美丽的你，而出来走走的我，的确找到了一个"这儿有空气这儿有风，有山川大地和天空，这儿有孩童这儿有动物，有煤有花有草有木"的好地方，我也因为爱上了你，而更加"会跑会唱会吃会喝，会吹口哨，会劳作"。但是，我却并未真的放开了对情感的执著、分别，以及妄想。

凯德尔丁在梦里皱起眉头，哼唧着翻了个身，全然不理会我的悲哀。

与陪衬过无数人类痛苦的夜晚一样，这个夜晚就像一场永不可能被治愈的痼疾。在此后一生的时间里，我的嘴唇上将永远留下洒在病榻前那消毒液的味道。

末了，我想起那晚和凯德尔丁一起玩过的那个游戏，游戏是这样的——

我和凯德尔丁本来说好玩剪刀包袱锤，但当我伸出来一把剪刀的时候，凯德尔丁却同时伸出双手，左手是剪刀，右手是锤子。

他看看我的手，接着迅速地将左手收回身后，高声说道："左出一个，右出一个，情况不妙，收回一个。"

小小的凯德尔丁是如何通晓上天逻辑的呢？一切无常总是如此，不是吗？情况不妙，收回一个。而且有的时候，还不止收回一个。

四、铃儿响叮当

今天是萨丽曼的妹妹下葬之日，在这"头七"的时间之中，我接连两天高烧至39℃。对于我们这些刚强众生而言，发烧本来就是司空见惯的事情，无非是打个针、吃服药就解决掉的“小意思”，但在最近猪流感沸沸扬扬的节骨眼上，发烧却成了比癌症还可怕的事情。据说，只要踏进正规医院的大门，凡是烧到38℃以上的病人，都会被送入隔离病室，之后填写一份表格，其中内容包括：你发烧后到过哪些地方？与哪些人接触过？他们的姓名？工作单位？家庭住址……

也许是出于恐惧，或者是别的什么，抽掉体温计，我没有到大院正门的医院去就诊，而是裹上羽绒服，从后门悄悄地溜去了家属门诊。这时想来，我这样任性的确有些冒险，但在当时，脑子里却只有一个念头：宁可躺在床上，把自己的一条小命全然交付给老天爷，也千万不要被送进一个前途未卜的地方，在看不见一个亲人的陌生场合默默静候一纸鉴定。

“医生，我真的不是猪流感，最近我哪儿也没去，可能就是前两天遇上点儿事，情绪一激动，就发烧啦……”坐在诊所的椅子上，我感到说不出口的委屈。

“知道了，猪流感一烧就烧到40℃，你这不是猪流感，肯定是着凉了。以前在新疆过过冬天没有?”

这个诊所的医生姓王，是个身材高挑、匀称的美艳妇人，之前每天从诊所门口经过时，都能隔窗看见她在各位病人之间往来穿梭的样子，她那火热的俊俏模样，简直和从良的潘金莲一样。

“我刚过来几个月。”

“那难怪了，水土不服，一换季的时候不适应肯定要感冒。”王医生快言快语地说完，一支秀气的针管已经捏在手上。

“王医生，轻点打。”我含泪请求道。

“哎哟，别说得小可怜一样，这都是娃娃用的五号针了，没有比这更小的针了，我给你轻轻打，然后慢慢——推，你都不知道我打了没有……”

“好……您一定要慢慢——打，我爸妈都不在这儿，打疼了都没人管我……”我一面撅着屁股，一面声音颤抖地说道。

“真的啊？哦哟！还真是小可怜啊。那王医生管你哦，王医生保证把你的病治好，你就又活蹦乱跳了。”

"嗯……谢谢王医生。"

"谢啥？好了！穿裤子吧！"

"打完了啊？"

"对啊！我说了不疼的！"王医生骄傲地说。

打完退烧针，接着挂上了吊瓶。躺在病床上，我渐渐睡了过去，不知睡了多久，母亲打来了电话，一看是她的号码，我赶紧反复清了清嗓子。

"喂？你在干吗？"

"我在看书啊。"

"在看书？不对吧？你骗我吧？"母亲的声音沉下来。

"没有啊，我真的在看书。"我感到自己的声音明显在发抖。

"你是不是哭了？到底什么事？"母亲一下警醒起来。

我欲哭无泪地辩解道："没事，没个屁事我哭什么哭！"

"你肯定有什么事，你别瞒我呀，你告诉我，我不会告诉你老爹的……"母亲选择了一种"请君入瓮"的口吻来劝说我倾诉衷肠。

"你在干吗啊？"我问。

"哎呀，刚才尹志文到我办公室来了，一瘸一拐，一拐一瘸的，见了我一脸苦相，说，于姐啊，我快死了。我就问他，你不是在吐鲁番吗？怎么回来啦？尹志文就说，啊呀！于姐哎，凡是过去的湖南援疆干部，没有一个不大病一场的，我作孽嘞，烧到40℃嘞，吊针都打到脚上去了，搞得我路都不会走了。我当时就跟他说，你这才去了几天哦？我女儿已经到那边几个月了，就一直没病啊……"母亲活色生香地说到这里，即被我又哭又笑的错乱声音打断了。我一面流着眼泪，一面笑得肚皮贴到了脊梁骨上。

"都是你！哎哟，都是你害的……你别说破呀！你一说我没病，我不就病了吗！我比人家尹志文好不到哪里去，我烧到39℃啦！"

"真的啊？哎呀！"母亲说完，也跟着我没心没肺地哈哈大笑起来，"那你看病没有？快去打针……哎哟……真是太巧了……"

"正在打呢，刚打了退烧针，已经舒服多了。你可千万别和尹志文，还有单位同事说我生病了啊！"我笑得上气不接下气。

"我坚决不说！刚刚才跟人吹出牛皮去，一说不就太没面子啦，哦？"

“就是就是！”

当天下午我便去单位上班了，看书的时候，读到一则故事。

在第一次世界大战中，有一种德国特种兵的任务是，深入敌后去抓俘虏回来审讯。一个德国特种兵以前曾多次成功地完成这样的任务，这次他又熟练地穿过两军之间的地域，出现在敌军的战壕里。一个落单的英国士兵正在吃东西，毫无戒备，一下子就被缴了械。他手中还举着刚才正在吃的面包。这时，他本能地把手里的面包递给与他对面站着的德国兵。德国兵怔住了，结果，他没有俘虏这个敌军士兵，而是自己一个人回去了。

合上书页，我想，如果，我能学几句温柔的维语，那么当某一天我突遇暴徒，命悬生死一线之时，我嘴里进出的词句，说不定就会像英国士兵手里的面包一样，打动对方石头一样的心，从而使我得以把一条小命从地上捡起来。想到这里，我禁不住心旌摇曳，感动地笑了。

出去上了趟厕所，回来时发现手机显示有一个未接来电。

“大哥，怎么了？我刚看见电话。”

“青青，今天下午是凯德尔丁幼儿园的家长会，我和你丽曼姐都过不去了，她妈妈又病了，你去替我们开一下吧。”库尔班大哥不好意思地说。

“行啊，几点？”我问。

“6点半。开完家长会之后你就把他带到你家去，我晚点过去接他。”

“嗯，好的。”

放下电话一看，时间已经是6点10分了，我赶紧溜出单位，跑回家换衣服。临出门时，在手忙脚乱地穿风衣的过程当中，我仿佛把一个什么东西从桌子上碰掉了，但时间已然来不及了，在听见那东西落地的一声响之后，我径直冲出了门去，想着反正开完会再回来捡，便全然没考虑那究竟是什么。

火急火燎地赶到凯德尔丁的班级教室之后，我直接被挡在了门外。

“你是哪位孩子的家长？”一位二十岁出头的汉族女老师对我问道。

“我是凯德尔丁的姐姐。”

“姐姐？”女老师脸上的五官一下子朝左侧倾斜过去。

我突然想到，虽然我来过几趟幼儿园，但由于园内的安全规定，我从来没有上过楼、进过教室，这位女老师自然不认识我。

“对，我是凯德尔丁的姐姐。”我硬着头皮说道。

“你是他什么姐姐?”女老师奇怪地盯着我，一排下牙伸出来，轻轻咬住上嘴唇。

“就是……就是他姐姐。”几个简单的字眼吃力地从齿间往外挤。

“我是问你是他什么姐姐？你……是汉族人吧?”女老师耐着性子又问。

“对，我是汉族人，我是他的邻居，他爸妈今天有事来不了了，就委托我过来开家长会，老师您可以把凯德尔丁叫出来，他认识我。”

“好，请你等一等。”

不一会儿，老师领着凯德尔丁从隔壁的屋子出来了。

“凯德尔丁，你认不认识这个姐姐?”老师弯下身，对凯德尔丁问道。

凯德尔丁不好意思地扫了我一眼，似笑不笑地点点头。

“好。”女老师站起身，舒了口气，对我说，“那你快进去吧，家长会已经开始了。”

一进门，讲台上的老师便向我问道：“您好，请问您是哪位孩子的家长?”我愣了一下，很快回答：“凯德尔丁。”

话既说出，一时间，整个屋子的眼神都刷地盯在我身上，无论是欧式深眼窝还是亚式肿眼泡，其中的眼神都是一样的怪异和离奇。

听我说完，讲台上的老师也怔住了。片刻之后，她礼貌地说：“快请坐吧，下回注意时间。”

我在最后一排靠过道的位子上坐下，脸上发着烫。坐在我身边的是一位汉族母亲，头发棕红色，烫着硕大的发卷，穿一件黑色短款皮衣，露出大红色的毛衣边，一条棕色泛着金光的铅笔裤，紧紧绑在腿上，脚上穿着一双黑色漆皮大高跟鞋。

“那个，老师刚说的凯什么，是你儿子?”她突然扭过头，正脸对着我，问道。我一下蒙了，目光紧紧凝聚在她蚯蚓一样的上下两条淡黑色的眼线上，支支吾吾地说：“不，不是啊，我是他姐姐。”

“那我知道了，我知道了，你是他家保姆是吧？我也不是贺子涵的妈妈，我是她家请的钟点工。”她亲切地朝我所坐的方向挪了挪。

“不，不是，我不是他家保姆，我是他姐姐，他们家的邻居。”

“嘿哟，你这种人我还真是头一回碰到，你太有意思了。”她扬了扬头，把飘荡在后脑勺上的一把乱发顺势向后一拢，紧凑地问道，“邻居你管那么多干什么？他们给你什么好处？”她眨巴着亮闪闪的眼睛，像好几部照相机的闪光灯同时对准我。

“没好处。”

“后排的两位家长注意一下，凯德尔丁的家长，迟到是不好的，开会的时候说话也是不好的，请注意。”讲台上的老师直直看着我，这一下，进屋的那一幕又只好重新演过。

“是，老师，对不起。”等那些齐齐后转的脸蛋都回正之后，我说道。

接下来的时间里，老师分别说到了作业问题、课堂表现问题、就餐问题，而在每个问题当中，凯德尔丁几乎都名列“黑名单”。这样一来，我又再次成了诸位家长的杯中水、盘中肉，被各方眼神扎实地数落了一把。

由于数天的东奔西跑、夜晚的失眠，我感到十分疲惫。坐在椅子上，听着老师远远的声音，我的头脑好像堵了的抽水马桶，破袜子、方便面盒、瓜子、烤包子、盆栽，齐齐漂在黄汤里。没由来的，我突然间很想把这间教室里的所有椅子都摔得稀巴烂，摔成能塞进灶里煮饭用的柴火棍子。

“你还说是他姐姐，他现在落后啦，你要多教教他……”

家长会结束之后，坐在我身旁的那位大姐还不忘再嘱咐两句。我欠身对她笑笑，讲了句“再见”之后，她便带着吵架一般飞起的蓬发腾地站起，接着用很响亮的脚步摇摇摆摆地走出屋去。走在回家的路上，凯德尔丁一手紧抓着我的手，一手举着灰太狼图案的棒棒糖，一边走，一边巴咂巴咂地舔。

“凯德尔丁，你教我一句维语好不好？”我问。

“什么？”

“就一句话，你听好了啊，‘请放了我！’”我说。

“kongci！”他迅速回答。

“去你的！”我骂了一声。虽然我不通维语，但今天家长会散会之后，我看见迪亚尔重重地推了一把凯德尔丁，与此同时，毫无善意地掷出一句“kongci”！

“kongci到底是什么意思，说！”

“屁股。”凯德尔丁笑嘻嘻地看着我，太阳在他白净得像面粉袋子一样的面庞上闪闪耀耀。

我安静下来，不再同他说话。试想想，当一个暴徒把刀架在我的脖子上，我却对他温柔地说一声“kongci”，结果会是如何呢？

突然地，凯德尔丁又说：“青青，我脖子后面好疼，我一抓就痒痒的。”

我仍然自顾看着大街上来往的行人，漫不经心地搭腔：“是不是长了小疙瘩？”

“不是……”他回答。

“那我们回家的时候看看那里怎么了好不好？”

“好……我妈妈呢？她还不回来吗？我不想住在奶奶家，她好老了。”凯德尔丁闷闷地说。

“你不许再这样说了，奶奶给你买了好多好吃的呢。”

“好吧……”

走着走着，他在一家书店门口停下来，拽了两下他也不动。

“干吗？”我问。

“迪亚尔今天拿了奥特曼的贴画过来，他一张都不给我。”凯德尔丁伤心地说。

我看着他仰起的小脸蛋，叹了口气，拉着他进了书店。奥特曼的贴画书就摆放在门边的货架上，拿上书，我们径直走到款台结账。付账的时候，收钱的一位五十来岁的大姐小声问我：“那不是你孩子吧？”

“不是，我是他姐姐。”我笑笑。

“哦，我就说嘛，你们刚刚在门口的时候，我就观察，怎么看都觉得不像嘛。”大姐爽朗地笑起来。

我看了一眼凯德尔丁，他正在聚精会神地翻看手里的奥特曼贴画书，在翻页的时候，不小心把棒棒糖粘到了书页上。

“青青，怎么办？粘到一块儿了。”他抬起头，一脸沮丧。

“那能怎么办？命呗。”

“什么命啊？”

“命，就是活该的意思。”

"哦，那你下次摔倒了我就对你说'命呗'!"

到了家门口，凯德尔丁靠在墙上看书，我则在包里翻找钥匙，可是怎么找也找不见。这一下，我终于记起下午临出门前，从桌上碰掉的东西是什么了。

"凯德尔丁，姐姐把钥匙落在家里了。"我说。

"那怎么办？我们去找我妈妈吧。"他合上贴画书，认真地说。

"不用，我还有一把钥匙，放在另一个姐姐那里了，我们去拿吧。"

"好。青青，我脖子后面又开始疼了。"

"等我们回家之后再看好不好？"

"好。"他顺从地点点头。

跑到朋友店门口，才发现她的店屋门紧闭，打去电话提示说对方手机关机。

"青青，我们要去哪里？"迎着寒风，凯德尔丁小声嗫嚅。

我替他拉高衣领，戴上帽子，说："姐姐带你去买《喜羊羊与灰太狼》的漫画书好不好？你看，迪亚尔每天都带那么多好看的图画书过去，但是你没有，你是不是就会不开心？"

"嗯，会。"

"所以我现在就带你去买呀，然后你明天就可以带去幼儿园了，是不是很好呀？"

"是!"他高兴地原地蹦跳了两下，随即奉献出一场可爱酒窝的激情表演。

听说北京在10月29日那天晚上下雪了，下得很大，三天之后还没有化掉。而乌鲁木齐却紧扯着秋天不撒手，每当听人说起，"哎呀，明天一早应该就全白了"，第二天就一定是个艳阳高照的好日子。"奇怪，怎么乌鲁木齐有秋天了？"人们在这会儿都这么念叨。但夜晚还是冷的，当白昼慢慢地耗，耗向那峭壁、沟壑一样黑秃秃的夜，寒冷就像山涧淌出来的流水，漫入了每一条街道。这就是秋冬之际的乌市夜晚，没有阳光，不动声色，像马戏团撤走帐篷之后留下的一片不生毛草的荒凉广场。

寒风顶着我的喉咙，使它不时发作阵阵咳嗽。汽车开过的声音稀疏地从远处响起，挨近身边时撩起一阵热闹，接着又迅疾地远远消失了。与其说我俩在相互牵着昏昏沉沉地赶路，倒不如说是在这夜晚、这街道上骨碌碌地滚，像两只掉进阴沟的小耗子，我们滚在沟中。

李叔的推车已经早早地停在那里，小小的书摊挤在两家水果摊之间，抬头即是一间热闹的卡啦啦欢唱城，硕大的广告招牌艳光横流，衬得李叔的脸格外声色犬马。我从隔壁水果摊的摊主大哥那里借了张小板凳，让凯德尔丁躲在一筐苹果后头坐下，他接过《喜羊羊与灰太狼》的漫画书，接着便安静得像从这世上消失了一样。

“李叔，今天生意还行吧？”

“还可以。”李叔头戴黑色皮质鸭舌帽，双手插在裤兜里，一面轮换着抖腿，一面朝我挤挤眼。

“啥书卖得最好？”

“还是那些嘛，‘文革’秘闻、心理操纵术、养生的，然后就是易经的、八卦运势书……”

李叔肩膀一耸，清瘦的脸庞上满是笑纹，“还有手相面相学、看命的卖得好，我看你也能喜欢看，买本回去看看，要知己知命，方能百战不殆，你说是不是？嘿嘿……”

“李叔啊，命哪是那么容易就知道了？”

“我说你看看《三十必嫁》啊，《格子间女人》啊也可以，女人只要嫁个好男人就有好命了。”

“嗯，找个本领大的，啥都会干。”

“嚯嚯，找个孙悟空那样的。”

说到这里，我忽地又想起他。先前，我一直以为他是一块隐蔽很深的耳屎，只消狠心使劲掏掏就好了，结果没想到，他其实是耳膜。

风好大，月亮像个善良的老妪，在夜空踽踽独行。街道边，一家废弃的店铺，靠着玻璃门板的地方放着一棵圣诞树。汽车快速开过，车灯打进玻璃门，纷纷扬扬地落在这棵怪模怪样的圣诞树上。破损、蒙灰的树身上缠着银色的雪。树顶上，站立着一个金色的天使，赤裸身子，奋力挥动着大大的翅膀，胖乎乎的手中捏着一把锃亮的圆号。

“凯德尔丁，你见过圣诞老人吗？”我问。

“没有……”凯德尔丁小声回答，“但是，但是我知道他特别老，好长好长的胡子，他有好多好多礼物，都是送给小朋友的。就是送给我的……”他眼睛瞪得大大的，用一种孩子一旦说到童话就会冒出的神情，庄重地看着我，深深的瞳孔倒映着圣诞树的流光溢彩。

“没有圣诞老人，没有的，其实。”我说。

“真的，没有。”我正说着，被脚底下一块向上翘起的路砖绊了一下。

凯德尔丁哈哈笑了：“活该。”

“你说什么？”

“哦，不对，命呗！”

回到院子的时候，朋友的店已经打开了，她正在里面打扫卫生。从她那里取到钥匙，我和凯德尔丁溜溜达达地回了家。上床睡觉之前，替他脱下衣服的时候，我突然看见他脱下的内衣领上，钉着一枚又长又硬的化纤标签。

“青青，我的脖子好疼。”凯德尔丁轻轻地摸摸脖子，扭头看着我。我细细地转过他的脖子，发现有一块皮肤红红的，像是擦伤了。我这才记起，他已经不是第一次对我说脖子疼了。

“对不起，凯德尔丁。”

“咋啦？为啥？”

“没啥。”

凌晨两点，我从梦里醒来。

梦里，有位老人坐在我的床边，俯身对在半梦半醒之间的我说：“你好，我姓田，是位将军，以前住在你现在住的这个屋子里，但是我不想走，我真的不想走。”

我真诚地看着他，之后委屈地问道：“那您不搬走，我怎么办啊？”

彻底清醒之后，我失神地坐在沙发上，突然完全记不得这几天都做过些什么、和谁打过交道。只想到你，想到远离我的你，你不会看见我，不会看见我坐在这里想你，怀揣湖畔之上萦绕的柔光。再说，你不是我，也不会真的了解我想你的这一切。

但是，为什么我还要哀伤呢？

要是你知道，来说给我听听。

告诉我，为什么当我失意时，

连这些树木也都好似病倒了？

它们会和我同时死去吗？

天空会死去吗？你也会死去吗？

很想给你打去电话，于是真的打了。

我把电话，

放在嘴边。

喂，我是董夏。

你知道吗？你笑了，你刚才说话的时候，我以为是圣诞老人。

我也笑了，你听过圣诞老人说话？

对啊，就和你刚才说话一模一样，

一开口说话，还能听见有那个背景音乐，叮叮当，叮叮当，铃儿响叮当，就是那个。

我扒火车时，

你在家午睡，

你日夜在高档餐厅吃饭，

我勉强买得起一个油馕，

你每天关注世界新闻，

我连自己都顾不过来，

我说新疆风光甲天下，不来是傻瓜，

你在电话那头沉默，

闭口不答。

我问你还要这样劳累工作到何时，

你说，你不如问我什么时候倒头就死。

我不敢再多说一句瞎话，

而你点着雪茄，掐断电话，掉头走了。

世界垮塌了，

我和电话扑通扑通掉进去年一本圣诞忆旧集，
你不知去向，
在宇宙的谷底，
我双手捂住脸，
哭了。

五、青山不碍白云飞

我们谁也不知道阳阳的真名，只不过乌鲁木齐华凌三楼家电层的男人女人们都这么叫他，于是我也客随主便，叫他阳阳了。

他老板的店就在振帆店的斜对面，振帆困倦地坐在椅子上，一脸厌恶地对我说："青青啊，阳阳特别讨厌，你少和他燃。"

"阳阳挺好的，不讨厌。"我说。

"你知道吗？今天早上他过来，十分严肃地跟我说，蔡振帆，我有个事跟你说。我就问他，什么事啊？他说，我给你两百块钱，你晚上跟我回家。"

振帆叉开腿，空踹了一下："他妈的，气死我了！我就说，牲口！老子就值两百块钱啊？他就说，你以为？就你这张脸，给你两百块钱已经很给你自尊了，靠！气死我了。"振帆说完，大大地打了个哈欠。

华凌最近生意兴旺，振帆每天早上九点半起床，晚上忙于应酬，待到睡觉的时候，一般已是凌晨3点多了。但即便如此，我们还是坚持熬上一锅电话粥，聊他白天碰上的客人、做成与没做成的生意、受到的教训和点拨。比如他会对我说："我今天和毛子做成了一单生意，你知道是怎么做成的吗？"譬如我这种负责任的好听众，自然就会亢奋躁动不已地高声说道："不知道啊。"于是他就笑了，冬天窗玻璃上水汽般的声音，处在斧头下木柴一样的眼神，"今天，店里进来一个毛子，在店里转了两圈后就往外走。我就叫他，说：老兄，你觉得我店里的东西不好吗？他说：不是，你店里的东西不错。我说：既然不错，为什么你还要走呢？坐下聊聊吧。我把椅子搬开，给他叫了一瓶茉莉清茶。他说：老弟，这么说吧，你卖的这些牌子太大了。我是吉尔吉斯斯坦的，说实话，来中国进货是要拿回我们那儿去卖的。你卖的彩电是东芝、松下之类的高端品牌，但在我们国家是没几个人认这些牌子的，绝大部分人都会选择便宜的海信和海尔，大家都认这两个牌子。”说到这里，振帆停下来。

“青青你在听吗？”他问。

“在听，你接着说。”我回答。

“好，我接着说。听他说完，我突然想到一些话，于是我就和他说了。我说：大哥，你说的我也知道一点。确实，在吉尔吉斯斯坦，老百姓非常认中国的海信和海尔这两块牌子，但换句话说，是不是等于你们国内的彩电行业，所有人都在做海信、海尔？也就是说，国内市场已经接近或者说早就已经到饱和状态了。这个时候，如果你继续做这两个牌子，除了打价格战根本没有别的出路。对吗？然后，他就回答说，对。然后我接着和他说：大哥，您听我说完一句话，说完之后，你再决定买不买我们的彩电。他就说，好。我说：诺贝尔经济学奖的获得者博尔在一次演讲结束之后，接受记者提问。有个记者问他，博尔先生，请问您是如何始终站在世界经济大潮的风口浪尖之上的呢？博尔就笑着回答，因为世界经济的大潮从来都是由我掀动的。听我说完，他就问我：我听懂这句话了，但你想对我表达什么意思呢？我就说：你们国家目前只是还没有人有这个胆识和魄力去做高端品牌，并不代表没有巨大的市场。每个国家都有富人和穷人，在穷人身上赚钱，就像从鳝鱼身上拔毛，累死也挣不到钱，但是如果这次你敢做，那么日后这个市场上，你就是领头羊，你说了算。我说完之后，大概十秒钟吧，他说：好，小兄弟，打包十四台东芝！但愿你刚才跟我说的话能尽早实现！”

振帆说完了，对面是一阵很累的清嗓子的声音。和他在一起，我每天都有这样的故事可听，无论是他的，抑或是别人的，关于财富、创造、智慧、心机。那些缜密的心思、兴奋的陶醉、冒险的话语，就像奔跑的豹子、叼在虎口中的水獭、儿童习字时所画下的横杠杠。每一出算计，每一个灵感，都在我朋友振帆聚精会神的额头上，在各家店铺的门板上，在乌鲁木齐熟悉亲昵的巷道上、扭捏展开的马路上，闪烁着义无反顾的希望之光。

以振帆看来，虽然阳阳与他一样，都在相同的地方工作，但阳阳可说得上完全不是个有热情的生意人。从某种角度上说，他甚至是个拒不接受世界的人，不会在红尘大道边盖起小屋，冷而不知其冷，热而不觉其热。他活在自己的人生气候里，他了如指掌的，唯有大地的坚固，和一颗无一滴灰泥、无一点色彩的独朗心珠，供自己闲来无事时，无端狂笑无端哭。

第一次见阳阳，是在三天前，那时我到振帆的店里给他送书，碰巧阳阳正在振帆的店门口表演“站街”。后来我才知道，这是阳阳每天的保留演艺项目，只要有华凌同行刺激他两句，他就会兴致勃勃地为大家来上一段“男妓拉客”。当时，他像一根吊在干藤上的蔫丝瓜，极瘦削的身体上罩着一件深紫色V领毛衣，一条松垮的水洗白牛仔裤，一双看不出牌子的白色球鞋，汩汩冒出发旧的黄——极其萎靡不振、不登大雅之堂的尿汤色。在阳阳左手的小拇指上，晃动着一串亮闪闪的钥匙，右手插在裤子口袋里，右脚向后撩起，脚尖一下一下地磕着地板。

在他对面，站着几个店伙计，饶有兴致地看着他，看他大大的眼睛里像烧着一团塑料薄膜，咔嚓咔嚓地冒着浊气。

见我走进店里，振帆迎过来叫我。站在门口的阳阳也看见了，他瞥了我一眼，不动声色，顺势歪着身子翩然栖落在店里的椅子上。

“滚出去，我们这里不是鸡店，不欢迎你。”振帆似笑非笑地冲阳阳说。“哎哟喂，蔡少爷，您忘性还真大，您都忘了昨晚您是怎么激情澎湃、欲仙欲死了吧?”阳阳捏着兰花指，伸出的手臂柔美如鹅颈。

“你好好的，别乱说。这是我朋友，青青。青青，这是阳阳，在我对面那家店上班，你把他当姐姐就好了，他晚上在夜店有演出，男扮女装，可好玩儿了，等我忙过这几天，我们一起过去。”

阳阳庄重地伸出手，说：“大名阳阳，艺名白云飞。”

“白云飞?”我问。

“男朋友起的。哎，青青，你真的是菜包子的朋友吗?”阳阳把脸侧向一边，居高临下地盯着我。那串亮闪闪的钥匙一直在他指头上纠缠，像个钢管女郎。

“是啊，很好的朋友。”我回答。

“你怎么会和这么土的人交朋友啊?”他问。

"啊!"

"你知道蔡振帆在我们这儿，大家都叫他什么吗?"阳阳的每一个眼神都不落空，变着颜色地花样翻新，"蔡金链子! 从他第一天来华凌上班，哦哟，天天脖子上拴着一根这——么粗的大金项链，老远就看见那金子闪哪，我现在想想还是眼睛疼。如果不是他运气好，上个月金链子丢了，我现在只能上大街当阿炳了，哪还能在高级场所出卖色相呢?"阳阳飞快地说着："还有呢，你看他腰上这根皮带，了不起，LV 呢! 四千多块钱，我老跟他说，哎，峰峰啊，下回你要是路上遇着人打招呼，你老远就先把肚子挺出去，然后说，嗨! 您好吗? 我这根皮带可贵了呢。"

阳阳说着，便扑倒在蔡振帆的肩膀上，做出要吻他的模样。

蔡振帆腾地站起来，一把拎起阳阳，猛地一下把他推出了店去。"滚! 贱货!"蔡振帆笑着，语气带着硬邦邦的威胁。

"去你的，再贱也比你值钱。"阳阳站在店门口，双手叉腰，软绵绵地回应道，"你以为有钱就有脸吗? 像你这种暴发户土包子，就算浑身贴满人民币也还是那么廉价。回头你娶媳妇装修房子，就用美金、欧元糊你家墙吧。哼!"

"哎，我不穿的那几件衬衫已经给你收拾好了，什么时候要就赶紧吭声，我从家带过来。"振帆说。

阳阳又带着如万贯家财在一场大火中悉数丧尽的迷离神色跑进了店里，一把搂住振帆的脖子，侧脸紧紧贴在振帆的后脑勺上说："我就知道你爱我。"振帆使劲挣脱开，大骂："你他妈的就是头牲口。"

阳阳突然安静下来，扑通坐进椅子里，双手交叉，轻轻将下巴搭在手背上，双眼迷迷烁烁地说："是啊，做我们这一行的就是命苦。不像你们这些公子小姐，哦噻——命太歹了哎! 我就是一只玉臂千人枕，半点朱唇万人尝。"说完便起身走了。

振帆回到椅子上，看着我说："你觉得他有意思吗?"

"有意思。"

"其实他特别命苦。他刚生下来，妈就死了，他爸又娶了一个，但是那女的从小就得了小儿麻痹症，不会走路。阳阳出来工作的第三年他爸又死了。他告诉我，他以前不是这样的，后来发现当男同性恋很赚钱，他就变成这样了。他口才特别好，谁都说不过他。我们俩身材比较，我是说比较接近，所以他问我要旧衣服穿，但他特别唠叨，拿了衣服每回还骂我。”振帆又打开一罐咖啡，打从我进了店里坐下，他已经喝下两罐了。

“别喝了，巴尔扎克就是喝咖啡喝死掉的。”

“巴尔扎克？他演过什么电影？”

“他不是演员，他写过《人间喜剧》。”

“哦，编剧啊。”

晚上在家，随手翻开一本讲禅宗的书，越读越觉得有意思。在第一百三十七页迎头撞见一个故事。

神会问六祖：“佛法根源从何处出？”祖曰：“若论佛法本根源，一切众生心里出。”

道悟又问：“如何是佛法大意？”师曰：“不得不知。”曰：“向上更有转处也无？”师曰：“长空不疑白云飞。”

白云飞，听着像一阵可怕又凄凉的服丧的雨，鸿蒙寥廓，天地俱不醒。

半夜，天空飘起大雪，万事万物都已沉入昏沉醉梦。第二天清早，我跑去了修建在水磨沟公园后门的清泉寺。雪还在以泼墨气势下着，天懒云沉，石颓山瘦，寺庙里寂静空旷，茫无人迹。

走下大殿石阶的时候，碰巧遇上外出归来的住持寂仁师傅。

初识寂仁师傅是上个月的事情。某天，我陪生病的古阿姨到庙里烧香。她的眼睛已经基本丧失视力，我搀扶着她，慢慢走进寂仁师傅的房间。

“寂仁师傅，我这辈子也没干过一件伤天害理的事情。为什么变成个老瞎子？生活不能自理，老是得麻烦别人，是不是我阿弥陀佛念少了？”古阿姨问。

寂仁师傅哈哈笑了，说：“你都到这个岁数了，得病是很正常的事情。我也有糖尿病啊，一下跪磕头就头晕。你是不是眼压很高？”

“就是，住了一个月医院了，眼压还是下不来。”

“哎呀，你这人啊，我一看你就是性格太强了，肯定风风火火了一辈子，啥事都要好，要个完美，所以到老了，身体就吃不消了，眼压高也是很正常的，你不必太焦虑。”

“我多念念阿弥陀佛能不能好？辛苦了一辈子，没想到到老了再多的钱也花不动了。”

“要是光靠念佛就能治病，那医院就全拆掉盖寺庙了。”寂仁师傅笑着说，“百病都可心药医，你这就是要强要出来的毛病，你说凡事能有多完美？你的日子够不错了，出门车接车送，在家有人服侍，应该想着知足常乐呀。”

“嗯，好，我就每天念他个八万遍阿弥陀佛。”

寂仁师傅愣住一下，接着慨叹着摇摇头：“哎呀，你本来就上火，再念个八万遍，口焦舌燥，茶饭不思，不就更好不了了吗？不要在意到底念了多少遍，念经、念佛号也只是为了静心，你要是带着任务念，如果任务完不成，你不就又动气了吗？”

“对，对……”古阿姨失落地笑笑，张嘴叹了口气。寂仁师傅只是静静地微笑着坐在那里，不再发言。之后，我们便起身告辞了。

一开始，我以为寂仁师傅不会记得我，没料想他看见我之后，便招呼我说：“这么大雪还过来了啊？进屋暖和一会儿再走吧。”

“好。”我又转身跟着寂仁师傅爬上了石阶。

“你那个阿姨好一些没有？”

“没有，还在住院呢。她只是觉得她一辈子没做坏事，不该得这种病，太不公平了。”

“唉，世上哪有那么多绝对的公平呢？如果实在要讲公平，出了清泉寺左转，一直往东走，到东山公墓去看看，这世上只有那里最公平。”

屋子里，寂仁师傅拿给我两本册页样式的《金刚经》。告别寂仁师傅，即要下山之时，我不自觉想起古人一句感慨，说：世无花月美人，不愿生此世界。

那么，这美人应是何人呢？自然就是阳阳，白云飞。诸看官莫笑话我不知美人当是相貌如洛神、神思似西施、多情比貂蝉，只是，古之美人，如陈玉石于市肆，瑕瑜不掩，今之美人，却如古玩于商贾，真伪难知。

要知道，妙唱非关舌，多情岂在腰？白云飞自然是这世上一位清新脱俗的朝露佳人。不论身处何境地，始终是随口利牙，不顾及天荒地老，翻肠倒肚，哪管它神哭鬼愁？

走出庙门，路上一片昏黄的大雾，不见有车经过。等了将近半小时，终于见到有车灯明灭，一辆黑色桑塔纳缓缓停在我跟前。

“到哪儿？”司机是个三十岁左右的男人，光头，戴着一顶呢料灰白格鸭舌帽，穿一件黑色皮衣，一条灰色牛仔裤。

“去华凌商贸城。”

“上车。”

“您这是什么车？”

“便民车，不过是要收费的便民车。”他真诚地看着我，一手搭在方向盘上，一手搓着光滑的脸颊。

“多少钱？”我问。

“到了再说。”

上车之后，我在想自己是不是太缺乏考虑了，但我实在太累了。我闭上眼，又试着想了想，我确实需要这样一辆车，快快将我带离那里，可以自己呆一会儿，暂时用不着说话。但很快地，我就发觉自己想岔了。

“人家都讲究初一十五烧香拜佛，你怎么今天来？”鸭舌帽问道。

“没什么，我喜欢人少的时候。”

“你信这个？还是像我和我兄弟似的，遇上事儿了就跑过来求爷爷告奶奶？”

“我没有皈依，只是觉得这样一个清净的环境很舒服，喜欢呆在里头，看看来往的人，听他们聊天。”

“那你这是拜的哪门子佛？我告诉你，我早先不信佛，去年我一兄弟过生日，他，我，还有一个从小玩儿的朋友，我们仨一块儿约着来清泉寺上香。上完香，山脚下不是有那些小摊子吗？我就在一家摊子上顺手拿了一块玉，那种东西又不值钱你知道吧？”他兴奋激动地看了我一眼，“根本不是好东西！然后我拿了就装在兜里，送给过生日那小子。我说，哎，你今天过生日，送你个小玉佛，你好好挂着啊。他当时很感动啊，就戴上了。然后你都不相信，第二天，我这兄弟就被人拿刀砍了，住院缝针，整个人都皱了哎。”鸭舌帽接着说：“他妈的，我从那儿就知道了，这玩意儿太灵了，不服不行。幸好我当时给他戴上了，如果我自己留着，肯定也会出事。”

听他说完，我说不上是好笑还是恐惧。我们在大马路上平稳地前行着，看雪花不遗余力地扑向车玻璃，内心平静而激动。

“给多少钱合适？”

“这么着急啊？还没到呢。”他笑着说，顺手拧开广播。

“我想先把钱预备好。”我说。

“四十。”他说。

“四十？”

“对，四十。”他说得干净利索。

“怎么要得了四十呢？”

“你平常坐过我们黑车吗？他们给你什么价？”

“出租车价。”

“小妹妹，我们冒着罚款坐牢的风险开出便民车来，方便你们出行，你们就只给个出租车的价钱，这是违背良心的！亏你还是个信佛的人，老想着占别人便宜，不想被别人占便宜，你这叫积德行善吗？我们不容易，除了打架，就靠这点收入赚个医药费，你还跟我讲价钱，你手里还拿着佛经，我看你这佛经也是白念白读了，哎呀……白读了呀——”他摇头晃脑地唉声叹气，好像我是他犯了错误的亲儿子。

“行，四十。”

“哦哟！也太爽快了吧？吓我一跳。”他挑眉瞪眼，左手按住胸口，装作受了惊吓。

广播里，主持人在接听脑筋急转弯的听众热线，主持人的问题是：大家都知道刘德华有首歌叫《忘情水》，那么请问，忘情水是谁给的呢？

有位王小姐拨打进热线，说，是“啊哈”给的，因为，歌中唱道：“啊哈，给我一杯忘情水。”

这题答对了，宾主尽欢，可主持人又问了，那么王小姐，你知不知道“啊哈”又是谁？

王小姐支吾半天之后，只得作罢。鸭舌帽腰板弹起来，一拳捅在调频器上，以天雷勾动地火之势大喊道："他——妈的！我知道啊！'啊哈'就是刘德华他娘嘛！小妹你听过那歌儿吧？'啊哈，这个人就是娘，啊，这个人就是妈……'唠叨吧？哈哈！太唠叨了！"

我将《金刚经》递给阳阳，他恭敬地接过经书，微笑着细细翻看。振帆凑过来，问我："青青，你怎么不送我一本呢？".

阳阳白他一眼，拿胳膊肘顶了他胸口一下，说："佛教书太深奥了，你怎么可能看得懂呢？估计你连这里头的字儿都不会念。"

"去你妈的！我动动脑子就都认识了！"

"哎哟我的路易·威登·蔡少爷啊，你那左边脑子里装着水，右边脑子里装着糊糊，所以千万别动脑子，一动就是一脑子糊糊……"

振帆捂着胸口，笑趴在了桌上，随后又张嘴打了个很大很大的哈欠。

店里进来了三个客人，振帆看着赶紧迎上去，桌上又只剩下我和阳阳。

"青青，如果没有释迦牟尼佛祖，我早就死了。"阳阳看着经书，说。

"怎么了？"

"我酒精过敏。有一次，我们老板把我叫出去，夜总会的老板，让我招待一个县官，那个屄非叫我喝酒，不喝不行。我就喝了两杯，然后嘭地从椅子上一头栽到地下，什么也不知道了。我朋友叫了救护车，把我拉到医院抢救，其实我一直有知觉你知道吗？他们任何人对我说的任何一句话我都知道。我知道我妈来了，坐在我的床旁边，但我就是说不出话。而且你知道我看见什么了吗？就在病房门口，站着两个人，穿着一黑一白的中山装。"

"那是黑白无常。"我说了句废话。

"过了一会儿，我爸我妈也过来了，说要来接我走，我当时听着特别高兴，赶快答应了，说跟他们一起走，然后就走了。走啊走，走啊走，太漂亮了，我觉得那肯定是天堂，那个建筑，那种美是你无法想象的，还有花香，太香了。我和他们聊得特别好，聊我现在的工作啊、感情啊、朋友啊，什么都说，三个人一路走一路说，特别热闹。但是走着走着我就觉得不对了，他们都死了啊，如果我跟他们走，是不是我也就死了呢？我不能死啊，我还有一个活着的妈呢，我死了她怎么办？于是我赶紧掉头就走，招呼都没打，我听见我爸我妈在后头叫我，但我还是一直跑一直跑，突然就跑进了一片漆黑，黑，光是黑，什么都没有。我觉得肯定是要死了，就在这个时候，我耳朵边上有了佛乐，就是唱佛机里的那种歌声，一直唱，声音越来越大，然后我一抬头，看见释迦牟尼佛祖的脸。他说他为我铺了一条路，让我心无旁骛地专心走，就能走出去了。果然眼前出现了一个很小很小的发光点，我想那肯定是出口，就开始走，一直走，一直走，然后我就脱离危险了。”

阳阳的嘴唇安静地嚅动：“后来我妈跟我说，说我昏迷的时候一直拿手按着佛珠，中间还猛地拽了一把，但是没有拽断，我估计那会儿如果佛珠断了，我就死了。”

“你能不能告诉我，你信的这个佛是什么样子的？”

“我这么跟你说，也说不明白，我给你说个别的事儿吧，说完你可能能明白点儿。”

“好。”

“我有一姐，她一朋友在上大学呢，然后学佛就学到走火入魔了，每天找我姐，一会儿说她看见佛光了，一会儿说看见佛祖显灵了。我姐就找我，说，阳阳啊，你不是也好这口吗？能不能帮忙给整治整治？我就答应过去看看。我就问那个女孩，我说，你什么时候见到佛了？她说，做梦的时候。我接着问，那你见到的佛是什么样的？她说，佛的金身，佛身后头光芒万丈，刺得我眼睛都睁不开了……我立马打断她，说，好了，你什么都不用说了，所有刺眼的东西都是假货。”

“我懂了。”我说。

“你不懂。”他说着笑了，“我有个朋友，从小父母双亡，就在寺院长大，后来流浪，跑到乌鲁木齐来卖黄片。有一天，他把所有的黄片都交给我，说，我要出家了，然后就从清泉寺出家了。今年那个佛学院考试，他是第二名。前阵子回来玩，还带回来三个和尚，肉也吃，酒也喝，佛也照样学，不碍事。”

“你爸呢？”

“死了好几年了，你都不知道哎。”他不住地笑，整个上半身都在前后晃动，“给我爸办追悼会那天，我们夜总会那票人去帮忙你知道吧？我的天哪，整个搞得像一台春节联欢晚会，一个比一个能演，哭得呀，比喜儿还惨。还有个主儿，你都不知道，天哪，化装成一个女的，我妈没认出来，看他哭，还反过来安慰他，说，妹子啊，别哭了，哭伤心哪。我实在是忍不住了，就冲出去，跑到旁边一个小树林里，搂着树笑。我们那个舞蹈总监跑过来说，哎，别笑了，追悼会呢。我说，去你的，都被你们办成一桌喜酒了，还搞屁追悼会啊，干脆把我爸抬到慢摇吧接着办完吧。”

阳阳看着我，长长的睫毛下，目光像燃着一匹烈马的火焰，沸腾着夜夜不眠的海水。

“阳阳！阳阳！别聊了！”阳阳的同事木拉提打着地板滑儿杀到店里，拼命冲他招手示意。

“振帆，我们晚上去看阳阳的演出吧。”振帆刚刚做成一单生意，心情大好，便请我到茶厅喝茶。

“不要。”他说着，把腿架到另一条腿上，两只手臂向后张开，搭在椅背上。

“为什么？”我问。

“我扇了他一巴掌，我在那讲电话，本来耳朵边上就吵，他还非凑过来，一顿瞎闹，气得我回头打了他一巴掌。他也回了我一个，骂我，你有病啊。然后一下午都不理我，我都到他店里去三趟了，他每次都说，蔡振帆，我懒得理你，滚吧。”

我笑了，拍拍振帆的肩膀，说：“没事的，我们去给他捧场，他就高兴了。”

“好吧。”

“和我说说今天的生意吧。”

只要谈到生意上的事情，他从来都是一点就着。他直起身子，朝前挪了挪座位，双臂交叠放在桌上，开始说了：“今天中午，店里进来五个人。看他们的长相吧，是中国人，但是他们的中文说得都不标准，俄语说得很漂亮。后来聊天的时候，知道了原来他们的祖先一直在伊犁，是伊犁的回族人，后来为了躲避战乱，就跑去了俄罗斯，然后一直在俄罗斯生活。再到后来呢，我们双方有一千五百美金的利，谈不妥了，谁也不肯让步。然后我就提议说，既然大家都累了，就干脆先休息一会儿吧，喝口水，放松一下，聊点儿别的，然后再谈这个钱的事情。他们说，好，可以。聊天的时候，中间有个人就问我，说，哎，小伙子，你的俄语怎么说得那么好呢？我当时也累了，懒得动脑子，差一点就说，因为我从俄罗斯留学回来呀。但是，就是那一刹那的工夫，我把嘴闭住了，我想了想，跟他很真诚地说，你知道吗？回族是个很聪明、很有智慧的民族，它懂得如何做好生意、做好人。和你们一样，我的父母，当然还有我，我们一家人都是回族，所以我会知道应该把俄语学好，这样才能把生意做好。我说这话的时候，他们都在听，等我说完，他们就说，好，小伙子，这一千五百块的美金归你了。”

“真好。”我说。

振帆笑了，笑得像水、空气、草地和蓝天。他低下头，摆弄着杯子，半晌，小声说了句：“走吧，找阳阳去。”

这也是一间黑漆漆的场子，灯光喘息如丧家犬，笨拙的爪子挠过一切和谐相配的肉体，惊奇，烦闷，崩塌，神志错乱。阳阳挽着蔡振帆，我跟在他们身后，坐在离长条形舞台最近的一张台子上。

阳阳穿着贵妃醉酒的服装，爬上舞台，大喘气地说：“今天把胸垫沉了，只好爬着走。”

不得不承认，涂脂抹粉的白云飞确实惊艳，每一个细微的眼神、轻微的动作，都宛如一朵怀有慈悲之心的云。

台下接连响起一片起哄的声音，白云飞连连摆胯过后，指着台下的一个胖子说：“别人接着叫好，就你，你给我收声。你看你，要是按照自然规律长，肯定长不成这样！”

话落，又是一片叫好。

“各位好朋友，我这种女人吧，有本事把男人折腾得思想混乱，精神错乱，家庭离散，一次性完蛋。连我自己都觉得应该把上海东方明珠电视塔给顶头上，压一压这一身妖气。”

振帆笑得一口酒没含住，哗地吐在我的外套上，我俩却都是笑得更欢闹了。话毕，云飞扭头往回走，准备对嘴型开唱。他那男儿身妩媚地走着，似是拼命压制一种自然的生理力量，这是他的职业，他必须用小刀一点一点地剃掉这些筋骨、肌肉，像一位死了孩子的母亲，从墓地沉沉地往回返，颠着一对浑圆鼓胀的乳房，却得想尽法子将它们慢慢挤空，变成挂在墙壁上落灰的酒囊。

燕市之醉泣，楚帐之悲歌，歧路之涕零，穷途之恸哭，于这些人生之大殇中，何妨再加上一句浪子之白头呢？要知道，云飞已是年过三十的人了啊。

有一回，云飞对我说到他的爱情。他说，此生到目前，就爱过一个人，是个男模特。我问他，然后呢？他说，然后？没有然后啊，我们俩就是婊子爱上娼妇，谁也燃不过谁。但是我俩又谁也离不开谁，从分手到现在，每年都会有一个月他心情不好，然后这一个月里的某一天，他会给我打一个电话，和我聊天。有一次，他说，云飞，你说实话，你一年四季三百六十五天二十四小时不关机是不是为了我？我说，是。他说，我们还能不能在一起？我说，不能。

我很现实，但我男朋友特别浪漫。有天下大雪，他站在雪地里，拿雪球砸我家窗户，结果把我家窗户砸了个窟窿，天，我和我妈差点冻死。但他光记得点烟火让我欣赏，结果连修窗户的钱也没给我。我大半夜的还得多跑一个场子，才能把一块完整的玻璃钱给赚出来。这种男人，我再爱他也没法和他一块过。到我家来玩的朋友都知道，千万别买花，买水果，就买最实在的，要么带食用油，要么买米买菜。

“那我下回给你拎袋面过去，我单位发的。”我说。

“不用了，你已经帮我大忙了。行了，我不想欠你太多。”

云飞说的这个忙，即是让我帮他想一个墓志铭。他说，人一辈子，到死了总不能把个 LV 的商标刻在墓碑上吧？得找句有档次的话刻上，这样自己住着舒服，别人看着也舒心，不至骂一句“死了活该”。

我给他找来一首诗，他看完之后很满意，把诗塞进了钱包。我给阳阳找的那首诗全文如下——

这个姑娘死了，死了，死在情场上。
他们把她埋葬，埋葬，在黎明时光。
他们让她独寝，独寝，装饰得漂亮。
他们让她独寝，独寝，在棺材中央。
他们回来，高兴，高兴，趁白昼晴光。
他们唱得高兴，高兴：“都有这一场：
这个姑娘死了，死了，死在情场上。”
他们又去种地，种地，像平常一样。

这是我能用自己的专业知识为他做的唯一一件事，我可做的事情可说是少之又少。在与他们相识、相处的过程中，我越来越看清自己的无能，甚而觉出笔下功夫的轻薄。许地山曾写过一篇叫《愿》的小文章，中间有段写道——

“在这树荫底下坐着，真舒服呀！我们天天到这里来，多么好呢！”

妻说：“你哪里能够……”

“为什么不能？”

“你应当作荫，不应当受荫。”

“你愿意我作这样的荫么？”

“这样底荫算什么！我愿你作无边宝华盖，能普荫一切世间诸有情；愿你为如意净明珠，能普照一切世间诸有情；愿你为降魔金刚杵，能破坏一切世间障碍；愿你为多宝盂兰盆，能盛百味，滋养一切世间诸饥渴者；愿你有六手，十二手，百手，千万手，无量数那由他如意手，能成全一切世间等等美善事。”

时至今日，我都能回想起当初看到这段话时的内心悸动，就像看见纯洁燃烧的玫瑰花瓣。我渴望让这慈悲的火焰控制我，烧我的双眼我的头脑，让我饮尽这世间的光辉人的温热，让心地的洁白，永远浸在暗红的黑色梦中。然而，如今我所做的，能做到的，却只是匍匐围绕在众生怪梦的脚边，进入不了命运统管的领地，只得看那些忧郁琐屑恨恨地飞溅，愁苦之泉如火蛇喷吐，肉质的心如顽石僵硬，如珍珠雪白的内心落入煤层。

没错，我的理想从许地山的妻那里跑开了，落入了刚强众生永不休止的轮回之中——在恐怖的酒桌上喝倒了便钻进宝华盖，想八面玲珑就戴上一串净明珠，看不惯谁就给一棍金刚杵，实在脏透了就跳入盂兰盆中搓个澡，六手，十二手，百手，千万手，管它什么如意手，都是为自己牟利谋福的高级秘书小助手。我可以诚恳地说我愿意为了全世界人民去死，但很现实的，我不会让阳阳的痛苦陪我过夜。我只是，需要搞点儿建筑材料，七盖八垒地写点儿什么，如是而已。

在又大又冷的世界上他们什么也不是，只是红花般的意林小故事。在极度的复杂情感中，歌唱不出声，精致如玉的艺术工作停止了。低头看谷，流水相忘游鱼，游鱼相忘流水，即此便是天机；仰首望天，太空不碍浮云，浮云不碍太空，何处别有佛性？而我们，亦如同云朵，在世间，匆匆而过，心中满是痛苦徒劳的威力。世界之大，雪花之大，我们并非一无所知，然而，这又能起什么作用？皓月如炬，却照不逾一面窗玻璃。知事者从此一无所知，只好随大象跳跃，随轮廓似岩的白云滚动。

我问阳阳，你男人叫你白云飞，是不是因为有一句诗叫“长空不疑白云飞”？

阳阳回答，不是，我男人喜欢的那句诗，叫“青山不碍白云飞”。

潘　萌◎乖

Résumé

潘萌，女，1986 年夏天出生，现在美国洛杉矶攻读 MFA（艺术学硕士），主修编剧。

十六岁时与父亲潘军合作出版《我家的时尚女孩——害怕长大》（人民文学出版社 2002 年版），十八岁获得全国新表现作文大赛第一名，次年出版长篇小说《时光转角处的二十六瞥》（湖南文艺出版社 2005 年版），连续在《读者》、《作家》、《青年文学》等知名报刊上发表散文和小说。

1

“有很顽固的声音，细碎，执著，尖锐，像一根优美而蓬松的羽毛，不可忽视的温柔，拨弄你每一瓣心脏。

“是能让人发疯的痒。

“然后有了光，有了热，有了一整个庞大的盛夏午后。因为刚下过雨，阳光并不暴烈，泥土被冲刷出了生涩的腥味。五六岁的男孩子被大雨憋在屋檐下整整一个上午，现在搁下饭碗就互相吆喝着闯出门去，连嘴角的半粒饭都顾不上抹去。

“人差不多都到齐了，为首的小胖子拍着皮球不满意：还缺一个，不能正式开始。于是你就能听到那个声音。是许多个碎石子敲在玻璃窗上，啪嗒，啪嗒，啪嗒，不紧不慢，不急不躁的，很细小，又不容你忽视地啪嗒着。如果从窗户里探出头来，你就能看到许多个努力仰起的小脸，被阳光刺着眯起的眼睛，一张一合喊着你的名字的嘴巴，还有一下一下从地上腾起的蓝白相间的皮球。

“但是你没有。另外一个声音拦截住了你。

“乖，你不要去。

“世界戛然而止。你看见了墨汁，慢慢浸过宣纸，淹没了你的睫毛。”

程沫说，这就是我的童年。我时常梦见它。

大家好。

我是徐思尔。

现在想起来，如果不是高二结束时候的那顿“班撮”，如果不是我在“班撮”上壮烈牺牲了，我徐思尔估计整个高中也不会跟程沫说上几句话。最多就是在毕业同学册上寒暄一句“祝友谊天长地久”。后来程沫给我看他的小学、初中时候的同学册，很精致的硬壳本子，封面烫金的花体字，里面浅蓝色的厚纸。上面是不同的名字和不同的字体说着一模一样的话，每一页，祝友谊天长地久。这话是张红牌，刷的一声就将所有的欢乐与亲密罚下场了。是多么嚣张、不屑一顾的伤害。一页页地翻过去，就能望得见他无声无息的童年。

“班撮”是当时学校里很流行的一个活动，一般都是浴血奋战某个可怕的考试之后，全班人集体出去撮顿大的，简称“班撮”。五六桌的人车轮战，场面甚是宏大混乱，罄竹难书。而谁都知道徐思尔酒量浅薄饮少辄醉，又最好面子，所以在前半场哨响之前，本人已经光荣牺牲于意料之中，饭桌之下。从饭店里出来的时候已经过了10点，外面风很大，吹得我头昏脑涨。酒喝到将吐未吐的分量最难受，在快进小区院子的时候，我终于抑制不住胃里的翻江倒海趴在自动贩卖机上呕了起来，虽然我知道这一吐肯定会弄脏新买的格子帆布鞋，但已经连闪躲的力气都没有了。就在我张开嘴的同时，有一双手从颈后伸了过来，极其迅速准确地挽起了我垂落下来的头发。而我只能看见吐在地上的还没消化的金针菇，依旧是一条一条的，只是颜色要暧昧一点。就这么稀里糊涂地被人从后面提溜着脑袋一阵猛吐。

但凡喝大过的人都知道，能吐就是好的。吐过一阵子之后就觉得头也不疼了，身子也不软了，灵台一片空明，我噌的一下就站起来转过脸去。我和程沫彼此都微微有点吃惊，以至于他手里还握着我的头发没有松开。

2

程沫的家其实离得并不远，这一点我早就知道了。我每一次飞驰在上学路上几乎都能看见他，单肩背着个浅蓝的李宁书包低着头走路，即使是夏天也是清清爽爽的。为此我妈总是不住地提着我耳朵唠叨：“你看看，你看看，邋里邋遢的，还不如个男伢乖。”我不以为然，乖哪能乖得过他。每个班上都有程沫这样的人，学习好，毛笔字写得也好，性情温顺，聪明却口拙，是老师们的心头宝贝，却受我们贫苦大众的奚落。有什么好稀罕的。如果硬说程沫还有什么特别的地方，那就是他有个难以形容的妈。

那是高一期中考试后开家长会，我和另外几个同学留下来布置教室，也就是擦擦黑板扫扫地，把学生名字贴在对应的课桌上什么的。好玩的事情是每进来一个家长大家就凑到一起猜是谁家的爸爸妈妈，那个肚子大得要侧着身进门的大叔居然是猴子余小小的爸爸，马畅和她妈简直就是一模子里刻出来的一脸三八相。当那个穿紫灰色长裙子的女人走进来的时候，大家几乎是异口同声地说：程沫。说实话程沫和他妈妈五官倒也不是那样相似，但是他们似乎散发着一股同样的气息，仿佛能将他们与我们这些人隔离开来，使之独立形成了一个新物种，带着让人不能接近又忍不住多看两眼的古怪气息。

她在紫灰色的连衣长裙外披了件驼色的羊毛披肩，脑后简单地挽了个髻。双臂始终交扶在胸前，时不时紧一紧披肩。她的面容已经老了，眼窝陷得很深，抿起的嘴角上有些长长短短的竖纹，皮肤也渐渐懈了，像起了些皱的豆腐皮，但脖子颀长，鼻梁挺拔，年轻时代应该是个美人。

她经过的时候，所有人都不晓得为什么就堆起了满脸的谄媚，甜腻腻地叫了声阿姨好。

你好。可是她的声音里并没有一点点觉得你好的意思。

她找到了程沫的座位。大家这才发现她竟然连个包都没有带，只是手里握了一块手帕。她打开那块手帕，一只手捏着包裹在手帕里的那枚钥匙，另一只手用没有刺绣的那一面把桌子椅子仔细地擦了一遍，然后重新把钥匙包进手帕握进手里，缓缓地坐了下来。

她坐在那里，很容易与其他家长区分开来。其他的大人多半在奋笔记录老师所讲的每一个重点，或者跷着腿一边抖一边玩手机，更有虚心好学的家长时不时举手提问和发表意见。只有她是静止的，在一片喧闹中静止不动，显得不那么和谐。

在后面冗长的校长、老师讲话过程中她也都保持着同一个姿势，双手放在膝盖上，脖子很直。她也没有丝毫表情上的变化，只有在老师表扬了程沫在省里的书法竞赛上为校争光，她的眼里才多了那么一点点不置可否的笑意，转瞬即逝。

第二天班里没有人不在议论程沫妈妈的。坐我后面的马畅脑子不灵消息灵，我书包还没撂下就被她拉到走廊上。马畅挤眉弄眼，说她妈以前和程沫妈妈都是省京剧团的，不过程沫妈妈很年轻的时候就嫁人不干了。“以前在团里就一副清高样子，不爱搭理人。思尔你把地理作业借我抄一下，谢了。结婚了以后怎么也怀不上，好容易生了个儿子吧，还没过几年安稳日子老公就给车撞死了，这我可就告诉你一人啊，虽说赔了一大笔抚恤金啊保险金啊什么的，但总归成了寡妇。”

林秋素。一听这名字就命苦。马畅撇了撇嘴，拎着我的地理作业本一路小跑着走了。

3

程沫走到楼梯口的时候抬头看了看厨房的窗户，六楼左手，架子上堆满花花草草的那一扇就是。都是些没有名目的植物，平时也无人悉心照料，就这么荒芜地堆在那儿。此刻这些落魄的枝叶在月光下竟盈盈地绿了起来，绿得有些不怀好意，整个窗户看上去就成了一个不知走向的洞口，不可触摸。这几乎已经成了他的一个习惯。

已经快到两点了。这还是程沫第一次这么晚回家，这让他略微有些忐忑，但这么点忐忑丝毫没有影响他满脑子的喜悦，和上台阶时轻松的步调。有什么可担心的呢？妈妈不是已经同意过的吗？程沫一边走一边安慰着自己，这么一来，就连刚开始那一点点忐忑也像动画片里被杀虫剂追捕到穷途末路的害虫，变得越来越细小委琐，可怜兮兮哭哭啼啼的，最后就被他轻松地抛在一楼到二楼的楼梯转角里了。

不过，程沫到现在也不清楚妈妈这次为什么会真同意。他想到直到出门前换鞋子的那一刻惴惴不安的自己，简直有种被赦免的感觉。

"妈，嗯，后天晚上有个同学聚会，嗯，考完试一起吃饭。"

"乖，你不要去。"

"可是……"

"在家陪妈妈不好吗？"

"好，可是……妈，马上就高三分班了，这次是最后一次全班在一起。"

"那么……好吧。"

他记得说话的时候她正在客厅里披挂着旧戏服练功，"那么"之后接连着几个小跳转身背对着他定住，从肺里慢慢吐匀出"好吧"，身后一地水袖仍翻滚着向他游来，像水蛇静默潮湿的芯子。

也不知道徐思尔现在好点了没有。程沫站在门前一时半刻在书包里摸不着钥匙。程沫有的时候一想到徐思尔就想笑。他想，这可真是个了不起的小姑娘。鼻子皱皱的，颧骨上都是麦片似的雀斑，眼睛不会避人，脖子上永远是稀里哗啦好几串，像个八音盒上立着的小人，上了发条就能绕过来绕过去地转动。眼睛里，脚步里，说话做事都有着自己的节拍，迷糊又警醒。其实有好几次都想对她说徐思尔我们一起上学好不好，但每一次徐思尔踏着滑轮嗖的一声从身边经过，就把他的声音连同这主意一起落得远远的了。

你仔细地捏住钥匙柄端平了推入锁孔里，仿佛把自己所有的气息也推了进去。往右，两圈，再退回半圈，拔出钥匙。你非常缓慢，如同牛仔电影里慢镜头的拔枪。像昙花一样悄无声息，又像行进中的大象一样沉稳，你不需要光亮，在黑暗中也驾轻就熟，你的步子踏在河水里的木桩上。潮湿着摇晃着的木桩，在你脚下散发出股股霉菌的气息，它们又变成了一朵朵咖啡色的香菇。你的脚步又快又稳，岸就在三步之遥的地方，你晓得。

啪嗒。

你下意识地眯起眼睛。河流和木桩在光线抵达的一刹那消失了。再睁开眼时，你看见木地板，墙壁上黑色的方钟，餐桌上一盘盘摆好的，蚝油生菜，小蘑菇蒸鸡蛋，干煸鲫鱼，还有紫菜虾仁汤。它们像刚刚参加军训的学生，疲倦地保持着几个小时前刚出锅时的表情。然后你看见她。坐在桌子的右边，你晓得她从来只坐那一个位置。身上还是下午那身脱丝了的旧戏服，她双手笼着拖沓的水袖，坐得很直。她的眼睛没有向着你，散淡地落在自己裙边的皱褶上。她的眼神上落了满满的灰。

你仿佛突然被钝物击中头脑般眩晕和恶心起来，在你倒下的时候，你想，生活可真像一场决斗。

4

程沫梦到了很多张脸。

他觉得自己像平躺在河底，然后一张一张的脸就像枯叶、垃圾袋或者漂流瓶什么的一样一样从他面前漂过。他和脸之间隔着涓涓的流水，水让那些脸看起来有些可笑的古怪。他看到了外公、外婆、邻居的叔叔阿姨们，还有爸爸妈妈的许多同事。他们明明是各自分明的五官，却又像同一个妖怪幻化出来的人形一般，看着很整齐。那些几乎快要掉泪的眼睛们又是同情又是暗自庆幸地缓缓望着他，望得他全身长起了枝枝蔓蔓的水藻。它们往他的鼻孔里钻，耳朵里钻，飘荡着挡在他的眼前，又腥又黏稠。脸一个接着一个从他上面漂过，越来越快，每一张脸在经过他的时候都突然发出个丑陋的音，可在水里听到的声音显得那么模糊，他只能看到最后定格在脸上的张大着的嘴巴。像爱德华·蒙克的油画《呐喊》里站在桥上捂着脸的小人。脸的速度越来越快，水藻也越缠越紧，他几乎快要分不清那些脸。突然间，他看到一张脸。那是一张很好看的男人脸。男人看上去很年轻，下巴上有些青青的胡子印，眉眼一笔一画的，很清楚，好像冲着程沫在笑。那男人的声音一会儿远一会儿近地荡着。程沫也想对他笑一下，但实在想不起来这男人是谁，越着急水藻仿佛勒得越紧，他就越想不起来。就在快要窒息的时候程沫猛然想了起来，他张口去喊他，但是呛到。

程沫从床上坐起来。他晓得刚才那是个梦，但一时还不能回过神来。这个时候窗外有很好看的月亮，月光直直地照进来，照在墙上《英雄本色》的旧海报上。程沫仔细地盯着海报看，看着看着心里就咚咚咚地慌了起来，他不知道在梦里看到的那个男人的脸是爸爸的还是周润发的。直到看得两眼发酸，他决定让那张脸是爸爸的脸。

程沫有点想哭。一股没来由的委屈紧紧地拥住了他的肩头。可是爸爸的声音还在一远一近地荡着，是从月亮上直接荡进他的耳朵里。程沫听到爸爸说：

“乖。”

那声音有点温吞吞的劝慰的味道，又分明是赞许和褒奖的，这么来回地一遍又一遍地荡着，螺旋状慢慢在屋里上升。最后他睡着了。他不晓得后来到底有没有哭，但他觉得那张脸就是爸爸的，一定是。

5

今天天气很软。太阳是个不及格的煎蛋，蛋黄稀里糊涂的。我感觉到我的滑轮带子有些松，决定再撑着滑两步，到程沫家楼下花坛那儿再紧一紧。

花坛里还有些水汽，我坐在凉飕飕的石台上看见程沫从楼洞里慢腾腾地走出来。他低着头，看上去有些疲惫，每一步都迈得很沉，拖拉着，仿佛他肩上的不是书包而是伏尔加河上铁锈斑斑的老船。

我想开口叫他。

“程沫。”

但这声音却明显不是我的。

它是不知何处吹过来的凛凛的风，让我顿感虚弱。程沫停下脚步。

“你很少能在清早的光线中看着她。从你记忆中的某一个时刻起，她就一直站在潮湿的洞穴里，脚步落地无声。这让你担心她会不会像电影里那些惧怕太阳的魂魄，陡然间灰飞烟灭，迅速退回到卷边黄旧的古书里。

“她就这么端端正正地走了出来，穿着多少年都没有变化的丝绸睡衣，脚上趿着一双刺绣的软拖鞋，粉红鞋面上有两朵桃花，针脚很细密，你感觉到她的眼神一顿，停在那个坐在石阶上的女孩子脸上，但是声音却是向着你的。

“‘程沫。你过来。’

“你很艰难地走了回去。‘怎么了？’

“‘你忘了。’

“你知道她指的是什么。你知道你是故意忘的，她也知道。此刻你仍准备故意地，无声无息地站立着。但是能站多久？

“她又把目光拽到你脸上，眯起眼睛仔细地端详了一阵子，最后她缓了口气，说：‘乖。’

“这一次，你听出她声音里竟有些怯怯。她怯怯地站在那儿，像个孱弱多病的小女孩，而脸又分明是老的，眼神变得异常钝厚，让你投降。

“你终于轻轻垂下头和眼帘，像每一天的早晨，亲吻了她瘦削的脸庞。在你干燥的嘴唇触碰到它的那一刹那，它又俨然滋润了起来，像是在温水中化冻的生鱼片，缓慢地恢复了生前的细腻。她就这么蓦地娇媚了起来，变得水润晶莹，简直是枝含不住了的花苞子，扑哧一声，便满脸粉嫩了。

“后来，她就这么古怪又甜蜜地用手拢了掉落在耳边的散发，又略带得意地往对面的花坛上偏了下头，再啪的一下转过身，云步走回楼洞里。整个动作一气呵成，行云流水，就只剩下那个可怜的坐在花坛边忘了系鞋带的娃娃头女孩，她略张着嘴巴，尴尬地，又不好意思地瞅着你。你心里想，她大概是看到了全世界最蹩脚的一场生离死别。

“唉。”

6

如果你经常上网，就有可能打开一些人气很旺的网站，就有可能在一堆牵着一串儿的链接上，遇见一个叫“什么”的播客。也许你的食指不小心点击了它，这个浅蓝色的窗口就可以咻地跳到你的面前啦。

有的时候可能共同经历了点什么，人和人之间的关系就变得有点那个什么了。

这是“什么”播客昨天一集的开场语。

大家好。

我是徐思尔。

你猜这个什么播客是谁做的？你肯定要说当然是大名鼎鼎的徐思尔小姐啦。哈哈猜对了，不然我也就不让你猜啦。我不喜欢写字，太不好玩啦，再说博客早就不流行了。我喜欢说话。我妈说我是个话痨，还说我还不如隔壁楼的程沫像个女孩子。所以我做了一个播客，就是录一些我喜欢的东西放上去，乱七八糟的声音，会有一些陌生人来听。有的时候他们听不清楚，总在下面留言问："什么？'原来'那一句后面说的是什么？""前天的那段声音是火车吗？还是被风吹的塑料袋？还是别的什么？"所以我的播客的名字就叫"什么"。

其实程沫也挺爱说话的。只不过我妈不知道，你们也不知道。

7

"徐思尔，你在做什么？"

程沫发现我的时候，我正倒吊在教学楼顶楼天台面向操场一边的栏杆上，伸长的胳膊上还举着录音笔，整个造型类似于一根行将蔫掉的丝瓜，还是岔了气的丝瓜。

这根已然岔了气的丝瓜为了防止不雅地栽向操场，咧着的嘴使劲地往下撇了撇。

"徐思尔，你在这里做什么？"我们并排坐在天台上。

我把录音笔丢进外套的帽子里，"我，啊，嘿嘿，你呢？"

"吃糖。"

"吃糖？"

程沫从牛仔裤口袋里摸出一颗糖，举到嘴边，迅速地把糖纸剥开到恰如其分的位置，向两边完全展开着，仅有一小块连在糖果上，然后他迅速地一拉糖纸，同时把整粒糖含进嘴里，再极仔细地把玻璃糖纸抹平整。他又摸出来一颗递了过来。我很奇怪程沫怎么会有这样的糖，这种糖应该只属于我们共同的幼儿园年代。当时我们尚不知世上有大白兔有巧克力，只认这一种非常拙劣的黏稠的糖。包装是单一颜色的玻璃纸，上面甚至没有厂家和生产日期，吃完后舌头上总会染上恐怖的色素，而大家都异常激进地热爱它，热爱没有果味，没有奶香，浓重而粗糙的甜。它随着每一次喉头的吞咽覆盖下来，一层又一层，把整颗心给裹住，变成一个冰糖葫芦。

我学着程沫的样子把糖纸粘在眼睛上，向后倒下躺在天台上，看见许多红色的乌云从天而降，轻巧地落在我的鼻尖上。我们嘴里含着糖，有一搭没一搭地说着黏黏糊糊的话。

“那天晚上你一直走在我后面吗？手可够快的，吓了我一跳。”

“……”

“说话呀，哎？”

“这个东西是？”他指了指我帽子里黑色的录音笔。

我指手画脚地简单解释了一下什么叫播客，“就是随便录着玩儿的，什么好玩录什么。”

“那，你能录我吗？”

红色的乌云成群地缓缓向南飞去，队伍最后的那一朵云轻轻地把一张浅粉色的弯弓挂在了偌大的城门上，也头也不回地迅速离开了。几乎在同时，我们感觉到了冷，又在感到冷的同时感到了饿。原本奇形怪状摊在天台上的四肢立刻被激活，像是要匆匆赶往某处盛大演出的木偶。程洙和我潦草地收拾起书包，往灯火茂盛的地方奔跑。

糖纸背后的天空比我想象的还要黑。尤其居民区中处处弥漫出的饭菜香气，那些刺啦刺啦的锅铲和油烟，把天空扯得更黑了。在离家两百米的地方我仿佛已然嗅见了爸爸用砂锅正在炖的一块东坡肉，心比胃还急，就同程洙挥了挥手算是再见了，准备冲刺回家。程洙在后面叫：“徐思尔，你倒吊在栏杆上的时候干吗使劲冲我撇嘴？”

“真是笨蛋。从你的眼睛里看到的不应该是微笑嘛！”

8

我习惯在夜里两点整理录音材料，然后3点左右更新播客。这是我一天之中听觉最灵敏的时候。录音笔和磁带中的凌乱声响在那一刻显得格外活泼，像装在古老法器里的道行尚浅的小畜生，尖叫着碰撞在一起。

“她是从那个时候开始，父亲去世的那天，开始喝酒。那一天，现在想起来实在是太远了，远得有点不真实。你已经记不清那些穿着各式各样服装来吃豆腐饭的人们了，但你记得她喝酒。那是她第一次喝酒。以前她总说，喝酒就是喝刀子，喝了，嗓子就给割了。那时她还很年轻，是本市盛极一时的青衣，冷漠艳绝，一曲红绡不知数。为什么会下嫁一名普通的司机，有很多种猜测和传说。但他们应该是非常恩爱的。大家都这么说。

“她竟是穿着戏服出来的。是六月雪的窦娥吗，还是雷峰塔下的白娘娘？你太小了分辨不出来。那天你戴着孝字站在队伍的最前端，卖力地捧着偌大的、冰冷的黑框照片，一动也不动。你晓得你捧着的是爸爸，但你却看不见他。你只能看见迎面而来的一张张陌生的面孔，他们或鞠躬，或流泪，然后你站得笔直的，接受他们从天而降的大手，粗糙的抚摩和叹息。她像一棵三月里带絮的柳树一般站在你身边，等来访的客人经过时猛然折向地面，一遍一遍地跪谢。再一桌一桌地敬酒。她用水袖掩住杯口，仰起天鹅白玉的颈，夸张地一饮而尽，果真是不会喝酒的，只是在做最真实辛辣的饮酒科。

“碗筷已经收拾起来了，她又擦了地板上的鞋印、烟灰，再把抹布用洗洁精反复揉搓了两遍，夹在阳台上的多头衣架上通风，再给厨房窗户架子上的花盆里淋上水，一切正如每一天的晚上。然后她进了卫生间。

“她跪着伏在马桶圈上，终于开始哭。无声无息的像一块被攥紧的海绵，默默地渗出全身的水分。她的眼泪安静得不可思议，你一开始并不晓得她在哭，只看到她白色的身子蜷缩着，长长的袖子拖在厕所潮湿的马赛克上，像个在均匀呼吸的巨大水蛭，让你害怕又不敢离开。你只好把自己也塞进厕所里，尽可能地让脚踩在不被她的裙摆涉及的瓷砖上。你默不作声地站在她身后。你今天已经站了很久。没有人来问你饿不饿，要不要喝水，面容悲伤的大人们阔步从你面前经过，都夸你懂事，夸你乖，夸林秋素总算还有一个好儿子。

“是你小心翼翼地喊了一声她，然后才看见她转过来的满脸泪珠子，每一颗都硕大而饱满，从她细长的眼睛里沉甸甸地下坠。她的脸庞因为哭泣而微微有些浮肿，但颜色却要比平常更白了。她慢吞吞地回过头来，并没有停止流泪，怔怔地望着你，仿佛与你素未谋面，又像是恍然大悟后终于记起了你。她久别重逢般猛地把你勒进层层的戏服里，把你吓坏了。

“你惊恐地睁大眼睛，颤抖地试着张开粘在一起的嘴唇，又喊了一声。

“妈妈。

“不晓得过了多久，她轻轻地松开了你，轻轻地把你被汗水凌乱粘在额头的头发仔细理好，轻轻地询问你，乖孩子，你饿不饿。这样轻轻的声线犹如一只慈悲的青鸟缓缓地从九天之外降落在你肩上，和往日比起来，让你觉得更亲切，又美好。

“后来，你舔了舔干裂的嘴唇，它们因为裂开而有些甜丝丝的，迅速地吃光了最好吃的一碗西红柿荷包蛋面。

“现在想起来，父亲的葬礼仿佛只与那碗荷包蛋面条有关。”

9

程沫有的时候会和我一起在城市的各个角落里录那些稀奇古怪的声音，有的时候会在我的播客上面留一些简洁的话，更多的时候我们在风起的天台上一起吃糖，然后让糖纸把天下变红或者变蓝。不对，其实最多的时候，我们共同坐在教室里，和所有的同学一起做各式各样的模考卷子，消灭每一张草稿纸。

但我始终对程沫保持着茂盛的好奇心，还有一点点畏惧。他就像一首异族的歌谣，或者烈日下独自盛开的站立的一株花树，有着与生俱来的孤独禀性，让踌躇的人明明遗憾，却不能舍弃。

更何况，他还有那样的一个妈。天啊，我的语气居然变得和马畅一样三八兮兮的了。算了，程沫妈妈的天赋异禀也不是什么秘密了，不管什么人打电话到他家，第二次他妈总能准确地叫出“程沫，某某找你”。当听到电话线对面像智能识别机器一样冷冰冰地报出你尊姓大名的时候，简直有种光天化日之下被刺刀挑破衣襟的感觉，更不用说伴随着你们谈话若隐若现的《苏三起解》或者《乌盆记》了。

“唉，又失败了，我可是学周杰伦咬字的样子耶。”马畅一脸沮丧地拖着书包扑通一声瘫到椅子上。

“好了啦，只有你这种变态才会去做这种无谓的挑战。”小组长把胳膊伸到她面前晃了晃手里的卷子，“真搞不懂你怎么这么喜欢打电话给他，我们一般不到最危险的时刻绝不铤而走险。交作业啦。”

这有什么啊。我心里暗自叫苦。你们又没在回家的路口直接面对过他妈。苍天啊，其实徐思尔和程沫并没有经常结伴回家啊，就算结伴回家也没有什么吧？只不过，每一次都能神奇地在路口遭遇她。只不过，林秋素女士仿佛天生有一种让人羞愧的力量，她岿然不动地站在你面前，就直看得你心儿跳，脸儿烧，比期末考试时在课桌下偷偷翻书还要紧张。她看上去越是知性安静，越让你觉得严厉，觉得想逃跑，立刻人间蒸发。

她这样的女人，是被包裹着的利刃，你不晓得什么时候会图穷匕见。

"谁叫他不用手机啊！"马畅一边把头埋在大书包里找要交的数学卷子，一边怪叫着为自己申冤，"你看看我们班还有几个人不用手机啊，简直怪物！"

"怪物你还天天打电话给他。"

"再怪物也要打啊，不提前和他对一下数学模拟卷的答案，我才不敢交呢！喏，给你。"

"什么'对一下'？说那么好听做什么，我还不知道你啊，根本就是抄一下嘛！"我抢在组长前夺过马畅的拷贝版标准答案，不由自主地抓紧时间和自己的卷子对了一下。虽然无时无刻不在打打闹闹，马畅还是我喜欢的姑娘，在高考面前依然张牙舞爪，没心没肺没肝，依旧英勇如虽然逐渐变红却奋力挥舞着大钳子顶着锅盖的螃蟹，简直是一种美德。

10

今天风很大。天空是薄荷绿色的。

程沫。嗯……

怎么？

嗯，你没有觉得你妈妈很奇怪吗？

……

你是不是在心里鄙视我，觉得那个徐思尔，真是粗鲁没有礼貌？

没有啦。我妈，她从我爸去世以后不再参加剧团演出了，还开始喝酒。有的时候会吐，我也不晓得要做什么，每次都只能帮她挽着头发，然后倒一杯糖开水。但是不喝酒的时候还是很正常的，只是显得很落寞，还有对我很严格。

你妈妈也不容易的。

徐思尔。

干吗？

你们会不会觉得我也很奇怪？

谁们？

那……就你吧。

有，有一点点吧，其实也不会啦。

徐思尔。

又干吗？

天黑了，我们回家吧。

11

好了。

我所能清清楚楚记得的最后一个段落，就是和程沫从天台的栏杆上翻下来，揭掉眼睛上的薄荷糖纸，裹着衣服一路狂奔回家。那天风很大。

我所能清清楚楚记得的最后一个对话，就是在我滑到程沫家楼下的时候旱冰鞋的带子松开了，程沫说我来吧，蹲下来要帮我系鞋带，我赶紧说不要不要不要，你赶快上去吧，不然你妈要等急了，赶忙推着他，把他送进楼洞里。

我所能清清楚楚记得的最后一个动作，就是我看他上楼去了，自己慢慢地滑到楼洞旁边蹲下身子，然后把右脚两边的鞋带紧了紧，系了一个结。

然后，在我准备在这个结的基础上再加打一个蝴蝶结的时候，突然有加速度很大的物体降落在我的娃娃头上，迫使我面朝水泥地倒下。当然，狼狈的徐思尔小姐还不忘想着，明天大概可以不用考英语了。

你看我就记得这么多了。

“今天风很大。

“尤其是倒挂在栏杆上的时候。血脉里有涓涓的液体安静地倒流着，充实在你眼前的一片墨绿。起风的时候，嘴里的糖就失去了甜蜜的形态，变得清冽而缠绵，缓缓抵达蚕丝般的意识包裹着的某一个细小角落。你会喜欢这样的天气。

“你轻轻向左转过脸，就能看见一个穿着背带裤的小人儿，她和你一样，倒挂着，眼皮子上粘着绿色的糖纸。这时候她正闭着眼睛，浓密的睫毛像某种小动物灵活的触角，整齐的刘海因为重力而整个儿翻了下来，露出了洁白的脑门，上面有一两颗被头发捂出的小粉刺。你经常会想开口和她说点什么，口腔却因为长时间地融化一块糖而凝固在一起，试着启开嘴唇就可以感觉到有千丝万缕的糖丝在舌面与上颚之间拉扯。那还是不说了吧，你闭上眼，继续含着糖，心里迷迷糊糊地想。

“失去日光的城市让人畏惧，高楼上沉默的霓虹灯是马戏团里的拙劣灯火，仿佛香港鬼怪电影里白日荒芜的寺庙在夜里悬挂出妖孽的红色灯笼，装模作样地热闹着。你晓得这些热闹不是你的。从小你就是一到天黑就想回家的孩子。家和黑夜都是另外一个世界，但总归是要选一个。

“你们又一次在花坛面前告别。站在你对面的小人儿正把细细的胳膊揣进背带裤的胸袋里，笑嘻嘻地晃晃脑袋，齐齐的刘海又重新盖住了额头。这时候的她，和倒挂在天台上的她，又是不一样的了。她几乎没有一个时刻是重复的，你想。你注意到有一只溜冰鞋的带子散开了，就蹲下身子，但蹲下的时候你才发现那带着四个轱辘的鞋子并不是穿在你脚上的。这让你有些不好意思，已经伸出去的手指僵在离鞋带还有三厘米的方向。不过，她要比你更加不好意思一点，虽然没有抬头看，她也肯定是可爱地红了脸，要不然，怎么会猛地往后一退，然后又一迭声地不要不要不要，又叽里呱啦地推着你进了门洞呢。

“再见。你回头笑了一下，转身往楼梯上走。每一层楼的铁门缝中都有不同的饭菜气味钻出来，你甚至开始猜妈妈会做什么样的晚饭等着你。桌上摆的是青瓷花碟子还是烫金边茶花的，你一边走一边想，今天，可真是愉快的一天啊。

“‘乖，洗手吃饭吧。今晚有鱼片豆腐汤。’

“优雅的女士身着藕荷色小碎花围裙捧着汤盆从厨房里走出来喊你吃饭，今天仿佛连她也非常的愉快，声音里充满了未知的甜蜜。”

12

“思尔，宝贝儿，别折腾电脑了，你才拆线没几天，洗手吃饭吧，乖乖的啊。”

徐妈妈又是不敲门地冲进了房间，一把拽下缠在我耳朵上的耳麦，在做动作的同时丢下话，既而又风风火火地冲了出去，奔向煤气灶上嗞嗞作响的排骨。

这个活泼的小老太太刚刚组织了一场隆重的主题居民会议，会议上严肃讨论了有关小区内的潜在危险因素，最终所有主妇们达成协议，一律清除常年堆积在窗台上的杂物。毕竟，谁也不想自己家的宝贝像思尔那个倒霉孩子一样，被六楼掉下来的花盆给砸破脑壳。

可小孩子们都挺羡慕我的，尤其是班上的同学，不用再一模二模三模四模到日月无光了，连课也大可以不去上，成天在家坐着上上网，看看韩剧。“简直太猖狂啦！”肯定是马畅在教室里不服气的怒吼，哈哈。

那么徐思尔小姐本人呢，除了拼命问医生以后头发能不能盖得住疤以外，并没有什么不一样。就算今年不考，明年总归是要考的，据说明年考生人数又要疯狂增加，分数线想必水涨船高。这都不是我目前最最在意的，因为它不会因人类的意志而改变，而有一些记忆在变。好几个晚上，穿着印有维尼熊头像的睡衣，头上绑着滑稽的白色绷带的徐思尔托着下巴，和电脑里无数个编号的音频文件，还有一些尚未处理好的素材，默默对视，生平第一次决定开始质疑自己优秀的记忆力。这些声音里的故事像突然被剪断线的珍珠项链，珍珠噼里啪啦地掉下来，向四面八方滚过去，然后轻轻停在某一个我看不见的角落。我努力，有的时候能在枕头底下摸到一两颗，有的时候是在日记本里，可就是不能把大家全体凑齐。握着这些圆溜溜，温吞吞，又沾了些灰尘的珠子，就会突然有种少年武士赴死一般的迷惑感。

我的“什么”播客已经大半个月没有更新了。很多过客听众早早散去，只有一个 ID 每一天都会来报到，语焉未详的留言，稀稀落落的几个字，每天都有，大抵是祝我早日康复什么的。爸妈已经在隔壁睡着，马畅在电话里说明天要带明治系列的所有巧克力来探望大难不死的好姐妹，窗户外面的月亮圆得让人心里毛毛的，仿佛被注进了一针神奇的药水。我打开了录音软件，重新戴上了耳麦，我看到，又有几颗我的那些美丽珍珠，一明一暗地在远处等待着。

大家好。

我是徐思尔。

许　艺◎寻找主人

Résumé

许艺，女，汉族，生于1983年，宁夏隆德人。2001年进入宁夏大学中文系学习，2005年继续在宁夏大学中国现当代文学专业攻读硕士学位，现在宁夏师范学院做学生辅导员。

2006年第一次发表作品（诗歌），2008年在《上海文学》发表小说处女作《逃亡的鸡群》，目前有小说、诗歌、评论等散见于《上海文学》、《青年文学》、《山花》、《红豆》、《诗选刊》、《黄河文学》、《朔方》等文学杂志。短篇小说《寻找主人》荣获《上海文学》"中环杯"小说新人大赛佳作奖。

一、倒立

如同一套睡衣摆放在床上，我是静止的。由于越来越少地进食，我的肠胃渐渐空闲下来，无需像别人的肠胃那样日夜不息地蠕动。心脏虽然不能完全停歇下来，但它尽可以缓慢地工作，悠闲得像是大孩子手中的一只皮球，只是偶尔被随意地拍一下。至于手足，我想在熟睡的梦中，它们或许会动一下。

屋子的窗户是封死的，从来不会有微风吹动窗帘这样的事发生，我也从不为开窗关窗劳心。早上9点钟的时候，阳光会透过窗玻璃照到我的枕头上。当然也可能比这个钟点早或晚些，因为挂在墙上的那只外形颇似船舵的旧钟早已不走了，我无法确定到底是在什么时刻。那阳光先是照到枕头上，然后慢慢地照到我的额头，又继续往鼻尖移动。闭上眼睛，我就能听到它的脚步声，时而轻柔时而仓促。有的日子里，它会忽然走得很慢，慢得似乎要如我一般地静止下来。那是些冷硬荒寒的日子。

这些天来我一直反复想起童年的一段经历。这屋子坐落在人迹罕至处，屋里屋外一样的沉默寂静，从没有什么声音来打扰我，但一天中午忽然传来一阵孩子们的嬉笑声。我知道他们一定是迷路了，年幼的孩子们是多么容易迷路啊。那嬉笑声既已被我听到，就不会轻易地忘记或消散。我时常温习那笑声，它们也常常跳出来让我看，让我听，有时是在清晨，有时是在午夜。然而这终究有疲倦的时候，渐渐地，我离开了它们，像拍去衣襟上的灰尘一样拂落了它们，而径自温习起自己的嬉笑来。

那是一片整齐的小树林，西边有一壁土墙，我们在那里度过了几乎整个秋天。扫树叶，捉天牛，打土仗，还有突然之间风靡我们这个年龄段的游戏：倒立。小伙伴像翻跟头那样掌心触地，然后双腿向后翻转上来，两脚稳稳地搭在墙上，这时候他便笨拙地转动脑袋，享受一片完全崭新的视野："噢——地在头上，天在脚下，你们全都头在下脚在上哦……"大家被这新鲜的疯话逗笑了，莫名地兴奋起来，于是陆续加入这个游戏，自己也将这疯话骄傲地讲了一遍。几乎所有人都可以完成倒立的时候，首创者感受到明显的压力，他被迫努力创新，直至可以讲出一句能再一次刺激大家的新话来。

这一天很快就来了。完成倒立之后，他小心挪动手掌，高高搭在墙上的双脚慢慢移动下来，终于把手脚同时落到地上，整个身体成为一个几乎要闭合的圆环，肚脐眼喜悦地对着蓝天。"我的脚怎么没了？"这句话显得有些多余，它引起的注意完全不及那具陌生的身体，我们从来不知道司空见惯的身体竟可以以这样的形态存在。一个卓越的怪物！

倒立算不得什么了，新的目标亮晃晃地立在前方，用美丽的光芒诱惑着每一个人。这个游戏的繁荣时代来临了，有人可以不用脚搭墙而直接落到地上，那个谨慎的翻转多么优美；有人可以手脚触地，甚至可以慢慢行走，像一只长腿的、凶恶的蜘蛛；有人可以抛弃土墙，只需有同伴从正面抱住腰，就可以轻松地变成蜘蛛……生机勃勃、如火如荼、精益求精，喜悦的成就感让每个人看起来都像完美的英雄。

除了我。无论我怎样努力，双腿都无法倒立起来，更不要说搭到墙上。同伴从正面抱住我的腰帮助我弯下去，而我只能把头努力往后仰，整个身体像一根不慎折弯的铁棍，那样子丑陋极了。小英雄们叽叽喳喳热心指点我如何摆弄自己的手脚，引来首创者亲自教授。我满怀的希望与感激在首创者严肃的结论中化为一坨冰块，他说："你的胳膊天生太细，你的腰天生太硬。"天生，这个词语使我第一次遭遇一种神奇的力量，它的强大溢出天地之外。它是一团奇妙的气体，从某个遥远的地方漂移而来，准确地将我包裹起来。

我无法看到地在上天在下，我无法让肚脐朝向蓝天，我无法变成一只瘦弱但可以移动的长腿蜘蛛，这一切都是天生的。焦虑、羞愧因全体成员的同情和理解而变得无足轻重，我那与伙伴们同时萌生的英雄向往提前走到了终点。与所有天生能倒立者一样，我天生不能倒立，这一切多么理所当然。后来的活动也越来越明确地证明了这个结论，跑步、跳远、打球、爬树、骑车、蹚河……我都无一例外地重复着倒立游戏中的状况。我渐渐明白，我无法在任何形式的肉搏中成功，因为我背负着两只天生太细的胳膊。

我过早地患上了失眠症和颈椎病，恼人的干咳会从初冬一直延续到夏天来临。冬雪是一位宽厚仁爱的老人，它用洁白和轻柔覆盖一切，世界似乎平等又静默。我用厚厚的棉衣把自己多病的身躯包裹起来，与那些优秀的肉搏者一样无所作为地围坐在火炉边。那时，我的手里握着幸福的一点点尾巴。我怨恨春天，它的吵嚷、混乱、欲望以及整装待发，打破了所有的安宁，每一个蠢蠢欲动即将变绿的苞芽都是我行将复活的敌人，一枚草叶就是一柄呼啸而来的利刃。沙尘暴如期而至，在日落前才停息下来。我围着厚厚的围巾坐在墙角，看那从沙尘中模糊透出的夕阳，几个少年骑着车尖叫而过。

夜晚的时候，高烧又一次眷顾了我，伴随而来的是肺叶的哀告，艰难的呼吸听起来像是怪兽的嘶鸣。灯熄了，我眼前黑暗的背景上一片金色的光点闪烁不息。那光点慢慢移动，贴附到我的身体上就是一阵虚弱的颤抖。黑夜成为一个不可预知的深渊，床铺不复存在，只有我独自一人朝向那黑暗不停地下坠，腿脚和手臂的所有动作都被无可抗拒的重力主宰着。眩晕的坠落感。恐惧和虚弱如果能让我就此昏死过去，将是多么巨大的幸福，然而不，它近在咫尺却无法触及。坠落在继续，向着黑夜更黑处。

想想这些年走过的路，无非都是这黑暗中无从反抗的坠落，耳边倏忽而过的是这个浩渺世界各色的碎片。时间对于我已不再有什么意义。就如此刻，月光从窗户照进来，冰凉？皎洁？凄清？妩媚？不，完全没有这些，它只是月光，与白天的阳光别无二致，我所能看见和无法看见的依然是白日里那些东西，我的身体依然如一套睡衣那样安静地放置在床铺上。

我想我一定是需要什么，而且很迫切。它非常重要，然而它不在我的身边，或许是丧失了，或许从来都不曾拥有过，我甚至不知道它是什么。肠胃空空如也，无所事事的胃液在思考要不要开始消化最内层的胃壁。那么我需要的是食物？不，以前我正常进食的时候它依然不在我身边。显然也不是衣服和房屋。那么是健康？不，健康并不能孤立地存在，我要用这健康来做什么呢？即使我非常健康地躺在这里，它同样不在我身边。那么是劳动？不，以前做职员的时候我是在劳动，然而我非常痛苦，人群、领导、利益的挤压让我透不过气来。那么是自由？可我现在就拥有充分的自由。我迫切需要的到底是什么！它不在我身边，不在这屋里，它甚至不在时间里，它是谁、是什么？

我必须去寻找。

二、两棵树

我必须去寻找，于是我开始进食。牛奶、稀粥、淡汤是最开始的食物，我需要慢慢唤醒几近休眠的肠胃。一段时间之后开始尝试蛋类和肉汤。等肠胃安全恢复之后，食谱变得异常丰富，不仅有各种肉类和蔬菜，而且还有点心、水果和一些滋补汤药。失眠症第一次帮了我的大忙，原本用来睡觉的时间我也用来进食。我承认这样的准备工作显得非常愚蠢，但我确定身体会给我出难题，何况这寻找不知何时才能有结果。一想到这一点就让我焦躁不安，专注的进食多少能消解这种焦躁。

为了增添信心，我选了一个风和日丽的日子出发。我从柜子的最深处找出了屋门的钥匙，它甚至从来没有用过，这是我第一次把它握在手里。钥匙是黄铜做的，还刻着些迷乱的花纹——也可能是文字，我把它扔进火炉里，又添了些木炭。

一把弯弯曲曲的钥匙。

跨出门槛，一个至关重要的问题就摆在了眼前：我该往哪里去。我该往哪里去呢？往北走不了多远就是边境，西边有战事，可选的只有南方和东方，于是我决定往东去。为什么不选南方呢？因为他先于我去了那里，此番再去，难免让我的寻找虚伪而无所得。

两棵树站在夜雨中，连日的暴雨和大风伤到了它们的根，两棵树都有些虚弱。风不止，它们被推搡着左摇右摆，却伸出枝叶握住对方。西天一道闪电，它们的叶子在雨中闪闪发亮，欢喜如青春的笑靥。雨水和闪电长在了年轮里，真实却终究凡俗，抵不过时间和世事的逗弄，那些曾在最中心停留的时日也随着树干的日渐壮硕而走到了边缘，变成树皮暴露在黄风中。这个故事现在想起来模糊得像是梦境。只记得第一次相遇是在童年，我跟随父亲去看望一位远房亲戚。小表妹带我去村口玩，那里有不少男孩子在玩一种类似摔跤的游戏，还有一些女孩观战助威。他也是游戏者之一，虽然在力量上并无优势，然而他头脑灵活，所以还是其中一组的小领袖。轮他上场了，第一次被摔在地上，他那成人样式的银灰色外套沾满了黄土。

“你力气真大呀，呵呵，再来一次。”他涨红了脸，多半是因为失败的困窘吧。第二次他勉强摔倒了对方，孩子们都围着他欢呼起来，推推搡搡地，我竟然也被拉入其中。他拍拍身上的土，开怀地对着大家笑。我不明白这样一个并没有力量优势的人为何能在力量角逐中赢得大家的追捧，这太不可思议了。他很快发现了我，或许是我那天系着颜色鲜艳的鹅黄丝巾的缘故。他问表妹：“小妹，这是谁?”

“我家表姐。她和你一样，都不是本村人，看起来你们两个应该一般大吧?”

他笑着，不语，又伸手去拍身上的土，还抻了抻外套的领子。

“表姐，他不是本村人，他是来看望姥姥的。”表妹对我说道，“他常来看望姥姥，我们都认识他。”

这就更让我奇怪了，不是本村人力气也不大，怎么能成为小领袖呢?

“走喽，去河里喽……”他挥着“旗帜”带领伙伴们跑下土坡，系在树枝上的塑料袋俨然如旗帜一般呼啦作响。

真正的相识是在十多年以后，我们考进了同一所学校。有一次谈起童年，他说那时候常玩一种摔跤游戏，由于力量不足他不是每次都能胜出。

“姥姥家是在大石村吗?”

“是。”

“你在村口摔过跤吗?还有‘旗帜’，树枝上系个塑料袋?”

“哈哈，经常。”

“你还记得我吗？小妹的表姐？”

“真的——是你？”

“是我，那天我系着漂亮的鹅黄丝巾。”

“不对，是草绿色。”

“不可能，是鹅黄的。”

“我梦见过好几次，都是草绿色。”

后来我们无数次地谈到丝巾的颜色，甚至是争吵，但他坚持说是草绿色。再后来我很忌讳谈这个话题。或许是他记错了，或许他记住的那个人不是我，或许小妹还有别的表姐，系草绿丝巾的表姐……可能的情况有许多种，而我只能是其中一种。虽则如此，他从来都不怀疑我就是那个人，他说他能认出我来，即使再过多少年，他也依然能认出我来。好吧少年，让我们忘记丝巾的颜色，最好当时就没有系丝巾，让我们记住彼此。

“并不需要，”他说，“从未见过你的时候，我就认识你。”

在我单薄的阅历中，这幸福无与伦比。他教我算题、骑车、写诗，教我怎样对付失眠症，教我像男人那样猜拳……我像个孩子一样重新学习生活。但我始终没有告诉他，我的细胳膊是天生的。我羞于告诉他这个，或许还有些难以言说的恐惧与隐忧。

“知道吗？你跑步的时候像匹瘦弱的小马驹。”

“我会长壮的，你正在教我怎样长壮呢！”

“会的，每个驯马的人都会这样做。”他伸出手在空气中用力地一握，像抓住了一件宝贝。我喜欢看他这个动作，他能随时从眼前一无所有的空气里抓住我渴望的力量。

我的天空宽阔起来，而他的更宽，我不知道他在忙些什么，只知道他也患上了失眠症，也会在肉搏中被挫败。为了追赶美丽的花环，有时他会落入池塘，我会把绳索抛过去救他，或者教他怎样自己爬上来。

地太大，所以人会走丢；而天太高，树也会把自己长丢。有一年 7 月，两棵树就把自己长丢了。他说有个东西在南方等着他，他说他的骨头里全是风，风吹着他去南方寻找它。

夜雨再来时，它们只能缩紧肩膀独自抵挡，等待天明。

每棵树都会因寻找不在身边的那个东西而送自己上路。当我也走上漫漫长路的时候，才明白了那年7月他的决绝。而现在，他的面容已被沿路的黄风吹得日渐模糊，我却时常会在梦中遇见一个穿银灰色外套的人，要么是在江水茫茫的一岸唤我的名字，要么是牵着我的手跑过纷乱的人群。我从来没有那么健康地奔跑过，耳边是呼啸而过的风声。

他是至亲的人，然而他不再是我要寻找的东西。至少不全是。

三、山音

一路往东走。油菜花儿金灿灿地开在路边，土地的颜色转深，空气里的水分渐渐多起来。这里的方言柔软饶舌，有几个人指指点点地冲我笑。我大约一眼看上去就是个外地人，但又何至于这般调笑。正纳闷，一位背着背篓的妇女冲我说道："耳朵——他们在笑你的耳朵！"哦，原来如此，他们在笑我的耳掖子。耳掖子形似耳朵，一般用黑色绒布做成，还要绣上色彩艳丽的花朵，边缘再滚一圈漂亮的兔毛，是我们那里最常见的保暖用具。沙尘暴吹伤了我的耳朵，所以常常耳鸣头痛，我已经习惯了出门就戴上它。温润的东部大约不会有沙尘暴吧，可我还是不愿把它摘下来。我想我的耳朵已经不能适应裸露了。他们用看动物一样的眼神看我，心里大约在想：瞧，一个古怪的北方佬。

穿过一条小吃街的时候，菜香扑鼻而来，来来往往的人群在这里停留。吃饱的走出来，满足里带着些淡淡的疲倦和失落；未吃的高声讲着话，急切地寻找空座。食欲是人身上最大的漏洞，这番始终不变的景象让你明白，你终究还是未走远。我随着人们走进去，寻找可以坐的位置。

午饭后行了不多远，就看到一座山，绿树掩映中透出一角飘逸的飞檐来。好幽静的寺院啊，我拾级而上。渐近寺门，已闻悦耳佛音，寺门口立一巨石，写着"清凉世界"四个字。僧人正在诵经，看来我来得正是时候。烧香跪拜过之后，执殿僧人引我进入正殿听经。

"请扣好衣衫再行进入正殿。"

我慌忙整理衣衫，自责粗鄙失礼。

这是一个我未曾到过的世界，这是一种我无法听懂的语言。众僧诵念神秘的经文，佛殿愈来愈高远，我愈来愈低矮。私心杂念如尘土般散去，气息归位，清净安然。香火氤氲中，佛像端坐，眼目若开若合，似明似盲。神看见我，又略过我；神看见众人，又略过众人。泪水奔涌而出，冲刷着迷惘、无奈、挣扎、嘲弄、孱弱、欲念、等待和单薄的尘世欢喜，这使我觉得这泪水肮脏。而它正冲刷着我更加肮脏的身体，像黄泥水流过傍晚的菜市街。经文原来不是赞颂，而是哭诉，是哀告，是深夜时分说给自己听的那些话。手足退去，毛发退去，只有最轻的那部分我还在。有活水自未名处倾泻而下，清凉世界。我心空无一物，然而我心五彩缤纷，生机盎然。

我想我找到了要找的东西。

正殿诵经完毕，住持敲打法器，众僧跪拜。有位年老的僧人忘记了焚香，住持严厉地训斥了一声。及至我做完最后一番跪拜从正殿出来，僧侣已在廊下休息。那住持手指夹住一根香烟正往嘴里送，而刚才那位年老的僧人则恭顺地站在他面前，怯懦地说着什么，像我经常见到的憨厚农民那样满脸歉意。住持吐出一口烟，扬起下巴瞪了他和他的歉意一眼。

这寺院，这穿着黑衣、棕衣、青衣的僧侣，这青松古柏，在我的眼中忽然间了无生气。我转身向寺门走去，甚至不对身边躬身施礼的僧人还礼。

我看见过无数这样的眼神，这种在俗世大行其道的眼神，像是认识又像是不识，大过暴力的无情，想要蔑视却又觉得你根本不配被蔑视。我不知道它竟然先我一步来到了山中的寺庙。

这些年来，我无非就是在寻找与逃离之间奔突。怀着种种热望走进人群，然后又在重锤的击打下退回，重新选择一条近旁的路尝试。然后再退回，再选择。住进那屋子之前我就已经明白，我所走过的这些路是并列的，它们无一能将我带向远方。之所以无法在屋中获得安宁，是因为那寻而未得的东西一直在呼唤我、撕咬我、蛊惑我。而这世上五花八门的路，或许竟都是并列的，谁知道呢。我像一只获得了整片山林的野兽，一圈圈地寻找却一无所获。或许我需要的仅仅是一只笼子，我将日夜与它为敌，并借此证明我的存在与力量。

伴着夕阳我一步步走下山来。我无法通过那个住持找到我要找到东西。

四、王后

由于川资有限而前路遥遥，我只能住在下等旅馆里。同屋几个人是做茶叶生意的，半夜才住进来，这会儿还在酣睡。床铺散发着湿霉的味道，有一位呼噜打得很响。想睡也无法再睡，便早起上路了。

临路有几棵老树，树杈上是两只正在垒筑的巢。乌鸦从远处衔来树枝，精心编垒。它们不知生在哪里，既飞到了这里就勤勤恳恳在这里安起家来。食物、巢穴、生育，动物的生命大抵逃不出这些内容了，享有行动自由的同时就选择了一个斩不去的影子。植物却无需这样奔忙了，生在哪里就一门心思地长在哪里，如果非要挪动它，还得小心裹住根部的泥土。植物就像贵妇人一样，要携带大量的行李才肯出门，无论在哪里它都要像在家中一样安逸。在人那里，动物的生存法则被认可，他们必须在奔跑和迁徙中获得食物，还得有住所以供栖身。

一些妇女坐在小桥边，像是休息又像是在等人，都是与我一样背着行李的外乡人。我走上去想问她们在做什么，还未张嘴就有人主动挪出一点空地来给我坐。这样一来我倒不得不坐了。我学着她们的样子蜷坐在地上，把包袱捋得平平整整放在膝头，这才问旁边的大姐："你们，做什么啊?"一个瘦脸的抢着答道："做什么？你指望做夫人吗？噢——不过有时候也可以的。"众人都笑起来，旁边的大姐等她们笑完才告诉我："到富人家去做奴隶的。怎么，你不知道小桥这里——"

"嘘，有人来了。"那瘦脸的打断了她，"哎，她戴几枚戒指?"

"好像连马车也没坐，走路过来的。"

"咦，马车都不坐，能出什么好价钱。"

"看她那鞋子，竟然沾着泥!"

"倒不如我雇了她!"

有人扑哧一声笑出来，又慌忙憋住。

这个人在我们眼前来回走了两遍，才说道："我要雇一个人。"没有人说话，甚至有几个故意低下了头。瘦脸的那个把头埋在包袱上说道："谁来这里不是雇人的。”她听见了，她看着那瘦脸的说：“请称呼我王后。”她们全都笑起来。我应了一声：“是的，王后。”她转过头来望着我，这时我才看清她的脸色有点发黄。她笑了，像走在路上想心事时忽然遇见了熟人一般，人已经在笑了，肌肉却还紧绷着。我知道她久已不笑了，有些生疏。

“跟我走吧。”

“是的，王后。”

我跟着她走了，她们在我们的身后笑起来，有的在笑我，有的在笑她。

“什么价钱?”

“她们好像没有谈价钱。”

王后的家在一片旧居民区，楼梯暴露在空中，摇摇欲坠的样子。后来我时常做梦，梦见王后衣衫褴褛地坐在楼梯上抽烟，水泥板一块一块地掉下去露出钢筋，整个楼梯像铁索桥一样摇晃，她依然坐在那里吸烟，不顾我的叫喊。

她拿出一套干净的衣服来给我换上，沏好两杯茶示意我坐在她对面。如果不是被雇来做奴隶，这种局面断然不会让我感到拘束。而她的表情似乎比我还要困窘，她不知道该如何使唤这个奴隶，并因赋予一个人奴隶的身份而感到不安。

“你都看到了，我并不是……我只是偶尔需要有人为我做事。呃……比如说帮我烧茶……请喝茶。”她结结巴巴，像是个犯了错误的孩子，“是的，我需要一个烧茶人。”

我就这样成为烧茶人，王后的烧茶人。她会自己擦地洗衣，做饭的时候需要我帮厨，但有些事情她绝不会自己动手。她要写字我必须备好笔墨；她要喝茶我就得立刻去烧茶，而且冲洗好所有的茶具，整齐地摆放在她面前；晚上睡觉之前，我要捻好灯芯读她想看的书，声音要干净清亮没有瑕疵；天气晴朗的清晨要陪她出去散步，必须说得出花园里任何一种植物的名字及其科属，是否可以入药……

我生活得非常幸福，一个奴隶的幸福。我不需要在寻找和思索中度日，我的每一项活动都来自于王后的指派，她说烧茶我便去烧茶，她说开窗我便去开窗，这种踏实的对应让我兴奋不已。身体的行动从来没有给我带来过如此真实的快乐，我的身体一日日地强壮起来，甚至顽固的失眠症也大有好转。

王后越来越像王后，烧茶人越来越像烧茶人。烧茶人常常因王后的要求而手忙脚乱，王后常常无缘无故地忧伤、发火，以致我不得不担心我的快乐会不会伤害她。

王后换上一套深紫色裙装，命我在屋子里摆满油灯。裙裾翻飞，她像一只来自神秘国度的蝴蝶在油灯中央舞蹈，流连、缠绵、凄艳、彷徨、忧伤，像要在一串优雅的翻转中放飞自己。王后举起高脚杯里名叫鹤顶红的酒，对着油灯轻轻摇晃，啜饮一口。她脱下心爱的绿宝石戒指投入杯中，对着灯火看它的光泽。

“告诉我我是谁。”

“您是王后。”

“尊贵的王后。”

“是的，尊贵的王后。”

“尊贵的王后喝着尘世的酒。”

“……”

“告诉我，王后需要什么？”

“……”

“你这个狡猾快乐的烧茶人，你告诉我！”

“王后，您醉了。”

又一个清晨空气清新，我扶王后去花园里。她将疲惫的头靠在我的肩上，我穿着烧完茶未及换下的灰布袍，给她讲萱草的品性：“萱草，又名忘忧草，传说种到后庭可以使人忘忧。多年生草本植物，叶子条状披针形，花橙红色或黄色……”

“告诉我，我需要什么？”

“您需要忘记您正需要着什么。”

“我做不到。”

“有少数人是这样的。外婆曾经给我讲过。她说这类人给自己想到的办法是，把一仓黑芝麻和一仓白芝麻混在一起，然后再把它们一粒一粒分开。

或者闭上眼睛扔三枚铜钱，猜它们是正面还是反面。”

“如果我住进医院，会得救吗？”

“如果你愿意假装，你承认自己病了并按时服药，与你的医生平静地谈论蔬菜的价格，而且对他微笑，不久之后你会被批准出院，回到你的家里——回到你没有去医院之前的生活里；如果你不肯假装，那么他们会持续给你服一种镇定药物，它能让你安静，同时虚幻、健忘，直至你完全忘记一切，像婴儿一样活着。”

“你现在正从‘假装’中获得快乐吗？”

“不，这不一样。一只笼子里的困兽与一只森林里的困兽是不同的。”

“你这强盗。你把我变成了带给你快乐的笼子……”

我泪流满面，跪在她的脚下。我没有恪守一个奴隶应有的本分，我请求她原谅我讲出这些话，请求她原谅一个不道德的奴隶。

王后离开了，绿宝石戒指下压着一张字条：

烧茶人：

我要去寻找我需要的东西。或者我找不到。那么我也许该向狡猾的你学习，找到一个笼子。

爱你的王后

我坐在王后的椅子里，抽她爱抽的那种香烟，淡淡的橘子味的香烟。我找出王后的钥匙来，扔进炉火中，又添上几块木炭。我在她的纸条后面接着写道：

王后：

我们走在并列的路上。我们已经走过了很多条路，可它们都是并列的。希望你能有好运气。

爱你的烧茶人

我把戒指穿起来挂上脖子，放在厚厚的外套里面。走出门去，我看见一片莽莽的森林向我涌来。

一把弯弯曲曲的钥匙。

五、比喻

从北方到东方，哪里的灰尘都一样浮躁。一个一个的王后陆续送自己上路，走在或近或远的路上。我偶尔会想念我的王后，想念她生疏的微笑，想念她华贵的舞蹈，以及她喝过的红酒，我们叫它鹤顶红。

我继续走在路上，像幼年时代忍受干咳一样忍受这行走。我拖着不善肉搏的身体，与生活进行这最低级的肉搏。鱼虫百草，桥船栈道，春夏秋冬，我不知道这是前行还是溃逃。

眩晕的坠落感。

在一处向阳的土坡旁站着一名男子，他热情地向我打招呼。他说发现了一处洞穴，想约路人前往探寻。

“你既是寻找东西，遇到洞穴岂能不探！”

他不由分说，拉起我就要进洞。可惜洞穴太小，仅能容一人蛇行而入。争辩许久，他终于同意先入。我看着他挪动双肘，慢慢爬行，身体一点点没入洞中。当他完全进入洞中，我忽然感到一阵恐惧，我觉得大地将他悄无声息地吞入了腹中。过了一会儿他的脚又从洞口探出来，而后整个身体渐渐露出来。他毫发无损，只是头上沾着些湿土，呼吸有些急促，不知是洞中气闷还是兴奋所致。

“该你了。”

我学着他的样子慢慢往进爬。这洞穴四方四正，比人的身体稍宽一些。穴道内光线昏暗，可以闻到潮湿的泥土味。越往深处冷气越重，极静，身体与穴壁摩擦的声音窸窸窣窣，像是从极远处隔着云雾缓慢传来。听觉与视觉忽然无限发达，我从未如此刻骨地体会过自己的存在。

不知爬行了多久，终于看见了洞穴的底部，然而距底部仅有一臂距离时，穴道却被一道栅栏样的铁门阻断。透过铁门我可以清楚地看到前方普通的土层，毫无玄妙之处。然而铁门却阻隔在这里，冰凉、森严。我愤怒地挪动双肘退出洞来，责怪他不该让我爬这样一个了然无趣的洞穴，何况在将及底部时还有一道恼人的铁门。

“既是道，有门就理所当然。你又有什么可生气的呢?”他微笑着说道。

“问题是已经到尽头了，即使没有它阻隔也已经是尽头了，何况它的后面什么都没有。”

“是啊，即使没有它也已经是尽头了，有它又有什么呢?”

“这时候就不该有它，门怎么能安在无路可通的地方?”

“有门无门都是一样的，你又何必如此在意有门呢?”他依然笑着。他的笑更加激怒了我。我第一次挥起自己的细胳膊想要揍人。他还是笑着，说道：“有门，才更像生活。”

“可我还是没有找到我寻找的东西。”

“这不是它本身。但这是它留给你的一个比喻。”

图书在版编目(CIP)数据

吉诺的跳马／白烨选编. —北京：北京十月文艺出版社，2011.7

ISBN 978-7-5302-1122-9

Ⅰ.①吉… Ⅱ.①白… Ⅲ.①短篇小说-小说集-中国-当代
Ⅳ.①I247.7

中国版本图书馆 CIP 数据核字(2011)第 077477 号

新世纪青春文学精选

吉诺的跳马

JINUO DE TIAOMA

张悦然 等 著

白烨 选编

*

北京出版集团公司
北京十月文艺出版社 出版

(北京北三环中路 6 号)

邮政编码：100120

网 址：www.bph.com.cn

新经典文化有限公司发行

新华书店经销

三河市三佳印刷装订有限公司印刷

*

720×1050 16 开本 19 印张 283 千字

2011 年 8 月第 1 版 2011 年 8 月第 1 次印刷

ISBN 978-7-5302-1122-9

定价：28.00 元

质量监督电话：010-58572393